〈일러두기〉

* 이 책은 판권 계약을 맺은 《宮沢賢治童話集1》, 《宮沢賢治童話集2》에 따라 《新校本 宮澤賢治全集》(筑摩書房) 판본을 원문으로 삼고 있습니다.
* 배경지식이 필요한 단어나 문장, 그 외 작품 읽기에 도움이 되는 정보에는 주를 달았습니다.
* 모든 맞춤법과 띄어쓰기, 외래어 표기법은 국립국어원의 규정을 따랐으며 원활한 독서를 위해 문장의 위치와 어투, 표현 등을 일부분 조정했습니다.
* 현재의 기준에서 적절하지 않다고 여겨지는 표현도 있지만 작품이 쓰인 시대를 감안하여 최대한 원문을 살려 번역했습니다.
* 오랜 세월이 흐른 탓에 희미해져서 읽기 어렵거나 소실된 글자, 문장들은 원문을 따라 본문에 별도로 표기했습니다.

은하철도의 밤

미야자와 겐지 글

구사카 아키라 그림 | 정수윤 옮김

기타가와 사치히코·오니즈카 리쓰코·오노 유지 감수 및 해설

주니어김영사

차 례

1. 주문이 많은 요리점 … 9

2. 도토리와 들고양이 … 27

3. 오쓰벨과 코끼리 … 45

4. 첫 쥐 … 63

5. 돌배 … 75

6. 쏙독새의 별 … 85

7. 수선월 4일 … 99

8. 눈길 건너기 … 115

9. 겐주 공원 숲 … 137

10. 첼로 켜는 고슈 … 151

11. 고양이 사무소 … 179

12. 나메토코산의 곰 … 197

13. 은행나무 열매 … 217

14. 산 사나이의 4월 … 227

15. 까마귀의 북두칠성 … 243

16. 은하철도의 밤 … 259

17. [시] 별자리의 노래 … 346

◈ 부록

· 미야자와 겐지 연표

· '미야자와 겐지' 문학의 세계

· 〈은하철도의 밤〉과 겐지의 세계

· 작품 해설

주문이 많은 요리점

두 신사가 사냥하러 산에 들어갔습니다.
사냥감을 쫓던 중에 길을 잃고 헤매다가
어떤 레스토랑을 발견합니다.

번쩍거리는 총을 멘 영국 병정 차림의 젊은 두 신사가 흰곰처럼 생긴 개 두 마리를 끌고, 나뭇잎이 바스락바스락 밟히는 깊은 산속을 걸으며 말했습니다.

"도대체 이 근처 산은 왜 이 모양이지. 새고 짐승이고 코빼기도 안 보여. 뭐든 상관없으니까 얼른 탕탕 쏘고 싶은데 말이야."

"사슴의 노란 옆구리 같은 데를 두세 발 갈기면 얼마나 통쾌할까? 핑그르르 돌다가 픽 쓰러지겠지."

꽤 깊은 산중이었습니다. 길을 안내하던 사냥꾼도 갈팡질팡하다가 어디론가 가 버렸을 정도로 깊은 산중이었습니다.

산이 얼마나 험한지 흰곰처럼 생긴 개 두 마리가 동시에 비틀거리며 쓰러져서 한동안 끙끙대더니 결국 거품을 물고 죽어 버렸습니다.

"2400엔 손해를 봤군."

신사 하나가 개의 눈꺼풀을 슬쩍 뒤집어 보며 말했습니다.

"나는 2800엔 손해야."

그러자 다른 한쪽이 분한 듯 고개를 숙이고 말했습니다.

첫 번째 신사가 다소 어두운 낯빛으로 다른 신사의 얼굴을 들여다보며 말했습니다.

"이제 그만 돌아갈까 봐."

"음, 나도 춥고 배고파서 돌아가고 싶군."

"그럼 사냥은 이만 접자고. 돌아가는 길에 어제 묵었던 숙소에 들러 10엔어치 꿩이나 사 가세."

"토끼도 팔던데. 그거면 사냥한 거나 마찬가지지. 이제 돌아가자고."

그런데 당황스럽게도 어느 쪽으로 가야 하는지 도통 알 수가 없었습니다.

바람이 휘 불어와 풀잎은 사그락사그락, 나뭇잎은 바스락바스락, 나뭇가지는 달카당달카당 소리를 냈습니다.

"배가 너무 고프군. 아까부터 속이 쓰려 죽겠어."

"나도 그래. 이제 그만 걷고 싶네."

"더는 못 걷겠어. 아아, 큰일이군. 뭐 좀 먹어야겠는데."

"그러게. 뭐 먹을 거 없나."

두 신사가 사그락사그락 우는 억새밭 속에서 말했습니다.

그때 문득 뒤를 돌아보니 멋진 서양식 집 한 채가 있었습니다.

현관에는 이런 간판이 걸려 있었습니다.

RESTAURANT

서양 요리점

WILDCAT HOUSE

들고양이의 집

"마침 잘됐네. 이런 산속에서 용케도 문을 열었군. 들어가 보자고."

"흠, 이런 곳에 레스토랑이라니. 하지만 뭐라도 먹을 게 있겠지."

"당연히 있지. 간판에 쓰여 있지 않나."

"들어가세. 당장 입에 뭐라도 넣지 않으면 쓰러질 것 같으니."

두 사람은 현관 앞에 섰습니다. 새하얀 세토(일본 중부 세토 내해 근처에 있는 도시로 도기 공업이 유명함_옮긴이) 벽돌로 꾸민 현관은 무척이나 멋있었습니다.

현관문 유리에는 금색으로 이렇게 적혀 있었습니다.

누구든 사양하지 마시고 어서 들어오세요.

두 사람은 그걸 보고 크게 기뻐하며 말했습니다.

"이것 봐, 세상은 아직 살 만한 곳이라니까. 오늘 온종일 고생만 했는데 이런 행운이 다 있군. 이 음식점은 밥값이 공짜인 모양이야."

"아무래도 그런 것 같네. 사양하지 말라는 게 그런 뜻 아니겠나."

두 사람은 문을 밀고 안으로 들어갔습니다. 그곳은 곧장 복도로 이어졌습니다. 그리고 유리문 뒤에 금색으로 이렇게 적혀 있었습니다.

특히 살찐 분과 젊은 분은 대환영입니다.

두 사람은 대환영이라는 말에 더욱 신이 났습니다.

"이봐, 우리를 대환영한다는군."

"우리는 둘 다 해당하니까 말이지."

성큼성큼 복도를 걸어가니 이번에는 하늘색으로 페인트칠한 문이 나타났습니다.

"정말 이상한 집이군. 어째서 이렇게 문이 많을까."

"이건 러시아식이야. 추운 곳이나 산속에 있는 집은 다 이렇지."

두 사람이 문을 열려는데 앞에 노란색으로 이렇게 적혀 있었습니다.

저희는 주문이 많은 요리점이니 부디 양해해 주십시오.

"이런 산중인데도 꽤 붐비나 보군."

"그야 그렇지. 생각해 봐. 도쿄의 대형 요리점도 보통 큰길가에는 없지 않나."

두 사람은 이어서 하늘색 문을 열었습니다. 그 문 뒤에는 이렇게 적혀 있었습니다.

주문이 상당히 많겠지만 부디 하나하나 참고 견뎌 주십시오.

"이건 무슨 소리지?"

신사 하나가 얼굴을 찡그리며 말했습니다.

"음, 주문이 너무 많아서 준비하는 데 시간이 걸리니까 죄송하다는 뜻이겠지."

"그렇겠군. 어서 안으로 들어가고 싶은데."

하지만 귀찮게도 문이 하나 더 나타났습니다. 문 옆에는 거울이 걸려 있고 그 아래에 손잡이가 달린 길쭉한 빗이 놓여 있었습니다.

문에는 빨간색으로 이렇게 적혀 있었습니다.

손님 여러분, 이곳에서 머리를 단정히 빗고
신발에 묻은 흙을 털어 주십시오.

"이거야, 원. 한 방 먹었군. 아까 현관에서는 산속 식당이라고 얕잡아 봤어."

"예의범절에 깐깐한 집이군. 분명 엄청나게 훌륭한 사람들이 종종 찾는 곳인 거야."

두 사람은 단정히 머리를 빗고 신발에 묻은 흙을 털었습니다.

그런데 이게 어찌 된 일인가요? 선반 위에 올려놓자마자 빗이 부옇게 흐려지며 사라지더니 갑자기 방 안으로 윙윙 바람이 휙 불어왔습니다.

두 사람은 깜짝 놀라 서로 바짝 붙은 채 문을 벌컥 열고는 다음 방으로 들어갔습니다. 얼른 따뜻한 걸 먹고 기운을 차리지 않으면 큰일이 나겠다고 똑같이 생각한 것입니다.

문 안쪽에 이상한 문구가 또 적혀 있었습니다.

총과 탄환은 이곳에 두십시오.

바로 옆에 검은색 받침대가 있었습니다.

"그래, 총을 들고 식사하는 건 예절에 어긋나지."

"이야, 정말로 대단한 사람들이 자주 오는 곳인가 보네."

두 사람은 총을 내려놓고 탄띠를 풀어 받침대 위에 두었습니다.

다시 검정 문이 나타났습니다.

부디 모자와 외투와 구두를 벗어 주십시오.

"어쩌지? 벗을까?"

"하는 수 없지. 벗자고. 저 안에 진짜 대단한 사람이 와 있나 보군."

두 사람은 모자와 외투를 옷걸이에 걸고 신발을 벗어 둔 다음, 휘적휘적 걸어서 문 안으로 들어갔습니다.

문 뒤에는 이렇게 적혀 있었습니다.

넥타이핀, 커프스단추, 안경, 지갑, 그 밖의 금속류,
특히 뾰족한 물건은 전부 이곳에 두십시오.

문 바로 옆에 멋진 검은색 금고가 활짝 열린 채 놓여 있었습니다. 자물쇠까지 달려 있었습니다.

"아하, 어떤 요리에 전기를 쓰나 보군. 그러면 금속류는 위험하지. 뾰족한 물건은 특히 더 위험할 테고."

"그렇겠지. 그러고 보니 돌아갈 때 계산은 여기서 하는 건가?"

"아무래도 그런 모양이야."

"그래, 분명 그럴 거야."

두 사람은 안경이니 커프스단추 따위를 빼서 금고에 넣고 찰칵 소리 나게 자물쇠를 걸어 잠갔습니다.

조금 더 가니 다시 문이 나타났고 그 앞에는 유리 단지가 하나 놓여 있었습니다. 문에는 이렇게 적혀 있었습니다.

단지 속 크림을 얼굴과 손발에 꼼꼼히 발라 주십시오.

단지 속을 들여다보니 우유 크림이 들어 있었습니다.

"어째서 크림을 바르라는 거지?"

"밖이 상당히 춥지 않은가. 그에 비해 방이 너무 따뜻하면 살갗이 트니 예방 차원인 거야. 안에 정말로 대단한 사람이 와 있는 모양이군. 뜻밖에도 이런 곳에서 우리가 귀족을 사귀게 될지도 모르겠어."

두 사람은 단지에 든 크림을 얼굴과 손에 바르고 양말을 벗어서 발에도 발랐습니다. 그랬는데도 크림이 남아서 얼굴에 바르는 척하며 몰래 할짝할짝 핥아 먹었습니다.

그런 다음 서둘러 문을 여니 뒤쪽에 이렇게 적혀 있었습니다.

크림을 잘 발랐습니까?

귀에도 꼼꼼히 발랐습니까?

그리고 작은 크림 단지가 하나 더 놓여 있었습니다.

"저런 저런. 귀는 안 발랐어. 하마터면 귓불 살갗이 틀 뻔했군. 주인

이 정말로 용의주도해."

"맞아. 이렇게 세심한 부분까지 신경 쓰다니. 그나저나 나는 빨리 뭘 먹고 싶은데 대체 언제까지 복도인 건지, 원."

그러자 바로 앞에 다음 문이 보였습니다.

요리가 곧 완성됩니다.
15분도 안 걸릴 겁니다.
바로 먹을 수 있습니다.
지금 당장 병에 든 향수를 충분히 뿌려 주십시오.

문 앞에 번쩍이는 금색 향수병이 놓여 있었습니다.

두 사람은 그 향수를 머리에 칙칙 뿌렸습니다.

그런데 향수에서 왠지 식초 냄새가 났습니다.

"이 향수는 이상하게도 시큼한 향이 나는군. 어찌 된 일이지?"

"실수겠지. 종업원이 코감기라도 걸려서 잘못 넣어 둔 걸 거야."

두 사람은 문을 열고 안으로 들어갔습니다.

문 뒤에 큼직한 글씨로 이렇게 적혀 있었습니다.

이런저런 주문이 많아 귀찮으셨지요. 미안합니다.
이제 마지막입니다.
부디 단지 속 소금으로 온몸을 구석구석 문질러 주십시오.

고급스러운 푸른색 소금 단지가 놓여 있었지만, 이번만큼은 두 사람도 가슴이 철렁하여 크림이 잔뜩 발린 얼굴을 서로 마주 보았습니다.

"너무 이상해."

"나도 이상한 것 같아."

"주문이 많다는 게 저쪽에서 우리한테 하는 말이었어."

"그러니까 말이야. 서양 요리점이라는 것도 여기 온 사람한테 서양 요리를 대접한다는 말이 아니라 여기 온 사람을 서양 요리로 만들어서 먹어 버리는 집이라는 거야. 그러니까 그건 다, 다, 다, 다시 말해서 우, 우, 우리가……."

덜덜 덜덜. 온몸이 떨려서 아무 말도 나오지 않았습니다.

"그, 그러니까 우, 우리가……, 으악!"

벌벌 벌벌. 온몸이 떨려서 아무 말도 할 수가 없었습니다.

"도, 도망쳐……."

신사 하나가 부들부들 떨며 뒤에 있는 문을 열려고 했습니다. 하지만 큰일입니다. 문이 꼼짝도 하지 않았습니다.

안쪽에 커다란 열쇠 구멍 두 개가 있고 구멍 양옆으로 은색 포크와 나이프 무늬가 새겨진 문이 하나 더 있었습니다.

그리고 이렇게 적혀 있었습니다.

고생 많으셨습니다.

훌륭하게 완성되었네요.

자, 어서 뱃속으로 들어와 주십시오.

열쇠 구멍 너머로 푸른 눈알 두 개가 희번덕거리며 이쪽을 들여다보고 있었습니다.

"으악!"

덜덜 덜덜.

"으악!"

벌벌 벌벌.

두 사람은 울음을 터뜨렸습니다.

그러자 문 안쪽에서 속닥거리는 소리가 들려왔습니다.

"안 돼. 벌써 눈치챘어. 소금을 안 문지르네."

"당연하지. 두목이 글을 잘못 썼어. 저기에 이런저런 주문이 많아 귀찮으셨지요, 미안합니다 어쩌고 하는 얼빠진 소리를 적어 놓으니까 그렇잖아."

"아무렴 어때. 어차피 우리한테는 뼈다귀 하나도 안 주는데."

"그건 그래. 하지만 여기로 저 녀석들이 안 들어오면 우리 책임이지."

"부를까? 부르자. 어이, 손님들. 어서 오세요. 오세요. 얼른 오시라고요. 그릇도 씻어 두었고 채소도 소금으로 박박 문질러 놓았어요. 이제 당신들과 채소를 적당히 버무려 새하얀 접시에 올리기만 하면 됩니다. 어서 오세요."

"이봐요, 어서 오세요. 어서 오세요. 혹시 샐러드는 싫어하세요? 그러면 지금부터 불을 피워서 튀김으로 만들어 드릴까요? 아무튼 어서 오세요."

두 사람은 마음을 너무 졸인 나머지, 얼굴이 구깃구깃한 휴지 조각처럼 되고 말았습니다. 그러고는 구겨진 서로의 얼굴을 마주 본 채 벌벌 떨면서 소리 없는 눈물을 흘렸습니다.

안에서 후후 웃는 소리가 들리더니 누군가가 다시 외쳤습니다.

"어서 오세요, 어서요. 그렇게 울면 모처럼 바른 크림이 흘러내리잖아요. 네, 다 됐어요. 금방 갑니다. 자, 얼른 이리로 오세요."

"얼른 오세요. 두목이 벌써 냅킨을 두르고 나이프를 든 채 입맛을 다시면서 손님들을 기다리고 있습니다."

두 사람은 울고 울고 울고 울고 또 울었습니다.

그때 별안간 뒤에서 "멍멍, 멍멍" 하고 개 짖는 소리가 들리더니 흰 곰 같은 개 두 마리가 문을 부수고 방 안으로 뛰어들었습니다. 열쇠 구멍 너머로 보이던 푸른 눈알이 순식간에 사라졌습니다.

개들은 으르렁거리며 한동안 방안을 빙빙 돌다가 또 한 번 "컹컹!" 크게 짖고는 다음 문으로 불쑥 달려들었습니다. 문이 덜컹 열렸고 개들은 빨려 들어가듯 뛰어들었습니다.

그 문 너머 새카만 어둠 속에서 "야옹, 냥, 갸릉갸릉" 하는 소리가 났습니다. 뒤이어 무언가가 자그락거리기도 했습니다.

그 순간 방이 연기처럼 사라지고 두 사람은 추위에 오들오들 떨며 풀숲 한가운데에 서 있었습니다.

돌아보니 외투와 구두와 지갑과 넥타이핀이 이쪽 나뭇가지에 걸려 있고 저쪽 밑동 근처에 널려 있었습니다. 바람이 휘 불어와 풀잎은 사그락사그락, 나뭇잎은 바스락바스락, 나뭇가지는 달카당달카당 소리를 냈습니다.

개들이 으르렁거리며 돌아왔습니다.

그리고 뒤에서 누군가의 외침이 들려왔습니다.

"나리님들, 나리님들."

두 사람은 정신이 번쩍 들어 소리쳤습니다.

"어이, 어이. 여기야, 여기. 우리 여기 있어."

삿갓을 쓴 사냥꾼이 풀숲을 부스럭부스럭 헤치며 다가왔습니다.

두 사람은 그제야 안심했습니다. 그리고 사냥꾼이 가지고 온 경단을 먹은 뒤, 가는 길에 10엔어치 꿩을 사서 도쿄로 돌아갔습니다.

그러나 휴지 조각처럼 구깃구깃 구겨졌던 두 사람의 얼굴만은 도쿄로 돌아온 후에도, 따뜻한 욕조에 몸을 담근 후에도 결코 원래대로 돌아오지 않았습니다.

도토리와 들고양이

어느 날, 이치로는

재판을 도와달라는 엽서를 받고

혼자서 산으로 향했습니다.

어느 토요일 저녁, 이치로네 집으로 이상한 엽서가 도착했습니다.

가네타 이치로 님 9월 19일

잘 지내시는가요.

내일, 귀찮은 재판 열리니 꼭 오세요.

딱총은 집애 노코 오시기 바람미다.

들고양이 드림

이런 것이었습니다. 글씨도 삐뚤빼뚤하고 여기저기 검댕이 묻어 손이 더러워질 지경이었습니다. 하지만 이치로는 하늘을 날 것처럼 기뻤습니다. 엽서를 남몰래 책가방에 집어넣고 집 안 구석구석을 펄쩍펄쩍 뛰어다녔습니다.

자려고 누워서도 들고양이가 야옹 우는 얼굴이나 귀찮다는 그 재판 풍경을 상상하느라 밤늦도록 잠들지 못했습니다.

이치로가 눈을 떴을 땐 어느새 날이 밝아 있었습니다. 밖으로 나오니 주변 산들이 지금 막 태어난 것처럼 새파란 하늘 아래 싱그럽게 솟아 있었습니다. 이치로는 서둘러 밥을 먹고 골짜기로 난 오솔길을 홀로 걸어 올라갔습니다.

쏴 하고 맑은 바람이 불자 밤송이가 후드득후드득 떨어졌습니다. 이치로는 밤나무를 올려다보며 물었습니다.

"밤나무야, 밤나무야. 혹시 지나가는 들고양이 못 보았니?"

"들고양이라면 오늘 아침 일찍 마차를 타고 동쪽으로 부리나케 달려갔어요."

밤나무가 차분하게 대답했습니다.

"동쪽이라면 내가 가는 쪽이네. 이상하군. 아무튼 더 가 봐야겠어. 밤나무야, 고마워."

밤나무는 말없이 다시 열매를 후드득후드득 떨어뜨렸습니다.

이치로는 조금 더 가서 어느덧 피리 부는 폭포에 다다랐습니다. 피리 부는 폭포란 새하얀 암벽 중간쯤에 작은 구멍이 나 있고 그곳에서 피리 소리를 내며 비어져 나오는 물이 폭포를 이루어 골짜기로 콸콸 떨어지는 곳을 말합니다.

이치로는 폭포를 향해 소리쳤습니다.

"어이, 피리 부는 폭포야. 혹시 지나가는 들고양이 못 보았니?"

"들고양이라면 아까 마차를 타고 서쪽으로 부리나케 달려갔어요."

폭포가 휘휘 소리 내며 대답했습니다.

"이상하네, 서쪽이라면 우리 집 쪽인데. 그냥 조금 더 가 보자. 피리 부는 폭포야, 고마워."

폭포는 다시 원래대로 피리를 불기 시작했습니다.

이치로가 또 조금 더 가니 너도밤나무 아래 하얀 버섯들이 한가득 모여 쿵더쿵쿵더쿵 이상한 연주를 하고 있었습니다.

이치로는 허리를 숙이고 물었습니다.

"어이, 버섯아. 혹시 지나가는 들고양이 못 보았니?"

"들고양이라면 이른 아침에 마차를 타고 남쪽으로 부리나케 달려갔어요."

버섯이 대답했습니다. 이치로는 고개를 갸웃했습니다.

"남쪽이라면 저기 산속인데. 이상하네. 그냥 조금 더 가 봐야겠다. 버섯아, 고마워."

버섯들은 분주하게 쿵더쿵쿵더쿵 이상한 연주를 이어 갔습니다.

이치로는 또 조금 더 갔습니다. 그러자 다람쥐 한 마리가 호두나무 가지 끝으로 폴짝 뛰어올랐습니다. 이치로는 손짓으로 얼른 다람쥐를 멈춰 세우며 물었습니다.

"어이, 다람쥐야. 혹시 지나가는 들고양이 못 보았니?"

"들고양이라면 오늘 아침 아직 어둑할 무렵에 마차를 타고 남쪽으로 부리나케 달려갔어요."

다람쥐가 나무 위에서 손 그늘을 만들어 이치로를 바라보며 대답했습니다.

"남쪽으로 갔다고? 두 번이나 같은 말이 나오다니 이상하네. 그래도 조금 더 가 보자. 다람쥐야, 고마워."

다람쥐는 벌써 사라지고 없었습니다. 다만 호두나무 꼭대기 가지가 흔들리고 그 옆의 너도밤나무 이파리가 반짝일 뿐이었습니다.

이치로가 조금 더 갔더니 골짜기를 따라 난 길이 좁아져 사라지고

말았습니다. 그리고 골짜기 남쪽 새카만 비자나무 숲 쪽으로 좁다랗게 새 길이 나 있었습니다. 이치로는 그 길로 올라갔습니다.

비자나무 가지가 새카맣게 겹쳐서 푸른 하늘이 한 조각도 보이지 않고 비탈길은 대단히 가팔랐습니다. 이치로가 새빨개진 얼굴로 땀을 뻘뻘 흘리며 산비탈을 오르는데 별안간 사방이 확 밝아지면서 눈앞이 번쩍했습니다.

그곳은 풀잎이 바람에 살랑살랑 흔들리고 주변은 멋진 올리브색 비자나무 숲으로 둘러싸인 아름다운 금빛 풀밭이었습니다.

풀밭 한가운데에 키가 작고 생김새가 이상한 남자가 손에 가죽 채찍을 들고 무릎을 굽힌 채 말없이 이쪽을 보고 있었습니다.

이치로는 조금씩 다가가다가 깜짝 놀라 걸음을 멈추고 말았습니다. 남자는 애꾸눈이었는데 보이지 않는 쪽의 하얀 눈알이 꿈틀거렸고 윗옷인지 웃옷인지 모를 괴상한 것을 입고 있었습니다. 무엇보다 다리가 산양처럼 휙 구부러져 있으며 발끝이 밥주걱 모양이었습니다. 이치로는 께름칙했지만 되도록 침착하게 물었습니다.

"혹시 들고양이 못 보셨나요?"

그러자 남자가 곁눈으로 이치로를 보더니 입술을 오므리고 실쭉 웃으며 말했습니다.

"들고양이님은 곧 돌아오실 거야. 너는 이치로구나."

깜짝 놀란 이치로가 뒤로 한 걸음 물러서며 말했습니다.

"네, 제가 이치로예요. 제 이름을 어떻게 아시나요?"

그 말에 기이한 남자가 싱글벙글 웃었습니다.

"그렇담 엽서를 봤겠네."

"봤습니다. 그래서 온 걸요."

"글 되게 못 썼지?"

남자가 고개를 숙이고 서글픈 목소리로 말했습니다. 이치로는 왠지 마음이 쓰였습니다.

"아니요, 글솜씨가 상당히 훌륭하던데요."

그러자 남자는 무척이나 기뻤는지 후후 숨을 고르고 귀 끝까지 빨개져서는 옷깃을 벌려 몸에 바람을 넣으며 물었습니다.

"글씨도 제법 잘 썼던가?"

이치로는 엉겁결에 웃음을 터뜨리며 대답했습니다.

"잘 썼어요. 5학년도 그렇게는 못 쓸 거예요."

그러자 남자가 다시 언짢은 표정을 지었습니다.

"5학년이라는 건 초등학교 5학년 말이지?"

그 목소리가 너무도 힘이 없고 가엾게 들려서 이치로는 재빨리 말했습니다.

"아니요, 대학교 5학년입니다."

그러자 남자는 또다시 기뻐서 마치 얼굴 전체가 입이 된 것처럼 히쭉히쭉 히쭉히쭉 웃으며 소리쳤습니다.

"그 엽서, 내가 쓴 거야."

이치로는 웃음을 꾹 참고 물었습니다.

"당신은 대체 누구십니까?"

남자가 돌연 진지한 표정으로 대답했습니다.

"나는 들고양이님의 전속 마부지."

그 순간 바람이 휙 불어와 풀들이 한차례 물결치자 마부는 서둘러 정중하게 절했습니다.

이상해서 뒤를 돌아본 이치로는 노란 조끼 차림에 녹색 눈을 동그랗게 뜨고 선 들고양이를 발견했습니다. '들고양이 귀는 참 뾰족하구나'라고 생각하는데 들고양이가 꾸뻑 절을 했습니다. 이치로도 정중하게 인사했습니다.

"아, 안녕하세요. 어제는 엽서 고마웠어요."

들고양이는 수염을 팽팽하게 세우고 배를 앞으로 쑥 내밀며 대답했습니다.

"안녕하세요. 잘 오셨습니다. 실은 그저께부터 귀찮은 다툼이 생겼어요. 까다로운 재판이라 당신의 의견을 물어보고 싶었습니다. 그럼 편안히 쉬고 계세요. 곧 도토리들이 몰려올 겁니다. 정말이지, 매년 이 재판 때문에 괴로워요."

그러더니 품속에서 담배를 꺼내 한 대 물고는 이치로에게도 권했습니다.

"태우시겠습니까?"

이치로가 깜짝 놀라 말했습니다.

"아니요."

"음, 아직 어리시니까."

들고양이는 느긋하게 웃은 뒤, 성냥을 휙 긋고는 일부러 얼굴을 찡그리면서 푸른 연기를 뿜었습니다. 들고양이의 전속 마부는 예의를 갖추고 꼿꼿이 서 있었지만 담배 생각이 너무나도 간절한 듯 눈물을 뚝뚝 흘렸습니다.

그때였습니다. 이치로는 발밑에서 소금이 톡톡 튀어 오르는 듯한 소리를 들었습니다. 깜짝 놀라 몸을 웅크렸더니 풀밭 여기저기에 노랗고 둥근 것이 반짝반짝 빛나고 있었습니다. 자세히 들여다보니까 그것은 빨간 바지를 입은 도토리였습니다. 300알은 족히 넘어 보였습니다. 다들 와글와글 와글와글 시끄러웠습니다.

"오, 왔군. 개미 떼처럼 몰려온다니까. 자, 얼른 방울을 울리게. 오늘은 그곳에 빛이 잘 드니 그쪽 풀을 베지."

들고양이가 담배를 휙 버리며 서둘러 마부에게 명령했습니다. 당황한 마부는 허리춤에서 커다란 낫을 꺼내 들고양이 앞에 자란 풀을 싹둑싹둑 베었습니다. 그러자 풀숲 사방에서 도토리들이 반짝거리며 튀어나와 와글와글 와글와글 소리를 냈습니다.

전속 마부가 방울을 딸랑딸랑 딸랑딸랑 흔들었습니다. 방울 소리가 비자나무 숲속으로 딸랑딸랑 딸랑딸랑 울려 퍼졌고 그제야 황금 도토리들이 살짝 조용해졌습니다. 들고양이는 어느새 검고 긴 판사복을 입고 거만한 자세로 도토리들 앞에 앉아 있었습니다. 이치로는 마치 나라현의 큰부처 앞에 모여든 사람들 같다고 생각했습니다. 전속 마부가 가죽 채찍을 두세 번 휘익 착 휘익 착 휘둘렀습니다.

하늘은 맑고 파랬으며 도토리들은 반짝반짝 빛이 나서 정말 아름다웠습니다.

“재판도 오늘로 벌써 사흘째요. 이만 화해하는 게 어떻겠소.”

들고양이가 걱정스러우면서도 거만한 표정으로 말하자 도토리들이 저마다 소리를 질렀습니다.

“아니, 아니요. 안 됩니다. 뭐니 뭐니 해도 머리가 뾰족한 게 제일 훌륭합니다. 그리고 제가 제일 뾰족합니다.”

“아뇨, 아니에요. 동그란 게 훌륭하죠. 제일 동그란 건 접니다.”

“무슨 소리. 큰 게 제일이에요. 큰 게 제일 훌륭하지요. 제가 제일 크니까 제가 제일 훌륭합니다.”

“그렇지 않아요. 제일 큰 건 저라고 판사님이 어제 말씀하셨잖아요.”

“그게 아니지. 키가 커야지. 키가 큰 게 제일이지.”

“오줌을 잘 누는 게 제일 훌륭해. 오줌발로 결정하자.”

다들 왁자그르르 왁자그르르 말을 쏟아 내니 꼭 벌집을 쑤신 것처럼 정신이 하나도 없었습니다. 그때 들고양이가 소리쳤습니다.

“시끄러워요! 여기를 대체 뭐라고 생각하는 거야. 조용, 조용히!”

도토리들은 마부가 휘익 착 채찍을 휘두르자 겨우 조용해졌습니다. 들고양이가 수염을 획 꼬며 말했습니다.

“재판도 오늘로 벌써 사흘째요. 이만 화해하는 게 어떻겠소.”

그러자 도토리들이 저마다 입을 열었습니다.

"아니, 아니요. 안 됩니다. 뭐니 뭐니 해도 머리가 뾰족한 게 제일 훌륭합니다."

"아니요, 아닙니다. 동그란 게 훌륭합니다."

"그렇지 않아요. 큰 게 제일입니다."

왁자그르르 왁자그르르. 정신이 하나도 없었습니다. 들고양이가 소리쳤습니다.

"시끄러우니까 입 다물어요! 여기를 대체 뭐라고 생각하는 거야. 조용, 조용히."

마부가 휘익 착 채찍을 휘둘렀습니다. 들고양이는 수염을 휙 꼬며 말했습니다.

"재판도 오늘로 벌써 사흘째요. 이만 화해하는 게 어떻겠소."

"아니, 아니요. 안 됩니다. 머리가 뾰족한 게……."

왁자그르르 왁자그르르.

들고양이가 소리쳤습니다.

"시끄러워요! 여기를 대체 뭐라고 생각하는 거야. 조용, 조용히."

마부가 휘익 착 채찍을 휘두르자 도토리들이 모두 조용해졌습니다. 들고양이가 이치로에게 속삭였습니다.

"이런 상황입니다. 어쩌면 좋을까요."

이치로가 웃으며 대답했습니다.

"그럼 이런 판결은 어떨까요? 이 가운데 가장 바보에, 정신 빠진 얼간이에, 돼먹지 못한 도토리가 제일 훌륭하다고요. 저도 배운 거예요."

들고양이는 만족스럽게 고개를 끄덕였습니다. 그러고는 거드름을 피우며 판사복 옷깃을 열어 노란 조끼를 살짝 매만지더니 도토리들에게 선고했습니다.

"좋습니다. 조용히들 하세요. 판결하겠습니다. 이 가운데, 가장 못났고, 바보에, 정신 빠진 얼간이에, 머리는 나쁘며, 돼먹지 못한 멍텅구리 같은 녀석이 제일 훌륭합니다."

도토리들이 쥐 죽은 듯 잠잠해졌습니다. 잠잠해지다 못해 몸이 굳어 버린 듯했습니다.

그제야 들고양이는 검은 공단 옷을 벗고 이마의 땀을 닦으며 이치로의 손을 잡았습니다. 전속 마부도 기뻐서 채찍을 대여섯 번 휘익 착 휘익 착 휘이익 차작 내리쳤습니다.

들고양이가 말했습니다.

"정말 고맙습니다. 이렇게 어려운 재판을 1분 30초 만에 해결해 주셨어요. 부디 이 재판소의 명예 판사가 되어 주십시오. 앞으로도 엽서가 도착하면 와 주시겠습니까. 그때마다 사례하겠습니다."

"좋아요. 하지만 사례는 필요 없어요."

"아닙니다. 꼭 받아 주십시오. 그것은 저의 품격과도 관련이 있으니까요. 그리고 이제부터는 받는 사람을 '가네타 이치로 귀하'로, 보내는 사람을 '재판소'라고 하겠습니다. 어떠십니까?"

"네, 좋습니다."

이치로의 대답에 들고양이는 아직 무언가 더 할 말이 남은 것처럼 잠시 수염을 꼬며 눈을 깜박깜박했습니다. 그러다가 마침내 결심이 섰는지 말을 꺼냈습니다.

"그리고 엽서에 쓸 문구 말입니다만, 앞으로는 '이러저러한 용무가 있으니 내일 출두할 것'이라고 쓰면 어떻겠습니까?"

이치로는 웃으며 말했습니다.

"글쎄요, 좀 이상한데요. 그건 하지 않는 게 좋겠어요."

들고양이는 뭐라 말할 수 없이 거북하고 안타까운 표정으로 한동안 수염을 꼰 채 아래를 내려다보았습니다. 하지만 마침내 포기했는지 이렇게 말했습니다.

"그렇다면 문구는 이전번처럼 하지요. 그리고 오늘 일의 사례 말인데요. 황금 도토리 한 되와 소금에 절인 연어 머리 중에 어느 쪽이 더 좋으십니까?"

"황금 도토리가 좋겠습니다."

들고양이는 연어 머리가 아니라 다행이라는 듯 재빠른 말투로 전속 마부에게 말했습니다.

"얼른 가서 도토리 한 되를 가져와. 한 되가 되지 않거든 도금한 도토리도 섞어서. 어서."

마부는 아까 그 도토리를 포대에 담아 달아 보고는 외쳤습니다.

"마침 딱 한 되가 있습니다."

들고양이의 망토가 바람에 펄럭펄럭 날렸습니다. 들고양이는 크게 기지개를 켜고 눈을 감은 채 반쯤 하품을 하면서 말했습니다.

“좋아. 어서 마차를 준비해.”

거대한 흰색 버섯으로 만든 마차가 끌려 왔습니다. 어딘가 이상하게 생긴 회색빛 말이 끄는 마차였습니다.

“자, 집에 모셔다드리겠습니다.”

들고양이가 말했습니다. 이치로와 들고양이가 마차에 오르자 전속 마부가 도토리 포대를 마차에 실었습니다.

휘익 착.

마차가 풀밭을 달려 나갔습니다. 나무와 수풀이 연기처럼 풀썩풀썩 들썩였습니다. 이치로는 황금 도토리를 바라보고 들고양이는 의뭉스러운 얼굴로 먼 곳을 바라보았습니다.

도토리는 마차가 앞으로 나아갈수록 점차 반짝이는 빛을 잃더니 얼마 후 마차가 멈췄을 때는 평범한 갈색 도토리로 바뀌어 있었습니다. 그리고 들고양이의 노란 조끼도, 마부도, 버섯 마차도 한순간에 사라지고 이치로만이 도토리 한 포대를 든 채 자기 집 앞에 서 있었습니다.

그날 이후, 들고양이로부터 다시는 엽서가 오지 않았습니다. 이치로는 그냥 '출두할 것'이라고 써도 좋다고 할 걸 그랬다며 종종 생각하곤 합니다.

오쓰벨과 코끼리

오쓰벨은 탈곡기를 여섯 대나 가지고 있는
땅 주인입니다. 하루는 탈곡기를 돌리고 있는데
흰색 코끼리가 나타났습니다.

…한 소몰이꾼이 이야기를 꺼냈다.

첫 번째 일요일

오쓰벨은 참 대단한 작자야. 낟알 떠는 탈곡기를 여섯 대나 설치하고선 윙윙 윙윙 윙윙 무시무시한 소리를 내며 돌리고 있거든.

농부 열여섯 명이 시뻘겋게 달아오른 얼굴로 작은 산처럼 쌓인 벼를 닥치는 대로 가져다가 발을 구르며 기계를 돌렸어. 낟알 떨어진 볏짚이 기계 뒤로 쌓이면서 다시 새로운 산을 만들었지. 왕겨와 볏짚에서 미세한 먼지가 누렇게 피어올라 마치 사막에 부는 모래바람 같더군.

오쓰벨은 그 어두침침한 작업장에서 커다란 호박석 파이프를 입에 물고 담뱃재가 벼에 떨어지지 않는지 실눈을 뜨고 살피면서 뒷짐 진 채 어슬렁어슬렁 돌아다니고 있었지.

작업장은 상당히 견고했고 크기도 학교만큼 컸지만 신식 탈곡기가 여섯 대나 돌아가니 건물 전체가 윙윙거리며 흔들렸어. 그 때문인지 안에 들어가 있는 것만으로도 배가 고파질 지경이었지. 그래서 오쓰벨은 그곳에서 한껏 배를 주렸다가 점심 식사 때 팔뚝만 한 비프스테이크나 수건만 한 오믈렛 같은 따끈따끈한 음식을 먹곤 했어.

아무튼 그렇게 윙윙댔거든.

그러던 어느 날, 어찌 된 영문인지 그곳에 흰색 코끼리 한 마리가 나타난 거야. 페인트칠한 게 아니라니까. 왜 왔냐고? 코끼리니까 슬렁슬렁 걷다가 숲을 빠져나와 우연히 들어왔겠지.

코끼리가 작업장 입구로 천천히 얼굴을 들이밀자 농부들은 가슴이 덜컹 내려앉았어. 왜 내려앉았냐고? 질문이 많네. 그야 코끼리가 무슨 짓을 할지 모르지 않나. 공연히 상관했다가 봉변당하면 큰일이니 다들 자기 벼만 열심히 털어 댔지.

그런데 그때 오쓰벨은 나란히 늘어선 기계 뒤에서 두 손을 주머니에 찔러 넣으며 매서운 눈으로 코끼리를 흘끗 보았어. 그러고는 재빨리 고개를 숙인 채 별일 아니라는 듯 늘 하던 것처럼 어슬렁어슬렁 왔다 갔다 했지.

그런데 흰 코끼리가 이번에는 한 발을 작업장 안으로 들여놓는 거야. 농부들은 가슴이 철렁했어. 하지만 일도 바쁘고 괜히 말려들어 혼쭐이 날까 두려운 마음에 그쪽은 보지 않고 계속 벼만 털었어.

오쓰벨은 어두침침한 구석에서 주머니에 넣었던 두 손을 꺼낸 다음에 또다시 코끼리를 흘끗 보았어. 그러고는 지루하다는 듯 일부러 크게 하품하고는 두 손을 올려 머리 뒤로 깍지 낀 채 왔다 갔다 했지. 코끼리가 힘차게 두 발을 밀어 넣으며 작업장에 들어오려고 했어. 농부들은 가슴이 철렁했고 오쓰벨도 살짝 겁이 났는지 커다란 호박석 파이프에서 훅 하며 연기를 내뿜었지. 그래도 역시나 아무것도 못 본 척 천천히 그 근방을 걸었어.

마침내 코끼리가 작업장 안으로 느릿느릿 걸어 들어왔지. 그러고는 기계 앞을 한가로이 누비기 시작했어.

아무튼 기계는 격렬하게 돌아갔고 왕겨가 소나기나 싸락눈처럼 코끼리에게 날아가 타닥타닥 부딪혔어. 코끼리는 귀찮은 듯 작은 눈을 가늘게 떴는데 다시 자세히 보니 분명 슬쩍 웃고 있었어.

오쓰벨이 겨우 각오를 다지고 탈곡기 앞으로 나와 코끼리에게 말을 걸려던 때였어. 코끼리가 아주 예쁘고 꾀꼬리처럼 고운 목소리로 이렇게 불평하는 거야.

"아아, 안 되겠어. 너무 빨리 돌리니까 모래가 내 이빨로 날아와 부딪히잖아."

왕겨 껍질은 정말로 타닥타닥 이빨에 튀었고 새하얀 머리와 목덜미에도 부딪혔어.

자, 이제 오쓰벨은 목숨을 걸고 나섰지. 파이프를 오른손에 고쳐 쥐고 배짱을 부리며 이렇게 말했어.

"어때, 여기가 재미있나?"

"재미있어."

코끼리가 몸을 비스듬히 기울이고 눈을 가늘게 늘이며 대답했어.

"쭉 여기 있는 건 어때?"

그 말에 농부들은 깜짝 놀라 숨을 죽이고 코끼리를 보았지. 오쓰벨도 말을 툭 던지자마자 몸을 덜덜 떨기 시작했어. 하지만 코끼리는 태연하게 대답하는 거야.

"있을게."

"그렇구나. 그럼 그러자. 그렇게 하는 걸로 하자고."

오쓰벨은 얼굴이 잔뜩 주름지고 새빨개질 만큼 기뻐하며 말했어. 알겠지? 그렇게 코끼리는 오쓰벨의 재산이 된 거야. 두고 보라고. 오쓰벨은 흰 코끼리를 부려 먹든 서커스단에 팔아먹든 1만 엔 이상은 벌 테니까.

두 번째 일요일

오쓰벨은 참 대단한 작자야. 게다가 얼마 전 탈곡장에서 훌륭하게 제 것으로 만든 코끼리도 참 대단하지. 말 20마리만큼의 힘을 내니까. 우선 피부가 새하얗고 엄니는 원래부터 아주 깨끗한 상아질이야. 가죽은 두말할 것 없이 튼튼하고 훌륭하지. 일도 꽤 열심히 하고 말이야. 하지만 그렇게나 돈벌이할 수 있는 건 역시 주인이 잘난 탓이겠지.

"어이, 자네 시계 필요 없나?"

통나무로 지은 코끼리 우리 앞에서 오쓰벨이 호박석 파이프를 입에 문 채 얼굴을 찡긋하면서 물었어.

"나는 시계 필요 없어."

코끼리가 웃으며 대답했지.

"그래도 한번 차 봐. 좋은 거니까."

오쓰벨은 그렇게 말하며 양철로 만든 커다란 시계를 코끼리 목에 매달았어.

"그럴듯하네."

코끼리가 말했어.

그러니까 오쓰벨 이 작자가 말이야, "쇠줄도 있어야겠군"이라고 말하면서 100킬로그램이나 되는 쇠줄을 코끼리 앞다리에 걸었지.

"음, 쇠줄도 그럴듯하군."

코끼리가 세 걸음 걸어 보더니 말했어.

"구두를 신으면 어떨까?"

"나는 구두 같은 거 안 신어."

"그래도 한번 신어 봐. 좋은 거야."

오쓰벨은 얼굴을 찌푸리며 종이를 굳혀 만든 크고 빨간 구두를 코끼리 뒷발에 신겼어.

"그럴듯하군."

코끼리가 말했어.

"구두에 장식을 달아야겠다."

오쓰벨은 서둘러 400킬로그램이나 되는 추를 구두 위에 묶었어.

"음, 그럴듯하군."

코끼리는 두 걸음 걸어 보고는 아주 기쁜 듯 중얼거렸지.

다음 날, 거대한 양철 시계와 쓸모없는 종이 구두는 떨어져 나가고 코끼리는 쇠줄과 추만 매단 채로 크게 기뻐하며 걸어 다녔어.

"미안한데 세금이 올랐거든. 오늘은 강에 가서 물 좀 길어다 주겠나."

오쓰벨이 뒷짐을 지고 얼굴을 찌푸리며 코끼리에게 말했어.

"어어, 내가 물을 길어다 주지. 몇 번이라도 길어다 주지."

코끼리는 눈을 가늘게 뜨고 기뻐하면서 그날 오후에만 50번이나 강물을 길어 왔어. 그러고는 채소밭에 물을 줬지.

저녁 무렵, 코끼리는 우리 안에서 볏짚 열 단을 먹으며 서쪽에 뜬 초사흘 달을 보고 말했어.

"아아, 일한다는 건 유쾌하구나. 기분이 상쾌해."

다음 날이 되었어. 술 달린 빨간 모자를 쓴 오쓰벨이 두 손을 주머니에 찔러 넣은 채 코끼리에게 말했지.

"미안한데 세금이 또 올랐어. 오늘은 숲에 가서 땔감을 좀 날라다 주겠나."

"어어, 내가 땔감을 해다 주지. 날씨가 참 좋군. 나는 원래 숲에 가는 걸 아주 좋아해."

코끼리가 웃으면서 대답했어.

오쓰벨은 순간 가슴이 철렁해서 손에 든 파이프를 떨어뜨릴 뻔했어. 하지만 코끼리가 너무도 유쾌하다는 듯이 천천히 걸어 나왔기에 안심하고 다시 파이프를 문 다음에 잔기침을 한 번 뱉고는 일하는 농부들을 보러 갔어.

그날 한나절 동안 코끼리는 900단이나 되는 땔감을 나르며 가늘게 뜬 눈으로 즐거워했지.

저녁 무렵, 코끼리는 우리 안에서 볏짚 여덟 단을 먹으며 서쪽에 뜬 초나흘 달을 보고 "아아, 기분 좋다. 산타마리아" 하고 혼잣말을 했다는군.

다음 날이 밝았어.

"미안한데 세금이 다섯 배나 올랐어. 오늘은 대장간에 가서 숯불을 좀 피워 주겠나."

"어어, 내가 피워 주지. 마음만 먹으면 입김 한 방으로 돌도 날릴 수 있다고."

오쓰벨은 다시 뜨끔했지만 마음을 다잡고 웃었어.

코끼리는 어슬렁어슬렁 대장간으로 가서 털썩 주저앉은 뒤, 불길을 키우는 송풍기를 대신해서 한나절 내내 숯을 피웠지.

그날 밤, 코끼리는 코끼리 우리 안에서 볏짚 일곱 단을 먹으며 서쪽 하늘에 뜬 초닷새 초승달을 보고 말했어.

"아아, 피곤하구나. 기쁘구나. 산타마리아."

어때. 그렇게 해서 다음 날부터는 코끼리가 아침부터 열심히 일하게 된 거야. 어제는 볏짚도 다섯 단밖에 먹지 않았지. 겨우 다섯 단으로 그런 힘이 나온다니까.

코끼리는 정말로 경제적이야. 그렇게 말할 수 있는 것도 오쓰벨이 똑똑하고 훌륭한 덕분이겠지. 오쓰벨은 참 대단한 작자야.

다섯 번째 일요일

아, 오쓰벨 말인가? 안 그래도 말하려던 참인데 오쓰벨이 갑자기 사라졌어.

진정하고 내 말 좀 들어 봐. 오쓰벨은 전에 말한 코끼리를 너무 심하게 대했어. 하는 짓이 점점 심해져서 코끼리도 웃음기를 잃어 갔지. 가끔은 붉은 용 같은 눈으로 이렇게 가만히 오쓰벨을 내려보기도 했어.

어느 날 밤, 코끼리가 코끼리 우리에서 볏짚 세 단을 먹으며 초열흘 달을 올려다보고는 "괴롭습니다. 산타마리아" 하고 말했던 거야.

그걸 들은 오쓰벨은 사사건건 코끼리를 괴롭혔지.

다음 날 밤, 코끼리는 휘청휘청 쓰러져 코끼리 우리 땅바닥에 주저앉은 채 볏짚도 먹지 않고 열하루 달을 보며 말했어.

"이제 안녕. 산타마리아."

"저런. 무슨 소리야? 안녕이라니?"

달이 코끼리에게 물었지.

"맞아요, 안녕입니다. 산타마리아."

"뭐야. 덩치만 컸지 담력이라고는 없는 녀석이네. 동료들한테 편지를 쓰면 되잖아."

달이 웃으며 말했어.

"붓도 없고 종이도 없는데요."

코끼리는 맑고 가느다란 소리로 훌쩍훌쩍 훌쩍훌쩍 울기 시작했어.

"자, 여기 있어."

바로 눈앞에서 귀여운 아이 목소리가 들렸어. 코끼리가 고개를 들어 보니 붉은 옷을 입은 동자가 벼루와 종이를 들고 서 있었지. 코끼리는 곧장 편지를 썼어.

'나는 아주 비참한 꼴을 당하고 있다. 다 같이 와서 나를 구해다오.'

동자는 곧장 편지를 들고 숲으로 들어갔어.

붉은 옷을 입은 동자가 산에 도착한 건 점심 무렵이었어. 이때 숲의 코끼리들은 사라수 그늘에 앉아 바둑을 두거나 하며 쉬고 있다가 이마를 맞대고 편지를 보았어.

'나는 아주 비참한 꼴을 당하고 있다. 다 같이 와서 나를 구해다오.'

코끼리들은 일제히 벌떡 일어나 새까맣게 변해서는 울부짖었어.

"오쓰벨을 해치우자."

대장 코끼리가 소리 높여 외쳤어.

“좋아, 가자. 쿠우우우아 쿠우우우아.”

모두가 한목소리로 응답했지.

자, 이제 코끼리들은 모조리 숲을 뚫고 나와 쿠우우우아 쿠우우우아 하며 폭풍같이 들판을 내달렸어. 다들 제정신이 아니었지. 작은 나무는 뿌리째 뽑혔고 덤불이며 뭐며 엉망진창이 됐어. 쿠아 쿠아 쿠아 쿠아! 불꽃이 터지듯 들판을 냅다 달렸지. 그렇게 달리고 달려서 이윽고 들판 끝 푸른 안개 너머에 오쓰벨 저택의 노란 지붕이 보이자 코끼리들은 동시에 폭발했어.

쿠우우우아 쿠우우우아! 때는 오후 한 시 반, 오쓰벨은 가죽 침대에 누워 한창 낮잠을 즐기며 까마귀 꿈을 꾸고 있었거든. 어마어마한 소리에 오쓰벨 저택의 농부들이 대문 밖으로 나와 이마에 손 그늘을 만들며 무슨 일인가 하고 내다보았지. 수풀처럼 빼곡한 코끼리 무리였어. 달리는 기차보다 더 빨랐지. 농부가 새파랗게 질린 얼굴로 힘껏 달려가 소리쳤어.

“주인님, 코끼리가 옵니다. 왕창 몰려오고 있어요. 주인님, 코끼리가 옵니다.”

그런데 오쓰벨은 역시 대단한 작자야. 눈을 딱 뜨는 순간 이미 사태를 다 파악했지.

“어이, 코끼리 자식은 우리에 있나? 있어? 있다고? 좋아, 문을 닫아. 얼른 코끼리 우리 문을 잠그라고. 잘했어. 이제 빨리 통나무를 가져와. 가둬 버리자고. 빌어먹을. 허둥대지 말고 통나무를 거기 묶어. 제까짓

것들이 뭘 어쩔 거야. 괜찮으니까 긴장 풀어. 통나무를 대여섯 개 더 가져와. 자, 이제 됐어. 된 거야. 당황할 거 없다니까. 어이, 이번엔 문이다. 문을 잠가. 빗장을 걸어. 버팀목, 버팀목도. 바로 그거야. 어이, 다들 걱정하지 말고 정신 바싹 차려."

오쓰벨은 준비를 다 마친 후에 나팔처럼 멋들어진 목소리로 농부들을 격려했어. 하지만 농부들은 제정신이 아니었지. 저런 주인한테 휘말려서 잡아먹히고 싶지 않았기 때문에 다들 수건이나 손수건, 더러워진 하얀 천 조각 같은 걸 팔뚝에 둘둘 말았어. 항복한다는 표시였지.

오쓰벨은 점점 조바심이 나는지 근방을 마구 뛰어다녔어. 오쓰벨이 기르는 개도 잔뜩 흥분해서는 불이라도 붙은 것처럼 짖어 대며 저택을 뛰어다녔지.

잠시 후, 땅이 우르르 흔들리고 철퍽철퍽 소리가 나며 일대가 어두워지더니 코끼리들이 저택을 에워쌌어. 쿠우우우아 쿠우우우아!

"곧 도와줄 테니 안심해."

그런 무시무시한 소란 중에 부드러운 목소리도 들려왔지.

"고맙다. 여기까지 와 줘서 정말로 기뻐."

코끼리 우리에서도 목소리가 들렸어. 그러자 코끼리들은 한층 더 격렬하게 쿠우우우아 쿠우우우아 하며 담장 주위를 빙글빙글 맴돌았고 그중 몇몇은 화가 나 코를 마구 휘젓기도 했어. 하지만 철근을 넣고 시멘트를 발라 만든 담장은 코끼리라도 쉬이 무너뜨릴 수 없었지. 담장 안쪽에서는 오쓰벨 혼자 목소리를 높이고 있었어. 농부들은 어질어질

해서 우왕좌왕할 뿐이었지. 그러다 마침내 담장 밖 코끼리들이 동료의 몸을 밟고 올라가 담을 넘으려 했던 거야.

차례차례 얼굴이 쓱 내밀어졌어. 오쓰벨의 개는 잔뜩 주름진 거대한 회색 얼굴을 보자마자 기절하고 말았고 오쓰벨은 총을 쏘아 대기 시작했어. 여섯 발을 연달아 쏠 수 있는 권총이었지. 탕, 쿠우우우아. 탕, 쿠우우우아. 탕, 쿠우우우아. 하지만 총알은 코끼리 가죽을 뚫지 못했어. 상아에 부딪혀 튕겨 나가기도 했지.

어떤 코끼리가 이렇게 말했어.

"이거 참 성가시네. 얼굴에 탁탁 부딪혀."

오쓰벨은 언젠가 비슷한 불평을 들었던 것 같다고 생각하며 허리춤에서 새 탄환 상자를 꺼냈어. 그사이에 코끼리의 한쪽 다리가 담을 넘어 안쪽으로 들어왔고 뒤이어 다른 다리도 들어왔어. 코끼리 다섯 마리가 한꺼번에 담장에서 쿵 하고 떨어졌을 때, 탄환 상자를 움켜쥔 오쓰벨은 이미 납작 뭉개져 있었지. 빠르게 문이 열렸고 코끼리들이 쿠우우우아 쿠우우우아 거침없이 밀려들어 왔어.

"코끼리 우리는 어디 있나?"

모두들 우리로 몰려갔어. 통나무 따위는 성냥개비처럼 부러졌고 바싹 마른 흰 코끼리가 우리 밖으로 나왔어.

"저런, 그새 많이 야위었구나. 정말 다행이야."

코끼리들이 가만히 다가와 쇠줄과 추를 벗겨 주었어.

"아아, 고맙다. 정말 죽는 줄 알았어."

흰 코끼리가 씁쓸하게 웃으며 말했어.

어이쿠, *(한 글자 불명)*, 강에 들어가지 말라니까.

쳇 쥐

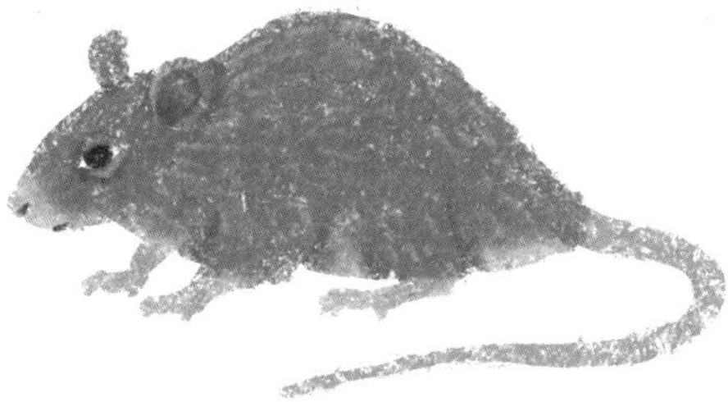

낡은 집 다락에 사는 쳇 쥐는

불평불만이 하도 많아서

친구를 모두 잃었습니다.

어느 낡은 집 컴컴한 다락에 '쳇'이라는 이름의 쥐가 살았습니다.

하루는 쳇 쥐가 사방을 두리번거리며 마루 아랫길을 따라 걸어가는데 맞은편에서 족제비가 뭔가 맛있는 걸 잔뜩 들고 바람처럼 달려왔습니다. 족제비는 쳇 쥐를 보고 잠깐 멈춰 서서 빠르게 말했습니다.

"이보게, 쳇 쥐. 그대의 집 찬장 구멍에서 별사탕이 잔뜩 쏟아지고 있어. 얼른 가서 주우시게."

쳇 쥐는 수염이 실룩실룩할 만큼 기뻐서 족제비에게 고맙다는 인사도 없이 곧장 그리로 달려갔습니다. 하지만 찬장 밑에 도착했을 때, 별안간 발이 따끔했습니다. "멈춰, 누구냐" 하는 작고 날카로운 목소리도 들렸습니다.

깜짝 놀란 쳇 쥐가 자세히 보니 개미였습니다. 개미 군대가 벌써 별사탕 주위를 네 겹으로 둘러싼 채, 저마다 검은 도끼를 쳐들고 있었습니다. 그중 2, 30마리는 별사탕을 단단한 모서리부터 쪼개고 녹이며 개미집으로 옮길 채비를 하는 중이었습니다.

첫 쥐는 벌벌 떨었습니다.

"이 안으로는 못 들어간다. 당장 돌아가. 돌아가, 돌아가."

개미 하사가 낮고 굵은 목소리로 말했습니다.

첫 쥐는 빙그르르 돌아 다락으로 쏜살같이 뛰어올라 갔습니다. 그러고는 집에 드러누웠는데 아무리 생각해도 분하고 기분이 나빠서 견딜 수가 없었습니다. 개미는 군대고 힘도 세니 어쩔 수 없다 쳐도 그 점잖은 족제비 녀석 말만 듣고 찬장 밑까지 달려갔다가 개미 하사한테 괜한 호통이나 당하고 오다니 생각할수록 부아가 치밀었습니다. 그래서 첫 쥐는 다시 제집에서 쪼르르 기어 나와 헛간 구석에 있는 족제비

집으로 찾아갔습니다.

마침 옥수수 알갱이를 이빨로 콕콕 깨물어 먹고 있던 족제비가 첫 쥐를 보고 말했습니다.

“어때. 별사탕은 구했는가?”

“족제비님. 정말 너무하십니다. 나 같은 약자를 속이다니요.”

“속이다니. 진짜로 있었다네.”

“있긴 있었지만 벌써 개미들이 몰려와 있었다고요.”

“개미가? 허, 그랬군. 재빠른 녀석들일세.”

“전부 개미들이 가져갔어요. 나 같은 약자를 속이다니. 책임져요, 책임져.”

“무슨 소린가. 자네가 늦게 간 걸 가지고.”

“몰라요, 몰라. 나 같은 약자를 속이다니. 책임져요, 책임져.”

“이거 참 난처하군. 친절을 베풀었다가 원망만 듣다니. 알았네, 알았네. 그럼 내가 가져온 별사탕을 주지.”

“책임져요, 책임져.”

“에잇, 여깄다. 가져가라. 네놈이 집어 갈 수 있을 만큼 집어 가라. 너처럼 남한테 비실비실 엉겨 붙는 놈은 꼴도 보기 싫다. 원하는 만큼 집어 들고 당장 내 집에서 꺼져.”

족제비는 화가 잔뜩 나서 별사탕을 마구 던졌습니다. 첫 쥐는 집을 수 있을 만큼 별사탕을 잔뜩 집어 들고 꾸벅 절을 했습니다. 더욱 분통이 터진 족제비가 소리쳤습니다.

"에잇, 얼른 꺼져. 네놈이 줍고 남은 건 구더기한테나 줘야겠다."

첫 쥐는 쏜살같이 다락에 있는 자기 집으로 돌아가서 별사탕을 야금야금 갉아 먹었습니다.

늘 이런 식이라 첫 쥐는 모두에게서 점점 미움을 받고 외톨이가 되었습니다. 첫 쥐는 하는 수 없이 기둥이며 부서진 쓰레받기며 양동이며 빗자루 같은 도구들과 어울리기 시작했습니다.

그중에서도 기둥과 가장 사이좋게 지냈습니다. 하루는 기둥이 첫 쥐에게 말했습니다.

"첫 쥐님, 곧 겨울이에요. 저희 기둥들은 바싹 말라서 우직우직 소리가 날 거랍니다. 당신도 얼른 좋은 침구를 준비해 두는 게 좋을 거예요. 다행히 제 머리 위에 참새가 봄에 가지고 온 새털이랑 여러 가지 따뜻한 게 많으니 지금부터 조금씩 옮겨 두는 게 어때요? 제 머리야 조금 싸늘해지겠지만 저는 저대로 해결해 볼게요."

괜찮은 생각 같아서 첫 쥐는 그날 바로 짐을 옮기기 시작했습니다.

그런데 오가는 길에 급경사가 있었고 첫 쥐는 그곳을 세 번째로 지나다가 그만 쾅 하고 굴러떨어지고 말았습니다.

기둥도 깜짝 놀라서 힘껏 몸을 구부리고 물었습니다.

"첫 쥐님, 다친 데 없으세요? 다친 데 없으세요?"

첫 쥐는 간신히 몸을 일으킨 뒤, 얼굴을 한껏 찡그리며 말했습니다.

"기둥님, 정말 너무하시네요. 나 같은 약자가 이런 꼴을 당하게 두다니요."

기둥은 너무 미안해서 연신 사과했습니다.

"쳇 쥐님, 미안해요. 용서해 주세요."

제 뜻내로 된 쳇 쥐가 우쭐해져서 말했습니다.

"용서해 달라면 답니까? 당신이 쓸데없는 충고만 안 했어도 내가 이런 꼴은 안 당했잖아요. 책임져요, 책임져. 얼른 책임지라고요."

"그렇게 말씀하셔도 제가 할 수 있는 게 없어요. 용서해 주세요."

"아니죠. 약자를 괴롭히면 못 써요. 그러니까 책임져요, 책임져. 얼른 책임져요."

난처해진 기둥은 엉엉 울었습니다. 그러자 쥐도 하는 수 없이 집으로 돌아갔습니다. 그때부터 기둥은 쳇 쥐를 무서워하며 다시는 말을 걸지 않았습니다.

그리고 그 후의 일입니다. 하루는 쓰레받기가 첫 쥐에게 반으로 나눈 찹쌀 과자를 주었습니다. 그런데 공교롭게도 다음 날, 첫 쥐는 배가 아팠습니다. 그렇습니다. 첫 쥐는 언제나처럼 쓰레받기에게 책임지라는 말을 100번이나 했습니다. 쓰레받기도 완전히 질려서 두 번 다시 첫 쥐와 어울리지 않았습니다.

또 그 후의 일입니다만, 하루는 양동이가 첫 쥐에게 조그만 세탁용 소다 조각을 주며 말했습니다.

"이걸로 매일 아침 세수를 해 보세요."

쥐는 기뻐하면서 다음날부터 매일 그걸로 세수했는데 그사이에 수염이 열 개나 빠지고 말았습니다. 그렇습니다. 첫 쥐는 곧장 양동이에게 달려가 "책임져요, 책임져" 하고 250번이나 반복해 말했습니다. 하지만 양동이에게는 수염이 없었고 뭘 어떻게 책임져야 할지도 몰랐기 때문에 울며 사과하는 게 전부였습니다. 그 후로 양동이 역시 첫 쥐에게 말을 걸지 않았습니다.

도구 친구들은 모두 차례차례 이런 일을 당했고 첫 쥐에게 질릴 대로 질려서 첫 쥐의 얼굴만 보여도 서둘러 고개를 돌려 버렸습니다.

그런데 도구 친구들 가운데 딱 한 명, 아직 첫 쥐와 어울린 적 없는 녀석이 있었습니다.

바로 철사를 엮어 만든 쥐덫이었습니다.

쥐덫은 원래 인간 편이지만 요즘은 '고물상에나 팔아 버릴 물건'이라고 딱지를 붙인 쥐약 광고가 고양이와 함께 신문에 매일 실리는 데다 그게 아니더라도 애초에 인간이 철사로 만든 쥐덫을 특별 대우한 적은 단 한 번도 없었습니다. 맞습니다. 그런 일은 단연코 없었죠. 다들 더러워하며 만지기도 싫다고 생각하니 말입니다. 그런 상황이니 솔직히 쥐덫은 인간보다 쥐를 더 동정하는 편이었습니다. 하지만 대체로 쥐는 쥐덫이 무서워 가까이 가려 하지 않았습니다.

쥐덫은 매일 상냥한 목소리로 "쥐야, 이리 온. 오늘 밤 만찬은 전갱이 대가리란다. 네가 먹는 동안 입구를 꽉 잡고 있을 테니 안심하고 들어와. 입구를 철컹 닫아 버리는 짓은 하지 않을게. 나도 인간한테는 완전히 질렸다니까. 자, 어서 이리 온" 하면서 쥐를 불렀지만 쥐들은 하나같이 "흥, 말은 번드르르하네"라든가 "네, 네. 잘 알겠습니다. 조만간 부모님이나 아이들과 상의한 뒤에 들르죠"라는 말만 하고 슬금슬금 도망쳤습니다.

아침이 왔습니다. 얼굴이 새빨간 하인이 쥐덫을 보고 말했습니다.

"또 없네. 쥐들도 다 아는군. 쥐 학교에서 가르치기라도 하는 모양이야. 그래도 하루쯤 더 놔두자."

그러면서 새로운 먹이로 바꿔 놓았습니다.

그날 밤도 쥐덫이 외쳤습니다.

"이리 온, 이리 온. 오늘 밤은 부드러운 어묵이란다. 먹고만 가도 괜찮아. 어서 이리 온."

마침 첫 쥐가 지나가는 참이었습니다.

"오, 쥐덫님. 정말 먹고만 가도 되나요?"

"어머, 너는 특별한 쥐로구나. 맞아. 먹고만 가도 된단다. 자, 어서 먹으렴."

첫 쥐는 안으로 폴짝 뛰어들어 어묵을 냠냠 맛있게 먹고는 다시 밖으로 폴짝 뛰어나와 말했습니다.

"맛있었어요. 고마워요."

"그랬니? 다행이다. 내일 밤에 또 오렴."

다음 날 아침, 하인이 와서 보더니 화를 내며 말했습니다.

"에잇, 먹이만 먹고 갔군. 약삭빠른 쥐네. 하지만 쥐덫 안까지 들어왔으니 절반은 성공이야. 자, 오늘은 정어리다."

그러면서 정어리 반쪽을 놓고 갔습니다.

쥐덫은 정어리를 매달고 첫 쥐가 오기를 기다렸습니다.

밤이 되자 첫 쥐가 나타나 거드름을 부리며 말했습니다.

"안녕하십니까? 약속대로 제가 와 드렸습니다."

쥐덫은 살짝 화가 치밀었지만 꾹 참고 "자, 먹으렴"이라고만 말했습니다.

첫 쥐가 폴짝 뛰어들어 쩝쩝거리며 정어리를 먹고는 다시 폴짝 뛰어나와 거만하게 말했습니다.

"그럼 내일 또 와서 먹어 드리죠."

"음."

쥐덫이 대답했습니다.

다음 날 아침, 하인이 와서 보고는 더욱더 화가 치밀어 말했습니다.

"에잇! 아주 얍삽한 쥐로군. 어떻게 밤마다 맛있는 미끼만 먹고 튈 수가 있나. 아무래도 쥐가 쥐덫한테 뇌물을 먹였나 보네."

"뇌물을 먹긴 누가 먹어. 나를 우습게 보지 마라."

쥐덫은 고함을 질렀지만 물론 하인의 귀에는 들리지 않았습니다. 하인은 썩은 어묵을 걸어 놓고 휙 가 버렸습니다.

쥐덫은 말도 안 되는 의심을 받은 탓에 온종일 화가 치밀어 씩씩거렸습니다.

밤이 되었습니다. 첫 쥐가 나타나 짐짓 귀찮은 투로 말했습니다.

"아아, 매일 여기까지 오기도 여간 힘든 일이 아니네. 게다가 대접이라고 해 봤자 겨우 생선 대가리뿐이니 짜증이 나. 하지만 이왕 여기까지 온 거 먹어 줘야지 어쩌겠어. 안녕하세요, 쥐덫님."

쥐덫은 철사가 부들부들 떨릴 정도로 화가 나 있었기 때문에 단 한 마디만 했습니다.

"먹어라."

첫 쥐는 곧장 폴짝 뛰어들었습니다. 하지만 썩은 어묵이 걸려 있는 보고는 화를 내며 소리쳤습니다.

"쥐덫님. 너무하네요. 이 어묵은 썩었잖아요. 나 같은 약자를 속이다니 너무해. 책임져요, 책임져."

쥐덫은 무심결에 철사를 윙윙 울리게 할 만큼 화가 났습니다.

그 윙윙거림이 문제였습니다.

철커덕. 끼익.

미끼와 닿아 있던 갈고리가 빠지면서 쥐덫 입구가 닫혀 버렸습니다. 저런, 큰일입니다.

첫 쥐가 미치광이처럼 날뛰며 말했습니다.

"쥐덫님, 너무해요. 너무해요. 으윽, 분하다. 쥐덫님, 너무해."

그러면서 철사를 갉기도 하고, 빙글빙글 돌기도 하고, 발을 동동 구르기도 하고, 아우성도 치고, 울기도 하면서 난동을 부렸습니다. 하지만 '책임져요, 책임져' 같은 말을 할 힘은 남아 있지 않았습니다. 쥐덫은 아프기도 하고 짜증도 나서 덜컹덜컹, 부들부들, 윙윙 몸을 떨었습니다. 그렇게 하룻밤이 지나고 이내 아침이 밝았습니다.

얼굴이 새빨간 하인이 와서 보더니 덩실덩실 춤을 추며 말했습니다.

"잡았다, 잡았어. 드디어 잡았네. 아주 심술궂게 생긴 쥐새끼로구나. 자, 나와라. 요놈."

돌배

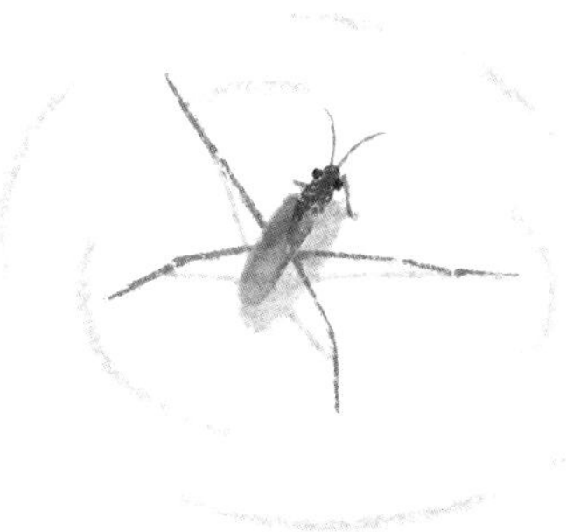

작은 계곡물 속에서

아기 게 두 마리가 이야기를 나누고 있습니다.

거품이 흐르고 물고기가 천천히 헤엄쳐 온 순간…….

자그마한 계곡 바닥을 찍은 푸른 슬라이드 두 장이 있습니다.

1. 5월

아기 게 두 마리가 푸른 계곡 밑바닥에서 이야기를 나누고 있었습니다.

"크램본(작가가 만들어 낸 단어로 생물인지 자연 현상인지 확실치 않다_옮긴이)이 웃었어."

"크램본이 껄껄 웃었어."

"크램본이 펄쩍 뛰며 웃었어."

"크램본이 껄껄 웃었어."

물속은 위를 보나 옆을 보나 푸르고 어두워 강철처럼 보입니다. 그 매끈한 천장을 칙칙한 거품이 방울방울 흘러갑니다.

“크램본이 웃었어.”

“크램본이 껄껄 웃었어.”

“그런데 크램본이 왜 웃었지?”

“모르지.”

거품이 방울방울 흘러갑니다. 아기 게들도 퐁퐁 퐁퐁 거품 방울 대여섯 개를 내뿜었습니다. 거품 방울이 흔들리며 수은처럼 빛나더니 위로 비스듬히 올라갔습니다.

물고기 한 마리가 은빛 배를 보이며 머리 위를 지나갔습니다.

“크램본이 죽었어.”

"크램본이 살해당했어."

"크램본이 죽어 버렸어……."

"살해당했어."

"그런데 크램본을 왜 죽였을까."

형 아기 게가 오른쪽 다리 네 개 중 두 개를 동생의 납작한 머리에 얹으며 말했습니다.

"모르겠어."

물고기가 다시 쓱 다가와 하류 쪽으로 갔습니다.

“크램본이 웃었어.”

“웃었지.”

별안간 주변이 확 밝아지면서 황금빛 햇살이 꿈결처럼 물속으로 흘러들었습니다.

물결을 따라온 빛의 그물이 계곡 밑바닥 흰 바위 위에서 아름답게 흔들흔들 늘어났다가 줄어들기를 반복했습니다. 거품과 작은 먼지에서 곧게 뻗은 그림자 막대기가 물속에 비스듬히 늘어섰습니다.

물고기가 이번에는 금빛 빛줄기를 마구 휘젓더니 정작 자신은 그윽하게 검푸른 빛을 발하며 상류 쪽으로 다시 올라갔습니다.

"물고기는 왜 저렇게 왔다 갔다 해?"

동생 아기 게가 눈이 부신 듯 눈동자를 굴리며 물었습니다.

"뭔가 나쁜 짓을 하는 거야, 뭘 잡아먹고 있는 거야."

"잡아먹고 있다고?"

"응."

상류로 갔던 물고기가 다시 돌아왔습니다. 이번에는 천천히 침착하게, 지느러미나 꼬리도 움직이지 않고 그저 물살에 몸을 맡긴 채 떠내려가면서 입을 고리처럼 동그랗게 말고 다가왔습니다. 그 그림자가 검고 고요하게 바닥의 빛 그물 위를 미끄러졌습니다.

"물고기는……."

그때였습니다. 별안간 천장에 흰 거품이 일더니 푸르게 번쩍이는 총알 같은 것이 날아들었습니다.

형 아기 게는 푸른 것의 끝이 컴퍼스처럼 검고 뾰쪽하다는 걸 알았습니다. 그 순간 물고기의 흰 배가 번쩍하며 한 번 뒤집히더니 위로 올라가는 듯했습니다. 하지만 이후로는 푸른 것이며 물고기며 보이지 않고 금색 빛 그물만 흔들흔들 흔들렸으며 거품은 방울방울 흘렀습니다.

두 마리 아기 게는 목소리도 내지 못하고 주저앉아 버렸습니다.

아빠 게가 나와 물었습니다.

"무슨 일이니? 둘 다 벌벌 떨고 있구나."

"아빠, 방금 이상한 걸 봤어."

"뭘 봤는데."

"푸르게 빛나는 거. 끝이 까맣고 뾰쪽한 거. 그게 오니까 물고기가 위로 올라갔어."

"그 녀석 눈이 빨갛더냐?"

"모르겠어."

"음, 그건 새란다. 물총새라고 하지. 괜찮아, 안심해. 우리하고는 상관없어."

"아빠, 물고기는 어디로 갔어?"

"물고기 말이지. 물고기는 무서운 곳으로 갔단다."

"아빠, 무서워."

"괜찮아, 괜찮아. 아무 걱정하지 마라. 저기 봐. 자작나무꽃이 흘러왔네. 저것 보렴. 예쁘지."

거품과 함께 하얀 자작나무 꽃잎이 천장을 가득 메웠습니다.

"아빠, 무서워."

동생 아기 게도 말했습니다.

빛의 그물은 흔들흔들 늘어났다가 줄어들었고 꽃잎 그림자는 모래 위로 조용히 미끄러졌습니다.

2. 12월

아기 게들은 이제 제법 컸습니다. 계곡 밑 경치도 여름에서 가을로 완연히 바뀌었습니다.

희고 부드러운 둥근 돌이 굴러왔고 오동꽃 모양의 자그마한 수정 알갱이와 금빛 돌비늘 조각도 흘러와 자리를 잡았습니다.

차가운 계곡 밑으로 푸른 라무네(일본의 탄산음료로 레모네이드가 와전된 이름_옮긴이)병 색깔의 달빛이 가득 비쳐 들었습니다. 천장에서는 물결이 희푸른 불을 껐다 피웠다 하는 듯했고 사방은 고요하여 아주 멀리서부터 들려오는 물결 소리가 울릴 따름이었습니다.

달이 무척 밝고 물이 깨끗해서 아기 게들은 잠들지 못하고 밖으로 나와 한동안 말없이 거품을 내뱉으며 천장 쪽을 바라보았습니다.

"역시 내 거품이 크네."

"형이 일부러 크게 뱉은 거잖아. 나도 마음만 먹으면 크게 만들 수 있어."

"어디 뱉어 봐. 애개, 겨우 그 정도야? 잘 봐, 형이 뱉을 테니까. 자, 봐. 크지?"

"안 커. 똑같아."

"가까이 있으니까 네 것이 커 보이는 거야. 그럼 같이 뱉어 보자. 자, 시작."

"역시 내 거품이 더 크네."

"정말? 자, 한 번 더 뱉어 보자."

"아니야. 그렇게 목을 빼는 법이 어디 있어?"

또 아빠 게가 나왔습니다.

"얘들아, 늦었어. 그만 자자. 내일 이사드에 가야지."

“아빠, 우리 거품 중에 누구 게 더 커?”

“그야 형 거품이 더 크지.”

“아니야. 내 거품이 더 커.”

동생 아기 게는 울상이 되었습니다.

그때였습니다. 풍덩!

까맣고 둥글고 커다란 무언가가 천장에서 떨어져 한참 가라앉더니 다시 위로 올라갔습니다. 금색 얼룩이 반짝반짝 빛났습니다.

“물총새다.”

아기 게들이 목을 움츠리며 말했습니다.

아빠 게가 망원경 같은 두 눈을 한껏 내밀고 보더니 말했습니다.

“아니, 저건 돌배야. 떠내려가네. 따라가 보자. 아, 향기가 좋구나.”

과연 달빛이 비치는 그 부근은 돌배의 향긋한 냄새로 가득했습니다.

세 마리 게는 둥둥 떠내려가는 돌배의 뒤를 쫓았습니다.

옆걸음 치는 게들 아래로 검은 그림자 세 개가 드리워 모두 합해 여섯 마리가 춤을 추듯 돌배의 동그란 그림자를 쫓았습니다.

잠시 후, 졸졸 물소리가 울리더니 천장의 물결이 점차 푸른 불꽃을 피워 올렸습니다. 돌배는 나뭇가지에 걸려 옆으로 드러누웠습니다. 그 위로 달빛 무지개가 부드럽게 모여들었습니다.

“어때, 역시 돌배지? 아주 잘 익어서 좋은 향기가 나는구나.”

“아빠, 맛있겠어.”

“잠깐, 잠깐만. 이틀만 더 기다리면 바닥으로 가라앉을 거야. 그러면 알아서 맛있는 술이 된단다. 자, 이제 가서 자자. 이리 오렴."

세 마리 게 가족은 각자의 구멍으로 돌아갔습니다.

이윽고 물결이 푸른 불꽃을 하늘하늘 피워 올렸습니다. 그것은 마치 금빛 돌비늘 가루를 뿌린 듯했습니다.

*

저의 슬라이드는 이것으로 끝입니다.

쏙독새의 별

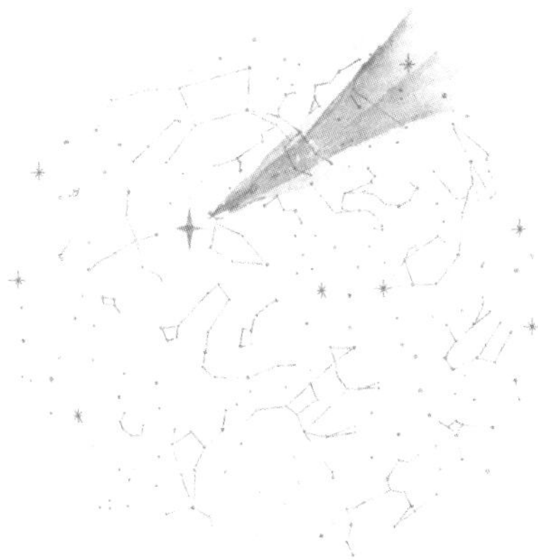

쏙독새는 못생겼다며 다른 새들에게
미움을 받았습니다. 어느 날 저녁,
매가 쏙독새에게 이름을 바꾸라고 다그칩니다.

쏙독새는 정말로 못생긴 새입니다.

얼굴은 군데군데 된장을 바른 것처럼 얼룩덜룩하고 넓적한 부리는 귀밑까지 찢어졌습니다.

다리는 비칠비칠해서 몇 걸음도 제대로 걸을 수 없습니다.

다른 새들은 쏙독새의 얼굴을 보는 것만으로도 기분이 나빠질 지경이었습니다.

예를 들면 종달새도 그다지 예쁜 새는 아니지만 자기가 쏙독새보다는 훨씬 낫다고 생각해서 저녁 같은 때에 쏙독새를 만나면 기분이 몹시 나쁘다는 듯 두 눈을 질끈 감고 고개를 돌려 버렸습니다. 더 작은 수다쟁이 새들은 언제나 쏙독새 눈앞에서 험담했습니다.

“어머, 또 나왔네. 저 꼴을 봐. 정말이지 새들 망신은 다 시킨다니까.”

“있잖아, 저 큰 입 말이야. 분명 개구리 친척이나 뭐라서일 거야.”

이런 식입니다. 아아, 쏙독새의 이름이 밤의 매가 아니라 그냥 매였다면(일본어로 매는 '다카(タカ)', 쏙독새는 '요다카(ヨタカ)'로 '밤의 매'라는 뜻_옮긴이) 저렇게 어중간하고 자질구레한 새들은 이름만 들려도 벌벌 떨고, 새파랗게 질리고, 몸을 움츠리고, 나뭇잎 그림자에라도 숨었을 겁니다. 하지만 쏙독새는 사실 매의 형제도, 친척도 아니었습니다. 오히려 저 아름다운 물총새나 새 중의 보석 같은 존재인 벌새의 형님이었습니다. 벌새는 꽃꿀을 빨고 물총새는 물고기를 먹으며 쏙독새는 벌레를 잡아먹습니다. 게다가 쏙독새에게는 날카로운 발톱이나 부리도 없어서 아무리 약한 새라도 쏙독새를 무서워하지 않았습니다.

그렇다면 왜 밤의 매라는 이름이 붙었는지 의문일 텐데 그것은 아마 쏙독새의 날개가 쓸데없이 강해서 바람을 가르며 날아오를 때 꼭 매처럼 보인다는 점과 또 한 가지는 날카로운 울음소리가 역시나 매를 닮았다는 점 때문입니다. 당연하게도 매는 쏙독새의 이름이 매우 신경 쓰이고 언짢았습니다. 그래서 쏙독새만 보면 어깨를 바짝 세우고 다가와 "얼른 이름을 바꿔라, 바꿔" 하고 말했습니다.

어느 날 저녁, 기어코 매가 쏙독새의 둥지로 찾아왔습니다.

"어이, 집에 있나? 너, 아직도 이름을 안 바꿨더군. 부끄러운 줄도 모르고 말이야. 너하고 나는 엄연히 격이 다르지. 예를 들면 나는 푸른 하늘을 어디까지라도 끝없이 날 수 있다. 하지만 너는 흐려서 어두컴컴한 날이나 밤에만 나오지 않느냐. 게다가 내 부리와 발톱을 좀 봐라. 네 것하고 비교해 보라고."

“매님, 그건 억지예요. 제 이름은 제가 마음대로 지은 것이 아닙니다. 신이 주신 거예요.”

“아니야. 내 이름은 신이 주셨지만 네 이름은 나하고 밤, 이 둘한테 빌린 거다. 자, 돌려줘.”

“매님, 그건 어렵습니다.”

“하나도 안 어려워. 내가 멋진 이름을 지어 주지. 이치조 어때? 이치조. 썩 멋진 이름이잖아. 이름을 바꾸려면 개명식을 해야 한다. 알겠어? 이치조라고 적은 이름표를 목에 걸고 ‘앞으로 제 이름은 이치조입니다’라고 하면서 모두에게 인사하고 다니는 거야.”

"그런 일은 도저히 할 수 없습니다."

"아니, 할 수 있어. 이렇게 하지. 만약 모레 아침까지 그렇게 하지 않으면 널 잡아 죽일 테다. 잡아 죽일 테니 그런 줄 알아. 모레 아침 일찍부터 새들 둥지를 하나씩 돌며 네가 왔다 갔는지 물어보지. 하나라도 안 간 둥지가 있다면 그때가 네놈 제삿날이다."

"그건 너무하잖아요. 그런 짓을 할 바에는 죽는 편이 낫겠어요. 지금 당장 죽여 주세요."

"아무튼 잘 생각해 봐. 이치조도 그렇게 나쁜 이름은 아니니까."

매가 큰 날개를 활짝 펼치고 자기 둥지 쪽으로 날아갔습니다.

쏙독새는 가만히 눈을 감고 생각했습니다.

'어째서 다들 이렇게 나를 미워하는 걸까? 내 얼굴이 된장 바른 듯하고 입은 찢어져서겠지. 하지만 나는 지금껏 나쁜 짓을 한 적이 없어. 아기 동박새가 둥지에서 떨어졌을 때는 구해서 둥지로 데려다주었지. 그랬더니 동박새는 나를 마치 도둑 취급하며 자기 아이를 홱 채 갔잖아. 심하게 비웃기까지 했고. 아아, 이번에는 심지어 이치조라니. 목에 명찰을 걸고 다니라니. 말도 안 돼. 너무 괴로워.'

어느덧 날이 어두워졌습니다. 쏙독새는 둥지에서 뛰쳐나왔습니다. 구름이 심술궂게 빛나며 낮게 깔렸습니다. 쏙독새가 아슬하게 구름을 스치며 소리 없이 하늘을 날았습니다.

그러다 별안간 입을 쩍 벌리고 날개를 활짝 편 뒤, 마치 화살처럼 하늘을 가로질렀습니다. 작은 날벌레 수십 마리가 쏙독새의 목구멍으로 빨려 들어갔습니다.

몸이 땅에 닿을락 말락 하는 사이, 쏙독새는 다시 하늘로 훌쩍 몸을 날렸습니다. 구름은 벌써 쥐색이 되었고 맞은편 산은 산불이 난 것처럼 새빨갰습니다.

쏙독새가 작심하고 날아오르자 하늘이 마치 둘로 갈라지는 듯했습니다. 장수풍뎅이 한 마리가 쏙독새의 목구멍으로 빨려 들어와 버둥거렸습니다. 쏙독새는 곧장 장수풍뎅이를 삼켰는데 왠지 모르게 등골이 오싹해지는 기분이 들었습니다.

구름은 이미 새카맣고 동쪽만 빨갛게 산불이 타올라 으스스했습니다. 쏙독새는 가슴이 먹먹해져서 다시 하늘로 날아올랐습니다.

또다시 장수풍뎅이 한 마리가 쏙독새의 목구멍으로 빨려 들어왔습니다. 장수풍뎅이가 목구멍을 긁어 대며 파닥거렸습니다. 쏙독새는 억지로 그걸 꿀꺽 삼켰는데 순간 가슴이 갑자기 꽉 죄어드는 탓에 큰 소리로 엉엉 울고 말았습니다. 울면서 빙글빙글 빙글빙글 하늘을 돌았습니다.

'아아, 나는 매일 밤 장수풍뎅이와 수많은 날벌레를 죽이고 있구나. 그리고 이번에는 매가 이 세상에 단 하나뿐인 나를 죽인다. 그것이 이토록 괴롭구나. 아아, 괴롭고 또 괴로워. 차라리 벌레를 먹지 말고 굶어 죽자. 아니, 그전에 매가 나를 죽일 거야. 그렇다면 그냥 하늘 너머로 멀리멀리 날아가 버리자.'

타오르는 산불이 물처럼 점점 퍼져서 구름까지 붉게 타오르는 듯했습니다.

쏙독새는 곧장 물총새 동생의 둥지로 날아갔습니다. 아름다운 물총새는 마침 일어나서 먼 곳의 산불을 바라보는 중이었습니다. 물총새가 내려앉는 쏙독새를 보고 말했습니다.

"안녕, 형. 무슨 급한 일 있어?"

"아니, 이번에 내가 먼 곳으로 떠나게 되었거든. 가기 전에 널 만나러 왔어."

"형. 가지 마. 벌새도 저렇게 멀리 있는데 나 혼자 외톨이가 되잖아."

"미안해, 어쩔 수 없어. 오늘은 아무 말도 하지 말아 줘. 그리고 너도 있잖아. 꼭 잡아야 할 때 빼고는 장난삼아 물고기를 잡지 말도록 해. 알았지? 그럼 안녕."

"형, 대체 왜 그래? 잠깐 기다려 봐."

"아니, 더 있어 봐야 달라질 건 없어. 나중에 벌새에게도 안부 전해 줘. 안녕. 이제 못 만나. 안녕."

쏙독새는 울면서 자기 둥지로 돌아왔습니다. 짧은 여름밤은 벌써 밝아 오고 있었습니다.

양치식물 이파리가 새벽안개를 마시며 차고 푸르게 흔들렸습니다. 쏙독새는 높은 소리로 쏙쏙독 쏙독 쏙독 하고 울었습니다. 그러고는 둥지 안을 깨끗이 정리하고 날개깃과 털을 가지런히 빗은 뒤, 둥지에서 다시 날아올랐습니다.

안개가 걷히고 동쪽에서 해님이 떠올랐습니다. 쏙독새는 현기증이 날 만큼 눈이 부신 데도 꾹 참고 쏜살같이 해님 쪽으로 날아갔습니다.

"해님, 해님. 부디 저를 당신이 계신 곳으로 데려가 주세요. 불타 죽는다 해도 상관없어요. 저처럼 못생긴 몸이라도 탈 때는 작은 빛을 뿜겠지요. 부디 저를 데려가 주세요."

하지만 아무리 날고 또 날아도 해님은 가까워지지 않았습니다. 해님은 도리어 더욱 작게 멀어지며 말했습니다.

"너는 쏙독새로구나. 그래, 얼마나 힘드니. 오늘 밤에 하늘을 날아가 별님에게 부탁해 보렴. 너는 낮 새가 아니니 말이야."

쏙독새는 고개 숙여 인사하려고 했지만 갑자기 머리가 핑 도는 바람에 그만 풀밭 위로 떨어지고 말았습니다. 그리고 마치 꿈을 꾸는 것처럼 빨간 별과 노란 별 사이로 몸이 붕 뜨는 듯도 하고, 바람에 이리저리 휘말리는 듯도 하고, 매에게 붙잡히는 듯도 했습니다.

차가운 것이 얼굴에 떨어졌습니다. 쏙독새는 눈을 떴습니다. 어린 참억새에서 이슬이 떨어지고 있었습니다. 그사이 밤이 되어 검푸르러진 하늘 가득 별이 깜박였습니다. 쏙독새는 하늘로 날아올랐습니다. 오늘 밤도 타오르는 산불이 새빨갰습니다. 쏙독새는 그 어렴풋한 불빛과 차가운 별빛 사이를 날아다녔습니다. 그 뒤로 한 번 더 날아 맴맴돈 뒤, 작심하고 서쪽 하늘 아름다운 오리온자리를 향해 똑바로 날아가며 소리쳤습니다.

"별님, 서쪽의 창백한 별님. 부디 저를 당신이 계신 곳으로 데려가 주세요. 불타 죽는다 해도 상관없어요."

오리온자리는 용맹스러운 노래를 부르며 쏙독새에게 눈길조차 주지 않았습니다. 쏙독새는 울고 싶은 마음으로 비틀비틀 떨어지다가 겨우 정신을 차리고 다시 한번 날아올랐습니다. 이번에는 남쪽 하늘 큰개자리를 향해 똑바로 날아가면서 소리쳤습니다.

"별님, 남쪽의 푸른 별님. 부디 저를 당신이 계신 곳으로 데려가 주세요. 불타 죽는다 해도 상관없어요."

큰개자리가 파랑과 보라와 노랑 빛을 재빨리 아름답게 반짝거리며 말했습니다.

"바보 같은 소리. 너 따위가 대체 뭐라도 되느냐. 겨우 새 아니더냐. 네 날개로 여기까지 오려면 1억 년, 1조 년, 1조억 년은 걸린다."

그러면서 다른 곳을 바라보았습니다. 쏙독새는 낙담하여 힘없이 떨어지다가 두 번째로 날아올랐습니다. 다시 작심하고 북쪽 큰곰자리를 향해 똑바로 날아가며 소리쳤습니다.

"북쪽의 푸른 별님. 당신이 계신 곳으로 부디 저를 데려가 주세요."

큰곰자리가 조용히 말했습니다.

"쓸데없는 생각을 하면 안 돼. 머리를 좀 식히고 오너라. 그럴 때는 빙산이 뜬 바다에 뛰어들거나 근처에 바다가 없으면 얼음물이 담긴 컵 속으로 뛰어드는 게 제일이야."

쏙독새는 실망하여 힘없이 떨어지다가 다시 근처 하늘을 빙빙 돌았습니다. 그러고는 동쪽에서 막 떠오른 은하수 저편의 독수리자리를 향해 다시 한번 소리쳤습니다.

"동쪽의 하얀 별님. 부디 저를 당신이 계신 곳으로 데려가 주세요. 불타 죽는다 해도 상관없어요."

독수리자리가 거만하게 말했습니다.

"말도 안 되는 소리. 별이 되려면 그에 어울리는 신분을 가져야 한다. 돈도 꽤 있어야 하고."

쏙독새는 이제 완전히 힘이 빠져서 날개를 접고 땅으로 떨어져 내렸습니다. 그랬는데 연약한 다리가 지면에 닿기 30센티미터 전, 갑자기 쏙독새가 횃불처럼 하늘로 솟아올랐습니다. 하늘 중간쯤까지 올라간 쏙독새는 마치 독수리가 곰을 덮칠 때처럼 몸을 부르르 떨며 털을 곤두세웠습니다.

그런 뒤, 쏙쏙독 쏙독 쏙독 소리 높여 울었습니다. 그 목소리는 그야말로 매와 같았습니다. 숲과 들판에 잠들어 있던 새들이 모두 깨어나 부들부들 떨면서 무슨 일인가 하고 별하늘을 올려다보았습니다.

쏙독새는 끝없이 끝없이 하늘을 향해 똑바로 올라갔습니다. 타오르는 산은 이제 담뱃불 크기 정도로밖에 보이지 않았습니다. 쏙독새는 위쪽으로 오르고 또 올랐습니다.

추위 때문에 가슴속 숨이 하얗게 얼어붙었습니다. 공기가 희박한 탓에 날개를 계속해서 격렬하게 움직여야만 했습니다.

그런데도 별의 크기는 아까와 조금도 달라지지 않았습니다. 몰아쉬는 숨이 풀무질처럼 가빠졌습니다. 추위와 성에가 칼날처럼 쏙독새를 찔러 댔습니다. 날개는 완전히 굳어 날갯짓할 수 없게 되어 버렸습니

다. 쏙독새는 눈물 고인 눈을 들어 한 번 더 하늘을 보았습니다. 그렇습니다. 이것이 쏙독새의 마지막이었습니다. 이제 쏙독새는 떨어지는지 올라가는지, 뒤집어지는지 위로 향하는지도 알 수 없었습니다. 마음 편히 피가 맺힌 큰 부리를 옆으로 돌리긴 했습니다만, 분명 살짝 웃고 있었습니다.

잠시 후, 쏙독새가 눈을 떴습니다. 그리고 자신의 몸이 지금, 인(푸르스름한 빛을 내며 타는 원소_옮긴이)의 불꽃처럼 푸르고 아름다운 빛이 되어 조용히 타오르는 것을 보았습니다.

바로 옆은 카시오페이아자리였습니다. 은하수의 창백한 빛은 바로 뒤에서 반짝이고 있었습니다.

쏙독새의 별은 계속 타올랐습니다. 언제까지나 언제까지나 타올랐습니다.

지금도 여전히 타오르고 있습니다.

수선월 4일

빨간 담요를 두른 한 아이가
서둘러 집으로 향하고 있습니다.
잠시 후, 눈보라가 휘몰아치기 시작합니다.

눈의 노파는 먼 곳으로 외출을 나섰습니다.

고양이 같은 귀에 푸석푸석한 회색 머리칼을 가진 눈의 노파는 서쪽 산맥의 쪼글쪼글 주름진 반짝이 구름을 넘어 멀리 떠난 참이었습니다.

빨간 담요를 두른 한 아이가 끊임없이 캐러멜을 생각하면서 커다란 코끼리 머리처럼 생긴 눈 언덕 기슭을 지나 서둘러 집으로 향하고 있었습니다.

'자, 신문지를 뾰족하게 말아 넣고 후후 숨을 불면 숯불에서 파란 불꽃이 일 거야. 캐러멜 냄비에 흑설탕을 한 움큼 넣고 굵은 설탕도 한 움큼 넣자. 그다음엔 물을 끼얹어 보글보글 끓이는 거야.'

아이는 정말로 열심히 캐러멜을 생각하면서 서둘러 집을 향해 걸었습니다.

해님은 하늘 저 멀리 차고 맑은 곳에서 눈부시게 하얀 불을 활활 피워 올렸습니다.

그 빛은 사방으로 곧게 뻗어 나갔고 아래쪽으로 떨어진 뒤에는 호젓하게 눈 쌓인 대지를 반짝이는 눈꽃 석고판으로 만들었습니다.

눈의 늑대 두 마리가 새빨간 혀를 날름날름 내밀며 코끼리 머리 모양 눈 언덕 위를 걷고 있었습니다. 이 녀석들은 사람 눈에는 보이지 않습니다만, 바람이 한번 휘몰아치면 북슬북슬 피어난 눈구름을 밟고 눈 쌓인 대지 끝자락에서 하늘까지 휙 달려가곤 했습니다.

"휘, 너무 멀리 가지 말라니까."

눈의 늑대 뒤에서 흰곰 털가죽 고깔모자를 젖혀 쓴 눈의 요정이 얼굴을 사과처럼 반짝이며 천천히 걸어왔습니다.

"카시오페이아,

이제 곧 수선화가 필 거야.

너의 유리 물레방아를

가랑가랑 돌리렴."

눈의 요정은 새파란 하늘을 올려다보며 눈에 보이지 않는 별을 향해 외쳤습니다. 하늘에서는 푸른빛이 파도처럼 출렁출렁 쏟아져 내렸고 눈의 늑대들은 저 멀리서 불꽃처럼 붉은 혀를 날름날름 내밀고 있었습니다.

"휘, 이리 오라니까. 휘."

눈의 요정이 펄쩍 뛰며 꾸짖자 이제껏 눈 위에 딱 붙어 있던 요정의 그림자가 번쩍하며 흰빛으로 변했고 늑대들은 귀를 쫑긋 세워 쏜살같이 돌아왔습니다.

"안드로메다,

조만간 방울꽃이 필 거야.

너의 알코올램프에

훌훌 불을 피우렴."

눈의 요정은 바람처럼 코끼리 모양 언덕을 올랐습니다. 눈밭에는 바람이 만든 조개껍데기 무늬가 졌고 언덕 꼭대기에는 아름드리 밤나무가 아름다운 금빛 겨우살이 덩이를 달고 서 있었습니다.

"따다 줘."

눈의 요정이 언덕을 오르며 말했습니다. 그러자 눈의 늑대 한 마리가 반짝 빛나는 주인의 작은 이를 보고는 고무공처럼 나무에 훌쩍 뛰어올라 붉은 열매가 달린 작은 가지를 박박 갉았습니다. 나무 위에서 연신 고개를 주억거리는 눈 늑대의 그림자가 눈밭 위로 크고 길게 드리웠고 마침내 푸른 껍질과 노란 심지가 찢어지며 겨우살이 가지가 막 도착한 눈의 요정 발치로 떨어졌습니다.

"고마워."

눈의 요정은 그것을 주워 들며 희고도 검푸른 들판에 펼쳐진 아름다운 마을을 아득하게 바라보았습니다. 강이 반짝반짝 빛나고 역에서는 하얀 연기가 피어오르고 있었습니다. 눈의 요정은 언덕 기슭으로 시선을 돌렸습니다. 산자락으로 난 좁은 눈길을 따라 빨간 담요를 두른 아까 그 아이가 산속을 향해 열심히 발걸음을 재촉하고 있었습니다.

"저 녀석은 어제 숯 더미 썰매를 밀고 갔지. 설탕을 사서 먼저 돌아왔구나."

눈의 요정은 웃으면서 들고 있던 겨우살이 가지를 휙 던졌습니다. 가지는 총알처럼 날아가 정확하게 아이의 눈앞에 떨어졌습니다.

깜짝 놀란 아이가 가지를 주워 두리번두리번 사방을 돌아보았습니다. 눈 요정이 웃음을 터뜨리며 가죽 채찍을 휙 하고 한 번 휘둘렀습니다.

그러자 구름 한 점 없이 맑은 군청색 하늘에서 새하얀 눈이 백로의 깃털처럼 풀풀 떨어져 내렸습니다. 그 눈은 아래쪽 평원의 눈과 맥주 빛깔 햇살, 갈색 노송나무가 어우러진 고요하고 깨끗한 일요일을 한층 더 아름답게 만들었습니다.

아이는 겨우살이 가지를 집어 들고 부지런히 걷기 시작했습니다.

하지만 그 멋진 눈이 그칠 무렵, 해님은 어쩐 일인지 먼 하늘 끝으로 떠나 그곳에서 잠시 쉬며 눈부시게 아름다운 흰 불을 새로이 피우시는 듯했습니다.

서북쪽에서 바람이 살짝 불어왔습니다.

이제 하늘도 꽤 차가워졌습니다. 멀리 동쪽 바다에서는 하늘의 빗장을 여는 듯이 작게 딸깍하는 소리가 났고 어느새 새하얀 거울처럼 변해 버린 해님의 얼굴 위를 자그마한 무언가가 휙휙 가로지르는 듯했습니다.

눈의 요정은 가죽 채찍을 옆구리에 끼고 팔짱을 꽉 낀 채 입술을 앙다물고는 바람이 불어오는 쪽을 가만히 보고 있었습니다. 늑대들도 고개를 꼿꼿이 세우고 그쪽을 바라보았습니다.

바람이 점점 거세지더니 발치의 눈이 사락사락 사락사락 뒤로 흘러갔습니다. 얼마 지나지 않아 맞은편 산맥 꼭대기에서 흰 연기 같은 것이 훅 피어오르는가 싶더니 서쪽이 잿빛으로 완전히 어두워졌습니다.

눈 요정의 눈동자가 타오르듯 예리하게 빛났습니다. 하늘은 하얘지고 바람은 날카로웠으며 마른 눈가루가 빠르게 몰려왔습니다. 근방이 잿빛 눈으로 빼곡해졌습니다. 눈인지 구름인지도 알 수 없었습니다.

언덕 능선이 이쪽저쪽에서 한꺼번에 삐걱대듯 끊어지듯 울기 시작했습니다. 지평선도, 마을도 모두 어두운 눈보라 너머로 사라져 버리고 눈의 요정이 드리운 흰 그림자만이 아련히 곧게 서 있었습니다.

찢어지듯 포효하듯 울어 대는 바람 속에서 "휘, 뭘 그리 꾸물대니. 어서 뿌려. 뿌리라고. 휘이 휘이익, 휘익. 뿌리는 거야. 날리는 거야. 뭘 그리 꾸물대니. 이리 바쁜데 말이야. 휘익 휘익. 멀리서 일부러 셋을 더 데리고 왔잖아. 자, 뿌리라고. 휘익"이라는 수상한 목소리가 들려왔습니다.

눈의 요정은 감전이라도 된 양 펄쩍 뛰어올랐습니다. 눈의 노파가 돌아온 것입니다.

찰싹. 눈의 요정이 가죽 채찍을 울렸습니다. 늑대들이 일제히 몸을 날렸습니다. 눈의 요정은 얼굴이 새파랗게 질려서 입을 꽉 다물었고 모자도 날아가 사라져 버리고 말았습니다.

"휘익, 휘익, 똑바로 해. 게으름 피우면 안 돼. 휘익 휘익, 제대로 하라고. 오늘 이곳은 수선월(수선화가 피는 추운 계절의 어느 달_옮긴이) 4일이야. 자, 정신 차려. 휘익."

눈 노파의 푸석푸석하고 차가운 흰머리가 눈과 바람 속에서 소용돌이쳤습니다. 밀려드는 먹구름 사이로 뾰족한 귀와 반짝반짝 빛나는 금색 눈도 보였습니다.

서쪽 들판에서 데려온 눈의 요정 셋도 하나같이 창백한 얼굴로 입술을 꽉 깨물고 서로 인사조차 나누지 않은 채 가죽 채찍을 계속해

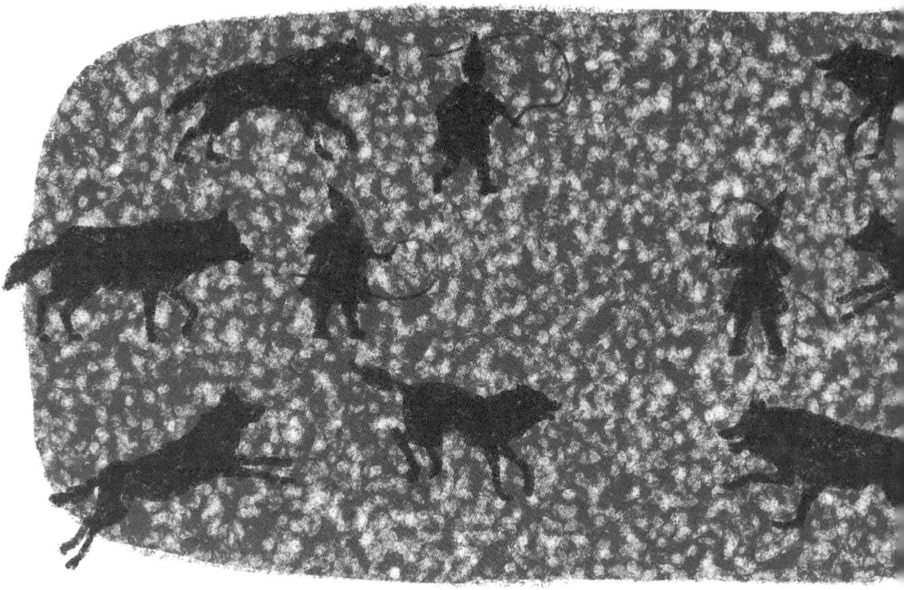

서 바삐 휘두르며 왔다 갔다 했습니다. 이제 어디가 언덕이고 눈보라 속이고 하늘인지 알 수 없었습니다. 들리는 거라고는 눈의 노파가 이리저리 오가며 호통치는 소리와 가죽 채찍 소리, 눈 속을 내달리는 눈 늑대 아홉 마리의 숨소리뿐이었습니다. 그 속에서 눈의 요정은 문득 바람에 휩쓸려 울고 있는 아까 그 아이의 목소리를 들었습니다.

눈 요정이 눈동자를 살짝 수상하게 빛냈습니다. 그러고는 잠시 멈추어 서서 생각하다가 갑자기 격렬하게 채찍을 휘두르며 울음소리가 난 쪽으로 달려갔습니다.

하지만 방향이 틀렸는지 훨씬 남쪽에 있는 검은 솔숲에 부딪히고 말았습니다. 눈의 요정은 가죽 채찍을 옆구리에 끼고 귀를 기울였습

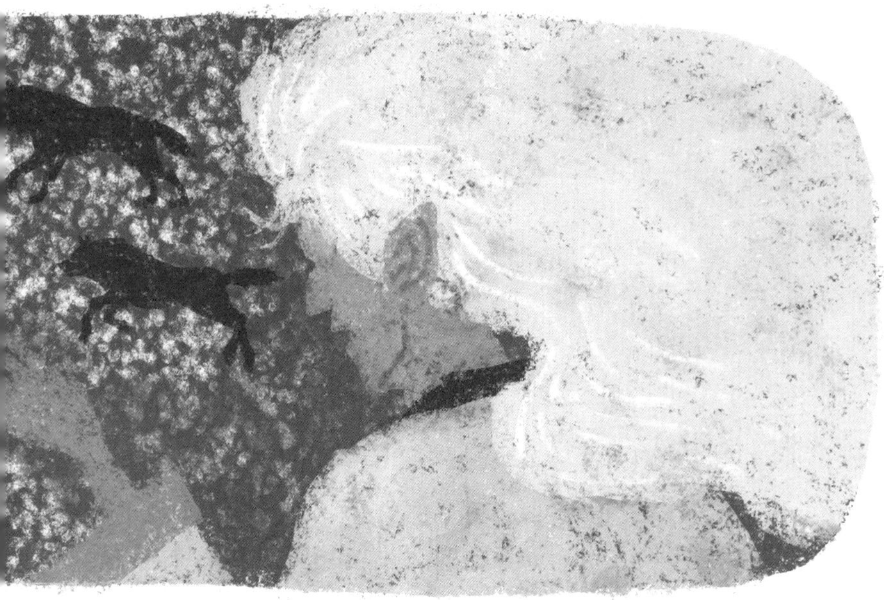

니다.

“휘익 휘익, 게으름 피우면 안 돼. 뿌려라, 뿌려. 자, 휘익. 오늘은 수선월 4일이다. 휘익 휘익, 휘익 휘이익.”

세찬 바람과 눈보라 사이로 맑고 깨끗한 울음소리가 언뜻 다시 들려왔습니다. 눈의 요정은 곧장 그쪽으로 달려갔습니다. 눈 노파의 헝클어진 머리칼이 불쾌하게 얼굴을 스쳤습니다. 고갯마루 눈 속에서 붉은 담요를 뒤집어쓴 아까 그 아이가 바람에 갇힌 채 눈에 빠진 발을 빼지 못하고 비틀비틀 쓰러졌다가 손을 짚고 일어나려 안간힘을 쓰면서 울고 있었습니다.

“담요를 덮어쓰고 엎드려 있어. 담요를 덮어쓰고 엎드려 있어. 휘익.”

눈의 요정이 달려와 외쳤습니다. 하지만 아이에게는 그저 바람 소리로 들릴 뿐, 눈의 요정은 그림자도 보이지 않았습니다.

"엎드려 있어. 휘익. 움직이면 안 돼. 조만간 그칠 테니 담요를 덮어쓰고 엎드려 있어."

눈의 요정이 다시 달려와 소리쳤습니다. 아이는 여전히 일어나려고 발버둥을 쳤습니다.

"엎드려 있어. 휘익, 고개를 숙이고 가만히 엎드려 있어. 오늘은 그렇게 춥지 않으니 얼어 죽지는 않을 거야."

눈의 요정이 다시 한번 달려와 소리쳤습니다. 아이는 입술을 씰룩거리고 울면서 다시 일어서려고 애썼습니다.

"엎드려 있으라니까. 일어나면 안 돼."

눈의 요정은 맞은편에서 일부러 세게 부딪쳐 와 아이를 넘어뜨렸습니다.

"휘익, 조금 더 제대로 해. 게으름 피우면 안 돼. 자, 휘익."

눈의 노파가 다가왔습니다. 찢어진 듯한 보랏빛 입과 뾰족한 송곳니가 희미하게 보였습니다.

"저런, 이상한 아이가 있군. 그래그래, 우리 세계로 데려오도록 하자. 수선월 4일이니까 목숨 한둘쯤은 거두어도 된다."

"네, 맞아요. 자, 죽어라."

눈의 요정이 일부러 세게 부딪치며 다시 속삭였습니다.

"엎드려 있어. 움직이면 안 돼. 움직이면 안 된다니까."

늑대들은 미친 듯이 뛰어다녔고 눈구름 사이로 검은 다리가 어른어른했습니다.

"그래그래, 그거야. 자, 날려 버려라. 게으름 피우면 가만두지 않겠다. 휘익 휘익, 휙, 휘이휙."

눈의 노파는 다시 저쪽으로 날아갔습니다.

아이는 다시 일어서려고 했습니다. 눈의 요정은 웃으며 다시 한번 세게 부딪쳤습니다. 그즈음에는 벌써 사위가 어둑해서 오후 세 시도 되지 않았는데 날이 저문 것 같았습니다. 아이는 힘이 다 빠져서 더 이상 일어나려고 하지 않았습니다. 눈의 요정이 웃으며 손을 뻗어 아이 몸 위에 빨간 담요를 덮어 주었습니다.

"그렇게 자고 있어. 이불을 잔뜩 덮어 줄 테니. 그러면 얼지 않을 거야. 내일 아침까지 캐러멜 꿈을 꾸고 있으렴."

눈의 요정은 채찍으로 같은 곳을 여러 번 쳐서 아이 몸 위로 눈을 잔뜩 뒤덮었습니다. 이내 붉은 담요가 보이지 않게 되었고 아이는 눈 속에 파묻혀 버렸습니다.

"저 아이는 내가 준 겨우살이 가지를 가지고 있어."

눈의 요정이 중얼거리며 눈물을 조금 글썽였습니다.

"자, 제대로 해, 오늘은 새벽 두 시까지 쉬지 않을 거야. 이곳은 수선월 4일이니 쉬어서는 안 돼. 자, 펄펄 내려라. 휙, 휘이익, 휘익."

눈의 노파가 다시 먼 바람 속에서 외쳤습니다.

그리고 바람과 눈과 부스스한 재 같은 구름 속에서 정말로 해가 저물었으며 눈은 밤새 내리고 내리고 또 내렸습니다. 겨우 새벽으로 접어들었을 때, 눈의 노파가 다시 한번 남쪽에서 북쪽으로 서둘러 달려가며 말했습니다.

"자, 슬슬 쉬도록 해라. 나는 이제 바다 쪽으로 갈 테니 따라오지 않아도 된다. 푹 쉬고 다음 준비를 해 줘. 다들 아주 훌륭했어. 수선월 4일이 잘 마무리됐다."

그 눈동자가 어둠 속에서 기이하고 푸르게 반짝였습니다. 눈의 노파는 푸석푸석한 머리칼로 소용돌이를 일으키고 입술을 바르르 떨면서 동쪽으로 달려갔습니다.

들판도, 언덕도 안심한 듯 평온해졌고 눈은 파르스름하게 빛났습니다. 하늘도 어느새 완전히 개어 도라지꽃 빛깔 천공 가득히 별자리가 반짝였습니다.

눈의 요정들은 각자 제 늑대를 데리고 서로 첫인사를 나누었습니다.

"너무 힘들었어."

"맞아."

"다음에는 언제 또 만날까."

"글쎄. 올해 안으로 두 번은 더 만나겠지."

"얼른 북쪽으로 돌아가고 싶네."

"응."

"아까 아이 하나가 죽었지?"

"괜찮아. 잠자고 있어. 이따가 내가 그곳에 표시를 남길 거야."

"아아, 이제 돌아가자. 동트기 전에 저쪽으로 가야 해."

"제때 갈 수 있겠지. 그런데 말이야. 난 도저히 모르겠어. 저게 카시오페이아의 세 별이지? 모두 푸른 불이잖아. 그런데 왜 불이 활활 타오르면 눈이 내리는 거야?"

"음, 그건 솜사탕하고 똑같아. 저것 봐. 빙글빙글 돌고 있지. 굵은 설탕이 모두 폭신폭신한 과자가 되잖아. 그러니까 불이 활활 타오를수록 좋은 거야."

"아하."

"그럼 안녕."

"안녕."

눈의 요정 셋은 눈의 늑대 아홉을 데리고 서쪽으로 돌아갔습니다.

얼마 후, 동쪽 하늘이 노란 장미처럼 빛나고 호박색으로 반짝이더니 금빛으로 불타올랐습니다. 언덕도, 들판도 새로운 눈으로 가득했습니다.

눈의 늑대들은 지쳐서 축 늘어져 있었습니다. 눈의 요정도 눈 위에 앉아 웃었습니다. 그 뺨은 사과 같고 그 입김은 백합처럼 향기로웠습니다.

반짝반짝 해님이 떠올랐습니다. 오늘 아침은 푸른 빛이 감돌아 더 더욱 멋졌습니다. 복숭아색 햇살이 가득 흘러넘쳤습니다. 눈의 늑대가 일어나 크게 입을 벌렸고 그 속에서 푸른 불꽃이 하늘하늘 일렁였습니다.

"자, 너희는 나를 따라와. 날이 밝았으니 아이를 깨우러 가자."

눈의 요정은 어제의 그 아이가 묻혀 있는 곳으로 달려갔습니다.

"자, 이쪽 눈을 치워 줘."

눈의 늑대들이 뒷발로 금세 눈을 파헤쳤습니다. 바람이 그 눈을 연기처럼 흩날렸습니다.

설피를 신고 털가죽을 두른 사람이 마을 쪽에서 서둘러 달려왔습니다.

"이제 됐어."

눈의 요정은 아이의 붉은 담요 끝이 눈 밖으로 살짝 비어져 나온 것을 확인한 후에 소리쳤습니다.

"아빠가 오셨어. 그만 눈을 뜨렴."

눈의 요정은 뒤편 언덕으로 달려가 눈가루 한 줄기를 일으키며 외쳤습니다. 아이가 얼핏 움직이는 듯했습니다. 그리고 털가죽을 입은 사람은 죽을힘을 다해 달려오고 있었습니다.

눈길 건너기

시로와 간코가 꽁꽁 언 눈길을 걸어갑니다.

아기 여우가 나타나 두 사람을

환등회에 초대했습니다.

첫 번째 이야기 〈아기 여우 곤자부로〉

눈은 꽁꽁 얼어 대리석보다 단단해지고 하늘 역시 차갑고 매끄러운 푸른 석판으로 만든 듯했습니다.

"얼은 눈은 꽁꽁, 젖은 눈은 꽝꽝."

새하얗게 타오르는 해님이 백합꽃 향기를 흩뿌리면서 반짝반짝 눈을 비추었습니다.

나무마다 굵은 설탕을 뿌린 것처럼 서리가 내려앉아 빛나고 있었습니다.

"얼은 눈은 꽁꽁, 젖은 눈은 꽝꽝."

시로와 간코는 짚으로 만든 작은 눈 장화를 신고 뽀드득뽀드득 들판으로 나갔습니다.

이렇게 재미있는 날이 또 있을까요. 평소에는 걸을 수 없는 수수밭도, 억새로 가득한 들판도 원한다면 어디든 갈 수 있습니다. 평평해진 세상은 마치 한 장의 널빤지 같습니다. 그리고 그 널빤지는 작디작은 거울 무더기처럼 반짝반짝 빛났습니다.

"얼은 눈은 꽁꽁, 젖은 눈은 꽝꽝."

두 아이는 숲 근처까지 왔습니다. 커다란 떡갈나무가 나뭇가지 가득 멋지고 투명한 고드름을 늘어뜨린 채 무겁다는 듯 몸을 굽히고 있었습니다.

"얼은 눈은 꽁꽁, 젖은 눈은 꽝꽝. 아기 여우야, 색시를 줄까, 색시를 줄까."

두 아이는 숲을 향해 큰 소리로 외쳤습니다.

한동안 쥐 죽은 듯 조용해서 두 아이가 다시 한번 외치려고 숨을 고르는데 숲속에서 "젖은 눈은 꽝꽝, 얼은 눈은 꽁꽁" 하면서 새하얀 아기 여우가 뽀드득뽀드득 눈을 밟고 나타났습니다.

흠칫 놀란 시로는 여동생 간코를 등 뒤로 숨기며 두 다리로 단단하게 버티고 소리쳤습니다.

"여우는 캥캥 하얀 여우야, 색시를 얻고 싶으면 구해다 줄게."

그러자 아직 어린 주제에 여우가 은색 바늘처럼 반짝이는 수염 한 가닥을 팽그르르 비틀며 말했습니다.

"시로는 꽝꽝, 간코는 꽁꽁. 나는 색시 필요 없는데."

시로가 웃으며 물었습니다.

"여우는 캥캥 아기 여우야, 색시가 필요 없으면 떡을 줄까."

그러자 아기 여우는 머리를 두세 번 흔들며 재미있다는 듯이 말했습니다.

"시로는 꽝꽝, 간코는 꽁꽁. 수수경단은 내가 줄까."

간코도 재미있어서 시로 뒤에 숨은 채 가만히 노래했습니다.

"여우는 캥캥 아기 여우야, 여우 경단은 토끼 똥."

그러자 아기 여우 곤자부로가 웃으며 말했습니다.

"아니요, 절대 그렇지 않아요. 당신들처럼 훌륭한 분이 토끼의 갈색 경단 같은 걸 어찌 드시겠어요. 우리 여우들은 이제껏 사람을 속인다는 말도 안 되는 누명을 써 왔답니다."

시로가 놀라서 물었습니다.

"그럼 여우가 사람을 속인다는 게 거짓말이야?"

곤자부로가 열을 올리며 말했습니다.

"거짓말이고말고요. 틀림없이 가장 끔찍한 거짓말입니다. 속았다고 말하는 건 대개 술에 취했거나 겁쟁이라서 이랬다저랬다 변덕 부리는 이들입니다. 웃긴다니까요. 얼마 전 달밤에 진베에 씨가 우리 집 앞에 앉아 밤새도록 조루리(일본 전통 현악기인 샤미센 반주에 맞추어 노래처럼 낭독하는 이야기_옮긴이)를 불렀답니다. 우리는 모두 나가서 그 모습을 지켜보았어요."

시로가 소리쳤습니다.

"진베에 씨라면 조루리가 아니라 나니와부시(조루리와 비슷하지만 조루리보다 몇백 년 이후에 나왔으며 이야기 조가 강한 음악 형식_옮긴이)를 불렀을 거야."

아기 여우 곤자부로는 심드렁한 표정으로 말했습니다.

"음, 그럴지도 모르죠. 아무튼 경단을 드세요. 제가 드리는 건 직접 밭을 갈고 씨를 뿌리고 잡초를 뽑고 수수를 뜯어서 두드려 가루로 빻은 다음에 반죽해서 찌고 설탕을 뿌린 겁니다. 어떠세요? 한 접시 드리지요."

그러자 시로가 웃으며 말했습니다.

"곤자부로야, 우리는 막 떡을 먹고 온 참이라 배가 안 고파. 다음에 불러 줘."

아기 여우 곤자부로가 몹시 기뻐하며 짧은 팔을 버둥거렸습니다.

"좋아요! 그럼 다음 환등회 때 드릴게요. 그때 꼭 오세요. 이다음 눈이 꽁꽁 어는 달밤입니다. 여덟 시부터 시작하니까 입장권을 미리 드리지요. 몇 장 필요하세요?"

"그렇담 다섯 장 줘."

시로가 대답했습니다.

"다섯 장이요? 당신들 두 장에 나머지 세 장은 누구입니까?"

곤자부로가 말했습니다.

"형들이야."

시로가 대답하자 곤자부로가 다시 물었습니다.

"형들은 열한 살 이하입니까?"

"아니, 작은형이 4학년이니까 8에 4를 더해서 열두 살이야."

시로가 말했습니다.

그러자 곤자부로는 그럴싸하게 수염 한 가닥을 다시 팽그르르 비틀며 말했습니다.

"그렇다면 안타깝게도 형들은 못 오십니다. 두 분만 오세요. 특별석을 잡아드릴게요. 아주 재미있답니다. 첫 번째 이야기는 〈술을 마시지 말자〉입니다. 당신들 마을 주민인 다에몬 씨와 세이사쿠 씨가 술에 취해 비틀거리며 들판에 놓인 이상한 찐빵과 메밀국수를 먹으려는 장면이에요. 저도 사진에 찍혔지요. 두 번째 이야기는 〈덫을 조심하자〉입니다. 제 친구 곤베에가 들판에 갔다가 덫에 걸린 모습을 그린 거예요. 그림입니다. 사진이 아니에요. 세 번째 이야기는 〈불을 우습게 보지 말자〉입니다. 제 친구 곤스케가 당신들 집에 갔다가 꼬리를 태운 장면입니다. 꼭 와 주세요."

두 아이가 기뻐하며 고개를 끄덕였습니다.

여우는 우습다는 듯이 입꼬리를 올렸습니다. 그러고는 킥, 킥, 통통, 킥, 킥, 통통 하며 발을 구르고 꼬리와 머리를 흔들면서 잠시 생각에 잠겼지만 이윽고 정신을 차린 듯 두 손을 흔들어 장단을 맞추며 노래 부르기 시작했습니다.

젖은 눈은 꽝꽝, 얼은 눈은 꽁꽁,
　　　들판의 찐빵은 포포포.
술에 취해 비틀비틀 다에몬이

작년에 서른여덟 개를 먹었지.

젖은 눈은 꽝꽝, 얼은 눈은 꽁꽁,

들판의 메밀국수는 호호호.

술에 취해 비틀비틀 세이사쿠가

작년에 열세 그릇을 먹었지.

시로와 간코도 어느새 끼여 여우와 함께 춤을 추고 있습니다.

킥, 킥, 통통. 킥, 킥, 통통. 킥, 킥, 킥, 킥, 통통통.

시로가 노래했습니다.

"여우는 캥캥 아기 여우야, 작년에 여우 곤베에는 왼발이 덫에 걸려 캥캥, 버둥버둥 캥캥캥."

간코가 노래했습니다.

"여우는 캥캥 아기 여우야, 작년에 여우 곤스케는 구운 생선을 훔치려다 엉덩이에 불이 붙어 캥캥캥."

킥, 킥, 통통. 킥, 킥, 통통. 킥, 킥, 킥, 킥, 통통통.

셋은 춤을 추면서 점점 숲속으로 들어갔습니다. 붉은 봉랍 같은 후박나무 싹이 바람에 날려 반짝반짝 빛나고 숲속 눈밭은 온통 쪽빛이 감도는 나무 그림자가 그물처럼 져 있어 햇빛이 닿는 곳에 은빛 백합이 핀 것처럼 보였습니다.

아기 여우 곤자부로가 말했습니다.

"아기 사슴도 부를까요. 아기 사슴은 피리를 아주 잘 분답니다."

시로와 간코는 손뼉을 치며 즐거워했습니다. 그래서 셋이 함께 외쳤습니다.

"얼은 눈은 꽁꽁, 젖은 눈은 꽝꽝. 아기 사슴아, 색시를 줄까, 색시를 줄까."

그러자 맞은편에서 "북풍이 삐이삐이 가제사부로, 서풍이 솨아솨아 마타사부로" 하는 가느다란 목소리가 났습니다.

아기 여우 곤자부로가 깔보듯이 입을 삐죽 내밀며 말했습니다.

"아기 사슴 목소리예요. 겁쟁이라 못 나오고 저러고 있네요. 한 번 더 불러 볼까요."

셋은 또 외쳤습니다.

"얼은 눈은 꽁꽁, 젖은 눈은 꽝꽝. 아기 사슴아, 색시를 줄까, 색시를 줄까."

그러자 이번에는 훨씬 더 멀리서 바람 소리인지 피리 소리인지 아니면 아기 사슴의 노랫소리인지 이런 소리가 들려왔습니다.

북풍이 삐이삐이, 꽁꽁,
서풍이 솨아솨아, 퉁퉁.

여우가 다시 수염을 팽그르르 비틀며 말했습니다.

"눈이 녹으면 안 되니 그만 돌아가는 게 좋겠어요. 다음번 달밤에 눈이 얼면 꼭 오세요. 아까 말한 환등을 보여 줄게요."

그래서 시로와 간코는 "얼은 눈은 꽁꽁, 젖은 눈은 꽝꽝"이라고 노래 부르며 은빛 눈길을 건너 집으로 돌아갔습니다.

"얼은 눈은 꽁꽁, 젖은 눈은 꽝꽝."

두 번째 이야기 〈여우 초등학교의 환등회〉

크고 창백한 보름달님이 얼음산 위로 고요히 떠올랐습니다.

눈은 빤짝빤짝 푸르게 빛났고 오늘도 흰 대리석처럼 단단하게 얼었습니다.

시로는 여우 곤자부로와의 약속을 떠올리며 여동생 간코에게 슬그머니 물었습니다.

"오늘 밤이 여우 환등회야. 갈까?"

"가자. 가자. 여우는 깽깽 아기 여우야, 깽깽 우는 여우 곤자부로."

간코가 신이 나서 크게 소리치고 말았습니다.

그러자 둘째 형 지로가 끼어들었습니다.

"너희들, 여우가 있는 곳으로 놀러 가는구나. 나도 가고 싶다."

시로는 난처해져서 어깨를 움츠리며 말했습니다.

"그런데 형, 여우 환등회에는 열한 살까지만 들어갈 수 있어. 입장권에 적혀 있어."

지로가 말했습니다.

"어디 좀 보여 줘. 아하하, '부모 형제 관계없이 열두 살 이상의 손님은 정중히 거절합니다'라니. 여우들이 제법이네. 나는 갈 수 없구나. 하는 수 없지 뭐. 너희들, 갈 거면 떡을 가져가. 자, 이 거울 떡(일본에서 새해에 먹는 매끈하고 둥근 흰 떡_옮긴이)이 좋겠네."

시로와 간코는 작은 눈 신을 신고 떡을 멘 뒤, 밖으로 나왔습니다.

형제인 이치로, 지로, 사부로가 나란히 문간에 서서 외쳤습니다.

"잘 다녀와. 어른 여우를 만나거든 얼른 눈을 감으렴. 자, 우리가 장단을 맞춰 줄게. 얼은 눈은 꽁꽁, 젖은 눈은 꽝꽝, 아기 여우야, 색시를 줄까, 색시를 줄까."

달님이 하늘 높이 떠올랐고 숲은 푸르스름한 안개에 휩싸여 있었습니다. 두 아이는 어느새 숲 입구에 닿았습니다.

그러자 가슴에 도토리 배지를 단 희고 작은 아기 여우가 나타나 말했습니다.

"안녕하세요. 안녕하세요. 입장권은 가지고 오셨나요?"

"가지고 왔어요."

두 아이가 그것을 꺼냈습니다.

"자, 들어가세요. 저쪽으로."

아기 여우가 그럴듯하게 허리를 숙이고 눈을 깜박이며 손으로 숲 안쪽을 가리켰습니다.

숲속에는 푸른 막대기를 몇 개나 던진 것처럼 달빛이 비스듬하게 내리꽂혀 있었습니다. 두 아이는 그 사이에 있는 공터로 들어갔습니다.

살펴보니 여우 학교 학생들이 이미 가득 모여 서로 밤톨 껍질을 부딪치거나 스모를 하는 중이었는데 특히나 수상한 것은 작디작아 생쥐

만 한 아기 여우가 키 큰 어린이 여우의 목말을 타고 별을 따려 하는 모습이었습니다.

다들 모여 있는 곳 앞쪽의 나뭇가지에는 하얀 천이 한 장 걸려 있었습니다.

그때 갑자기 뒤에서 "안녕하세요, 잘 오셨어요. 요전에는 실례가 많았습니다" 하는 소리가 들렸습니다. 시로와 간코가 깜짝 놀라 돌아보니 곤자부로가 있었습니다.

곤자부로는 멋진 연미복을 입고 수선화를 가슴에 단 채 새하얀 손수건으로 뾰족 튀어나온 입을 끊임없이 닦고 있었습니다.

시로가 고개를 살짝 숙여 인사하며 말했습니다.

"지난번에는 실례했어요. 그리고 오늘 밤은 고맙습니다. 다 같이 이 떡을 드세요."

여우 학교 학생들은 모두 이쪽을 보고 있었습니다.

곤자부로는 가슴을 쭉 내밀고서 점잖게 떡을 받았습니다.

"이것 참 고맙습니다. 선물까지 챙겨 주시다니요. 부디 느긋하게 즐기다 가십시오. 곧 환등회가 시작합니다. 저는 잠시 실례하겠습니다."

곤자부로는 떡을 들고 저쪽으로 갔습니다.

여우 학교 학생들이 입을 모아 외쳤습니다.

"얼은 눈은 꽁꽁, 젖은 눈은 꽝꽝, 굳은 떡은 딱딱, 하얀 떡은 끈끈."

무대 옆에 '인간 시로 씨와 인간 간코 씨. 떡 잔뜩 기증'이라고 쓴 큼직한 풋말이 걸렸습니다. 여우 학생들은 기뻐하며 손을 탁탁 두드렸습니다.

그때 삐 하고 피리가 울었습니다.

곤자부로가 "에헴 에헴" 하고 헛기침하며 장막 옆으로 빠져나와 정성스레 인사했습니다. 모두 조용해졌습니다.

"오늘 밤은 날씨가 무척 아름답군요. 달님은 마치 진주로 만든 접시 같습니다. 별님은 들판의 이슬처럼 반짝반짝 빛나고 있고요. 자, 지금부터 환등회를 시작하겠습니다. 한눈 팔거나 재채기하지 말고 눈을 동그랗게 떠 잘 보시기 바랍니다.

그리고 오늘 밤은 소중한 손님 두 분이 오셨으니 모두 조용히 해 주세요. 손님 쪽으로 절대 밤송이 껍질을 던지거나 하면 안 됩니다. 개회사는 여기까지입니다."

모두 기뻐하며 짝짝짝 손뼉을 쳤습니다. 시로가 간코에게 소곤거렸습니다.

"곤자부로 잘하네."

피리가 삐 소리를 냈습니다.

〈술을 마시지 말자〉. 무대 장막 위로 커다란 글자가 나타났습니다.

글자가 사라지고 사진이 나왔습니다. 술에 취한 인간 할아버지가 이상하고 둥근 물건을 들고 있는 모습입니다.

모두가 발을 구르며 노래했습니다.

킥, 킥, 통통, 킥, 킥, 통통.

젖은 눈은 짱짱, 얼은 눈은 꽁꽁,
　들판의 찐빵은 포포포.
술에 취해 비틀비틀 다에몬이

작년에 서른여덟 개를 먹었지.

킥, 킥, 킥, 킥, 통통통.

사진이 사라졌습니다. 시로는 간코에게 속삭였습니다.

“저 노래는 곤자부로가 부른 거야.”

다른 사진이 나타났습니다. 술에 취한 인간 젊은이가 후박나무 이파리로 만든 접시 같은 것에 얼굴을 파묻고 무언가를 먹고 있습니다. 곤자부로는 하얀 하카마(통이 넓은 일본의 전통 의상 하의_옮긴이)를 입고 맞은편에서 지켜보고 있는 모습입니다.

모두가 발을 구르며 노래했습니다.

킥, 킥, 통통, 킥, 킥, 통통.

젖은 눈은 꽝꽝, 얼은 눈은 꽁꽁,
들판의 메밀국수는 포포포.
술에 취해 비틀비틀 세이사쿠가
작년에 열세 그릇 먹었지.

킥, 킥, 킥, 킥, 통, 통, 통.

사진이 사라지고 잠시 쉬는 시간이 되었습니다.

귀여운 암컷 아기 여우가 수수경단 두 접시를 가지고 왔습니다.

시로는 갑자기 무서워졌습니다. 왜냐하면 바로 직전에 다에몬과 세이사쿠가 나쁜 건지도 모르고 먹는 모습을 보았기 때문입니다.

게다가 여우 학교 학생들이 모두 이쪽을 보며 "먹을까? 정말 먹을까?" 하면서 자기들끼리 소곤거리고 있는 겁니다. 간코는 부끄러워서 접시를 손에 든 채 얼굴이 새빨개져 버렸습니다. 그러자 시로가 결심하고 말했습니다.

"먹자. 먹자. 곤자부로가 우리를 속일 리 없어."

두 아이는 수수경단을 다 먹었습니다. 얼마나 맛있던지 정신이 쏙 빠질 지경이었습니다. 여우 학교 학생들은 너무나도 기뻐서 다 같이 춤을 추었습니다.

킥, 킥, 통통, 킥, 킥, 통통.

낮에는 쨍쨍 비치는 햇빛
밤에는 슬슬 흐르는 달빛,
설령 몸이 부서진대도
여우 학교 학생은 거짓말 안 해.

킥, 킥, 통통, 킥, 킥, 통통.

낮에는 쨍쨍 비치는 햇빛
밤에는 슬슬 흐르는 달빛,
설령 얼어붙어 쓰러진대도
여우 학교 학생은 속이지 않아.

킥, 킥, 통통, 킥, 킥, 통통.

낮에는 쨍쨍 비치는 햇빛
밤에는 슬슬 흐르는 달빛,
설령 몸이 찢어진대도
여우 학교 학생은 시샘하지 않아.

킥, 킥, 통통, 킥, 킥, 통통.

시로와 간코도 너무나 기뻐서 눈물을 흘렸습니다.

삐 하고 피리가 울었습니다.

〈덫을 조심하자〉라는 커다란 글자가 나타났다가 곧장 사라지고 그림이 떠올랐습니다. 여우 곤베에의 왼발이 덫에 걸린 광경입니다.

여우야 깽깽 아기 여우야,
작년에 여우 곤베에가
왼발이 덫에 걸려
캥캥 버둥버둥
캥캥캥.

모두 함께 노래했습니다.

시로가 간코에게 가만히 속삭였습니다.

"내가 만든 노래네."

그림이 사라지고 〈불을 우습게 보지 말자〉라는 글자가 나타났습니다. 그것도 사라지고 그림이 비추어졌습니다. 여우 곤스케가 구운 생선을 훔치려다 꼬리에 불이 붙는 장면입니다.

여우 학생들이 모두 소리쳤습니다.

여우야 깽깽 아기 여우야.
작년에 여우 곤스케가
구운 생선을 훔치려다
엉덩이에 불이 붙어
깽깽깽.

삐 하고 피리 소리가 나더니 무대가 밝아졌습니다. 곤자부로가 다시 나와서 말했습니다.

"여러분, 이번 환등회는 여기서 마치겠습니다. 오늘 밤, 여러분이 가슴 깊이 새겨야 할 것이 있습니다. 술에 취하지 않은 영리한 인간 아이가 여우가 만든 음식을 먹어 주었다는 점입니다. 그러니 여러분이 앞으로도 또 어른이 되어서도 거짓말하지 않고 인간을 시샘하지 않는다면 우리 여우들이 가졌던 지금까지의 나쁜 평판이 완전히 사라지게 되리라고 생각합니다. 폐회사였습니다."

여우 학생들은 모두 감동하여 두 손을 번쩍 들거나 하며 몸을 세웠

습니다. 눈가에는 반짝반짝 눈물이 맺혔습니다.

곤자부로가 두 아이 앞으로 다가와 정중하게 절하며 말했습니다.

"그럼 안녕히 가세요. 오늘 밤의 은혜는 절대로 잊지 않겠습니다."

두 아이도 절을 한 뒤, 집으로 발걸음을 돌렸습니다. 여우 학생들이 쫓아와 아이들의 품속이나 주머니에 도토리와 밤, 푸른빛이 도는 돌 따위를 넣어 주며 "자, 선물이에요", "이것도 드릴게요" 같은 말을 하고는 바람처럼 달아났습니다.

곤자부로는 웃으며 보고 있었습니다.

두 아이는 숲을 나와 들판으로 향했습니다.

희푸른 눈밭 한가운데에 저쪽에서 다가오는 세 사람의 검은 그림자가 보였습니다. 마중 나온 형제들이었습니다.

겐주 공원 숲

사람들은 겐주를 조금 모자란 아이라고
생각했습니다. 그런 겐주가 집 뒤편에
삼나무를 심겠다고 나섰습니다.

겐주는 늘 굵은 노끈으로 허리를 질끈 동여매고서 숲속이나 들판을 웃으며 천천히 걷곤 했습니다.

빗속 푸르른 수풀을 바라볼 때는 기쁨에 겨워 눈을 깜박거렸고 창공을 훨훨 날아가는 매를 발견했을 때는 펄쩍 뛰어올라 손뼉을 치며 사람들에게 알렸습니다.

하지만 동네 아이들이 겐주를 바보 취급하며 심하게 놀려 댔기 때문에 겐주는 점차 웃지 않는 척하게 되었습니다.

바람이 휙 불어와 너도밤나무 이파리가 팔랑팔랑 반짝일 때면 겐주는 너무나 기쁜 나머지 절로 웃음이 터져 나올 것 같았지만 억지로 입을 크게 벌리고 시근시근 숨을 몰아쉬는 척하며 하염없이 너도밤나무를 올려다보고 서 있었습니다.

가끔은 그 크게 벌린 입꼬리를 가려워 죽겠다는 듯이 손가락으로 문지르면서 식식 숨소리로만 웃었습니다.

멀리서 보기에는 겐주가 입꼬리를 긁거나 하품이라도 하는 것 같았지만 가까이 다가가면 호흡에 뒤섞인 웃음소리도 들리고 입술이 실룩실룩하는 것도 알 수 있었기 때문에 아이들은 그런 것도 바보 같다며 놀렸습니다.

겐주는 어머니가 부탁하면 500번이고 물을 길어 왔습니다. 온종일 밭에 가서 잡초도 뽑았습니다. 하지만 어머니도, 아버지도 좀처럼 겐주에게 그런 일을 시키려 하지 않았습니다.

한편 겐주 집 뒤편에는 널따란 운동장만 한 들판이 밭갈이되지 않은 채 공터로 남아 있었습니다.

어느 해의 일입니다. 산은 아직 새하얀 눈으로 덮여 있고 들판에도 새싹이 나오기 전이었습니다. 겐주가 갑자기 봄갈이하는 식구들 앞으로 달려와 말했습니다.

"엄마, 나 어린 삼나무 700그루만 사 줘."

겐주의 어머니는 반짝반짝 빛나는 세발 괭이를 내리치다 말고 겐주를 빤히 쳐다보며 물었습니다.

"어린 삼나무 700그루를 어디에 심으려고?"

"집 뒤에 있는 들판에."

그러자 겐주의 형이 말했습니다.

"겐주야, 거기는 삼나무가 자라기 어려운 땅이야. 이리 와서 밭갈이나 도와."

겐주는 멋쩍어 꾸물꾸물하며 고개를 숙였습니다.

그러자 맞은편에 있던 겐주의 아버지가 허리를 펴고 땀을 닦으며 말했습니다.

"사 주게, 사 줘. 겐주가 여태 뭘 사 달라고 조른 적 없잖은가. 사 줘."

그 말에 어머니도 안심한 듯 웃었습니다.

겐주는 뛸 듯이 기뻐 곧장 집으로 달려갔습니다.

그러고는 헛간에서 곡괭이를 꺼내 땅을 퍽퍽 파내고 잡초를 뒤엎으며 어린 삼나무 심을 구멍을 파기 시작했습니다.

그걸 본 형이 다가와 말했습니다.

"겐주야, 삼나무는 심을 때 땅을 파야 해. 내일까지 기다려라. 내가 어린나무를 사다 줄 테니."

겐주는 겸연쩍게 곡괭이를 내려놓았습니다.

다음 날, 하늘은 맑고 산에 쌓인 눈은 새하얗게 빛났으며 종달새는 하늘 높이 날아올라 지지배배 울었습니다. 겐주는 더 이상 못 참겠다는 듯 방긋방긋 웃으며 형이 가르쳐 준 대로 북쪽 경사면에서부터 어린 삼나무 심을 구멍을 파기 시작했습니다. 참으로 똑바르게 줄을 딱 맞춰 같은 간격으로 구멍을 팠습니다. 겐주의 형이 그 구멍에 어린나무를 한 그루씩 심었습니다.

그때 공터 북쪽 밭의 주인인 헤이지가 담뱃대를 물고 호주머니에 손을 찔러 넣은 채 추운 듯 어깨를 움츠리며 다가왔습니다. 헤이지는 농사도 조금 짓지만 실은 사람들에게 미움을 살 법한 다른 일도 하고 있었습니다. 헤이지가 겐주에게 말했습니다.

"어이, 겐주. 여기에 삼나무를 심다니 너 진짜 바보구나. 게다가 이러면 우리 밭이 그늘진다고."

겐주는 얼굴이 빨개져서 무언가 말하고 싶어 하는 듯했지만 아무 말도 못 하고 우물쭈물했습니다.

멀리서 겐주의 형이 그 모습을 보고 허리를 펴며 "헤이지 씨, 안녕하세요" 하고 인사하자 헤이지는 투덜거리며 느릿느릿 돌아갔습니다.

풀밭에 삼나무 심는 걸 비웃는 사람은 헤이지뿐만이 아니었습니다. 마을 사람들도 '저런 데서 삼나무가 자라겠나', '땅속은 딱딱하게 굳은 흙뿐인데', '바보는 바보다'라며 다 그렇게 말했습니다.

그 말대로였습니다. 5년 동안은 초록색 줄기가 똑바로 하늘을 향해 뻗었지만 그 후로는 끝이 둥글게 변하면서 7년이 지나고 8년이 지나도 키가 3미터를 넘지 못했습니다.

어느 날 아침, 겐주가 숲 앞에 서 있는데 어떤 농부가 장난스럽게 말을 걸었습니다.

"어이, 겐주. 저 삼나무는 가지치기 안 하니?"

"가지치기가 뭔데?"

"아래쪽 가지를 낫으로 베어 떨어뜨리는 거지."

"나도 얼른 가지치기해야지."

겐주는 집으로 달려가 낫을 가져왔습니다.

그러고는 숲 가장자리에서부터 삼나무 가지를 탁탁 쳐 내기 시작했

습니다. 하지만 나무들이 겨우 3미터 정도의 높이였기에 겐주는 몸을 살짝 구부리고 삼나무 아래를 지나가야 했습니다.

저녁 무렵에는 위쪽 가지 서너 개만 남고 나머지는 모두 떨어져 나갔습니다.

짙은 녹색 가지가 바닥의 잔풀들을 가득 뒤덮었으며 작은 숲은 훤하고 휑해졌습니다.

숲이 갑자기 너무 휑해진 탓에 겐주는 괜스레 기분이 나쁘고 마음이 아팠습니다.

때마침 밭에서 돌아온 형이 숲을 보고는 웃음을 터뜨렸습니다. 그러더니 멍하니 서 있는 겐주를 향해 기분 좋게 말했습니다.

"이야, 훌륭한 땔감을 잔뜩 마련해 놨구나. 숲도 아주 멋있어졌어."

겐주도 그제야 마음을 놓고 형과 함께 삼나무 그늘로 들어가 떨어뜨린 가지를 모조리 주웠습니다.

숲 바닥의 잔풀들은 짧고 깨끗해서 마치 신선들이 두는 바둑판처럼 보였습니다.

다음 날 겐주가 헛간에서 벌레 먹은 콩을 골라내고 있는데 갑자기 숲에서 소란스러운 소리가 들려왔습니다.

여기저기서 호령 소리에 나팔을 흉내 내는 소리, 발소리가 들리는가 하면 숲속의 새들이 놀라 날아오를 만큼 우렁차게 와하하 웃는 소리가 들렸습니다. 겐주가 서둘러 가 보니 놀랍게도 하교하는 아이들 50명 정도가 한 줄로 삼나무 사이를 행진하고 있었습니다.

삼나무 숲속 어디를 걸어도 가로수 길을 걷는 것만 같았습니다. 초록색 옷을 입은 삼나무도 가지런히 줄 맞춰 걷는 것처럼 보였기 때문에 아이들은 더할 나위 없이 기뻤습니다. 얼굴이 새빨개진 아이들은 때까치처럼 소리를 지르며 삼나무 대열 사이를 걸었습니다.

삼나무 가로수 길에는 도쿄 길, 러시아 길, 유럽 길처럼 이름도 붙었습니다.

겐주도 기뻐서 삼나무 그늘에 숨어 입을 크게 벌리고 하하 웃었습니다.

그날 이후 아이들은 날마다 모여들었습니다.

다만 비 오는 날에는 오지 않았습니다.

그런 날이면 겐주는 새하얗고 부드러운 하늘에서 보슬보슬 내리는 비를 맞으며 온몸이 흠뻑 젖은 채 홀로 숲 바깥에 서 있었습니다.

"겐주 씨, 오늘도 숲을 지키십니까?"

도롱이를 두르고 지나가던 사람이 웃으며 물었습니다. 삼나무에 다갈색 열매가 맺혔고 멋진 푸른색 이파리 끝에서는 차고 투명한 빗방울이 똑똑 떨어졌습니다. 겐주는 입을 크게 벌리고 시근시근 숨을 내쉬며 한참을 그곳에 서 있었습니다. 빗속에 선 몸에서 수증기가 피어올랐습니다.

그러던 어느 날, 안개가 짙게 낀 아침이었습니다.

겐주는 들판에서 헤이지와 맞닥뜨렸습니다.

헤이지는 주변을 몇 번 두리번거린 뒤, 험상궂은 늑대처럼 고함을 질렀습니다.

"겐주, 네놈 집 삼나무 다 베어 버려."

"어째서?"

"우리 밭에 빛이 안 들잖아."

겐주는 말없이 고개를 숙였습니다. 헤이지는 밭에 그늘이 진다고 했지만 삼나무 그림자는 겨우 한 뼘 길이밖에 되지 않았습니다. 더구나 삼나무는 남쪽에서 불어오는 강한 바람을 막아 주기도 했습니다.

"베어라. 베어 버리라고. 안 벨 테냐."

"안 벨 거다."

겐주가 고개를 들고 조금 겁먹은 듯 말했습니다. 입술은 당장이라도 울음을 터뜨릴 것처럼 오므라졌습니다. 태어나서 처음으로 누군가의 말을 거스르는 순간이었습니다.

하지만 헤이지는 착해 빠진 겐주 따위에게 무시당했다는 생각에 화가 치밀어 어깨를 찰싹 때리나보다 했는데 냅다 겐주의 뺨을 갈겼습니다. 계속해서 퍽퍽 때렸습니다.

겐주는 뺨에 손을 얹은 채 말없이 맞고 있었지만 점점 주변이 새파랗게 보이고 몸이 휘청거렸습니다. 그러자 헤이지도 기분이 안 좋아졌는지 팔짱을 끼고 안개 속으로 서둘러 저벅저벅 걸어가 버렸습니다.

그해 가을, 겐주는 장티푸스에 걸려 죽었습니다. 헤이지도 그 열흘 전쯤 같은 병으로 죽었습니다.

하지만 그런 일들과는 아무 상관 없이 아이들은 날마다 숲으로 모여들었습니다.

이야기는 계속 이어집니다.

이듬해에는 마을에 철도가 깔려 겐주 집으로부터 300미터 동쪽에 역이 생겼습니다. 이곳저곳에 커다란 도자기 공장과 방직 공장이 지어졌습니다. 근방의 논밭은 하나둘 사라지고 집이 들어섰습니다. 어느새 완연한 도회지가 되었습니다. 그런 와중에 어쩐 일인지 겐주의 숲만은 그대로 남았습니다. 삼나무의 키는 여전히 겨우 3미터 정도였고 아이들도 매일 모여들었습니다. 바로 옆에 학교가 지어졌기 때문에 아이들

은 숲과 숲 남쪽의 잔디밭을 자기들의 운동장이라고 생각하게 되었습니다.

겐주의 아버지는 이제 머리칼이 새하얗게 세었습니다. 그럴 만도 하지요. 겐주가 죽은 지 벌써 20년 가까이 되었으니까요.

하루는 오래전 마을을 떠나 미국 어느 대학의 교수가 된 젊은 박사가 15년 만에 고향으로 돌아왔습니다.

그 옛날의 논밭과 숲은 어디에도 없었습니다. 마을 사람들도 대부분 새로 들어온 외지인이었습니다.

그래도 어느 날 박사는 초등학교의 초청을 받아 강당에서 사람들에게 먼 나라 이야기를 들려주었습니다.

이야기를 마친 박사는 교장을 비롯한 교사들과 운동장에 나가 겐주의 숲으로 향했습니다.

그때 젊은 박사는 깜짝 놀라 몇 번이고 안경을 고쳐 쓰면서 반쯤 혼잣말로 중얼거렸습니다.

"아, 여기는 완전히 옛 모습 그대로구나. 나무까지 옛날하고 똑같아. 나무는 오히려 더 작아진 것도 같군. 모두가 신나게 놀고 있어. 아, 저 안에 나나 나의 옛 친구들이 있을 것만 같구나."

박사는 별안간 생각난 듯 활짝 웃으며 교장에게 물었습니다.

"여기가 지금은 학교 운동장입니까?"

"아니요, 이곳은 저쪽 집 땅이에요. 그 집 사람들이 아이들이 와서 놀도록 그냥 내버려 두니까 마치 학교 부속 운동장처럼 되었습니다만,

사실은 그렇지 않습니다."

"참 신기한 분이로군요. 대체 어찌 된 일일까요."

"도회지가 된 뒤로 다들 땅을 팔아라 팔아라 했다는데 땅 주인 어르신이 이곳은 겐주가 남긴 단 하나의 추억거리이니 아무리 형편이 어려워도 없앨 수 없다고 하셨답니다."

"아, 그래요. 있었어요, 있었습니다. 우리는 그 겐주라는 사람이 조금 모자라다 여겼어요. 늘 시근시근 웃는 사람이었습니다. 매일 이 부근에 서서 우리가 노는 모습을 보고 있었고요. 이 삼나무도 다 그 사람이 심었다던데. 아아, 정말로 누가 현명하고 누가 어리석은지 모르겠네요. 부처님의 뜻은 참으로 신기합니다. 이제 이곳은 언제까지나 아이들의 아름다운 공원일 거예요. 이곳을 '겐주 공원 숲'이라 이름 붙이고 영원히 이 모습 그대로 보존하면 어떨까요."

"정말 좋은 생각입니다. 그렇게 되면 아이들도 얼마나 행복하겠습니까."

그리고 모든 일은 그대로 되었습니다.

아이들의 숲 앞, 잔디밭 한가운데에 '겐주 공원 숲'이라고 새긴 푸른 감람석 비석이 세워졌습니다.

오래전 그 학교를 졸업하고 지금은 훌륭한 검사나 장교, 바다 건너 작은 농장주가 된 이들로부터 수많은 편지와 돈이 전달되었습니다.

겐주의 가족들은 기쁨의 눈물을 흘렸습니다.

정말이지 이 공원 숲 삼나무의 짙은 녹음과 산뜻한 냄새, 여름의 시

원한 그늘, 반짝이는 달빛색 잔디가 앞으로 얼마나 많은 사람에게 진정한 행복이 무엇인가를 알려 줄지는 헤아릴 수 없었습니다.

숲은 겐주가 살아 있었을 때와 마찬가지로 비가 내리면 차고 투명한 물방울을 짧은 잔풀에 똑똑 떨어뜨렸고 해님이 반짝이면 신선하고 깨끗한 공기를 상쾌하게 내뱉었습니다.

첼로 켜는 고슈

첼리스트 고슈는 악단에서 실력이
제일 부족합니다. 지휘자에게 혼이 난 고슈가
한밤중에 연습을 시작합니다.

고슈는 마을의 활동사진관(옛날에 무성 영화를 틀어 주던 영화관_옮긴이) 소속 첼리스트였습니다. 하지만 실력이 별로라는 걸 다들 알고 있었습니다. 실은 별로인 정도가 아니라 동료 단원 중에 제일 못해서 지휘자에게 늘 혼이 났습니다.

정오가 지난 무렵, 단원들은 연습실에 둥글게 모여 곧 있을 마을 음악회에서 연주할 교향곡 제6번을 연습하고 있었습니다.

트럼펫이 최선을 다해 소리를 냅니다.

바이올린은 두 가지 음색으로 바람처럼 울리고 있습니다.

클라리넷도 부부 울며 화음을 넣습니다.

고슈 역시 입을 앙다물고 눈은 접시처럼 크게 뜬 채 악보를 주시하면서 잔뜩 집중하여 첼로를 켰습니다.

갑자기 지휘자가 탁 소리 나게 손뼉을 쳤습니다. 음악이 뚝 멈추고 쥐 죽은 듯 조용해졌습니다. 지휘자가 고함을 질렀습니다.

"첼로가 늦잖아. 뚜르뜨뜨 뜨뜨띠, 여기서부터 다시. 시작."

모두가 방금 마디의 조금 앞부분부터 다시 연주하기 시작했습니다. 얼굴이 빨개진 고슈는 이마에 땀을 뻘뻘 흘리며 간신히 방금 마디를 지나갔습니다. 겨우 안심하고 이어서 켜는데 지휘자가 다시 탁 소리 나게 손뼉을 쳤습니다.

"첼로, 음정이 안 맞아. 미치겠군. 내가 지금 자네한테 도레미파를 가르쳐야겠나."

단원들은 고슈를 안타까워하며 일부러 눈앞의 악보를 뚫어지게 보거나 제 악기를 만지작거렸습니다. 당황한 고슈는 현을 조율했습니다. 고슈의 잘못도 있었지만 첼로도 상당히 고물이었습니다.

"자, 바로 직전 마디부터. 시작."

다들 다시 시작했습니다. 고슈도 이를 꽉 물고 열심히 했습니다. 그리고 이번에는 상당히 순조롭게 나아갔습니다. 괜찮은가보다 생각하는데 지휘자가 다시금 위협적으로 박수를 탁 소리 나게 쳤습니다. 또 틀렸나 싶어서 움찔했지만 다행히 이번에는 다른 사람이었습니다. 고슈는 아까 자기가 혼났을 때 다른 단원들이 그랬던 것처럼 일부러 자기 악보에 가까이 다가가 무언가를 생각하는 척했습니다.

"곧바로 다음 마디. 시작."

고슈가 잘해야지 다짐하며 첼로를 켜는데 갑자기 지휘자가 발을 쾅 구르며 소리를 질렀습니다.

“아니야, 그게 아니야. 이 곡은 여기가 심장이라고. 그런데 이렇게 엉망진창이라니. 자네들, 이제 공연까지 열흘밖에 안 남았어. 명색이 음악 전공자인 우리가 대장장이나 설탕 가게 심부름꾼을 모아 놓은 오합지졸 아마추어한테 진다면 얼굴이 뭐가 돼. 어이, 고슈 군. 자네는 정말 문제가 많아. 느낌이 하나도 안 살잖아. 분노고 기쁨이고 감정이 전혀 없어. 게다가 뭘 해도 다른 악기랑 따로 논단 말이지. 항상 자네만 끈 풀린 신발을 질질 끌면서 다른 사람 꽁무니를 쫓아가고 있어. 제발 제대로 좀 해 줄 수 없겠나? 명예로운 우리 금성 음악단이 자네 한 사람 때문에 욕을 먹는다면 다른 단원들한테 미안하지 않겠어? 그럼 연

습은 여기까지. 쉬었다가 여섯 시 정각에 극장 오케스트라 박스로 모이도록."

단원들은 인사한 뒤, 담배를 물고 성냥불을 켜거나 어딘가로 나가 버리거나 했습니다. 고슈는 허름한 상자 같은 첼로를 안고 벽을 바라보면서 입을 꾹 다문 채 닭똥 같은 눈물을 뚝뚝 흘렸습니다. 하지만 다시금 마음을 다잡고 방금 연습한 부분을 처음부터 다시 한번 혼자서 연주하기 시작했습니다.

그날 밤늦게 고슈는 무언가 크고 검은 물건을 짊어지고 집에 돌아왔습니다. 집이라고 부르는 곳은 마을 외곽 강가의 다 쓰러져 가는 물레방앗간으로, 고슈는 그곳에서 혼자 살았습니다. 오전에는 물레방앗간 주변의 작은 밭에서 토마토 가지를 치거나 양배추에 붙은 벌레를 잡았고 오후에는 언제나 밖으로 나갔습니다.

고슈는 집 안으로 들어와 불을 켜고 검은 꾸러미를 풀었습니다. 낡고 오래된 첼로였습니다. 고슈는 마룻바닥 위에 첼로를 가만히 놓아 둔 다음 갑자기 선반에서 컵을 집어 양동이에 담아 둔 물을 벌컥벌컥 마셨습니다.

그러고는 머리를 한 번 흔들고 의자에 앉아 마치 호랑이 같은 기세로 첼로를 켜기 시작했습니다. 악보를 넘기며 켜다가 생각에 잠기고 생각에 잠기다가 켜면서 마지막까지 열심히 연주하더니 다시 처음부터 몇 번이고 반복해서 굉굉 굉굉 첼로를 켰습니다.

밤이 한참 깊어 나중에는 자신이 첼로를 켜고 있는지 아닌지도 깨닫지 못할 지경이 되었습니다. 얼굴은 새빨갛게 달아올랐고 눈에는 핏줄이 서서 당장이라도 쓰러질 것처럼 보였습니다.

그때 누군가가 뒷문을 똑똑 두드렸습니다.

"호슈니?"

고슈가 잠꼬대하듯 외쳤습니다. 그러나 문을 쓱 열고 들어온 것은 전에 대여섯 번인가 본 적 있는 커다란 삼색 고양이였습니다.

고양이는 고슈의 밭에서 딴 반쯤 익은 토마토를 낑낑거리며 들고 와 고슈 앞에 내려놓으며 말했습니다.

"아이고, 힘들어라. 물건 나르기는 꽤 어렵네."

"뭐라고?"

고슈가 물었습니다.

"이거 선물이에요. 드세요."

삼색 고양이가 말했습니다.

고슈는 낮부터 쌓인 짜증을 한꺼번에 터뜨렸습니다.

"누가 너한테 토마토 가져오라고 했어? 고양이가 가져온 걸 내가 먹을 것 같아? 심지어 그 토마토는 내 밭에서 난 거잖아. 뭐야, 빨갛게 익지도 않을 걸 따 왔네. 지금껏 토마토 줄기를 갉아 먹거나 마구 흐트러뜨린 것도 네놈 짓이지. 썩 꺼져. 이 고양이 자식아."

그 말에 고양이는 어깨를 움츠리고 눈을 가늘게 뜨면서도 입가에 히죽히죽 미소를 띠며 말했습니다.

"선생님, 그렇게 화내시면 건강에 안 좋습니다. 그보다 슈만의 〈트로

이메라이〉를 연주해 보세요. 들어 드릴 테니."

"건방진 소리 하지 마. 고양이 주제에."

첼리스트는 화가 치밀어 요 고양이 녀석을 어떻게 혼내 주면 좋을까 잠시 고민했습니다.

"그렇게 빼지만 마시고 연주해 주세요. 선생님 음악 없이는 잠이 안 온단 말이에요."

"이, 이, 이 시건방진 고양이가!"

고슈는 얼굴이 새빨개져서 낮에 지휘자가 그랬듯이 발을 구르며 고함을 지르다가 곧 마음을 바꾸어 먹고 말했습니다.

"알았다. 연주하지."

고슈는 무슨 생각에서인지 문을 잠그고 창문도 꼼꼼히 닫은 뒤, 첼로를 고쳐 들고 등불까지 껐습니다. 그러자 밖에서 이지러진 반달의 달빛이 방 안으로 반쯤 드리웠습니다.

"뭘 연주해 달라고?"

"〈트로이메라이〉. 낭만파 작곡가인 슈만의 곡 말이에요."

고양이는 입을 닦으며 짐짓 점잖게 말했습니다.

"그래. 〈트로이메라이〉라면 이 곡이겠군."

첼리스트는 또 무슨 속셈에서인지 먼저 손수건을 찢어 제 귀를 틀어막았습니다. 그러고는 그야말로 폭풍 같은 기세로 〈인도의 호랑이 사냥〉이라는 곡을 연주하기 시작했습니다.

고양이는 한동안 고개를 갸웃하며 듣고 있다가 갑자기 눈을 깜박깜

박하더니 별안간 문 쪽으로 몸을 날렸습니다. 그러더니 갑자기 쿵 하고 몸으로 문을 들이받았는데 문이 열리지 않았습니다. 고양이는 '아뿔싸, 내가 일생일대의 실수를 저질렀구나' 하고 허둥대며 눈과 이마에서 불꽃을 팍팍 내뿜었습니다. 수염과 콧구멍에서도 불꽃이 번쩍번쩍 튀는 바람에 코가 간지러워진 고양이는 잠시 재채기가 나올 것 같은 표정을 지었다가 도저히 못 참겠다는 듯 몸부림치기 시작했습니다. 고슈는 완전히 재미가 붙어서 점점 더 신나게 첼로를 켰습니다.

"선생님, 이제 됐습니다. 됐어요. 제발 부탁이니 그만하세요. 앞으로 다시는 선생님 음악에 왈가왈부하지 않을게요."

"조용히 해. 지금부터 호랑이를 잡는 부분이다."

고양이는 괴로움에 못 이겨 펄쩍펄쩍 뛰다가 벽에 찰싹 달라붙었는데 벽에 붙은 뒤에는 한동안 몸이 파랗게 빛나는 것이었습니다. 그리고 마지막에 가서는 꼭 풍차처럼 고슈의 주위를 빙글빙글 빙글빙글 맴돌았습니다.

고슈도 약간 어지러워져서 "이쯤 해서 용서해 주겠다"라고 말하며 연주를 마쳤습니다. 그러자 고양이는 언제 그랬냐는 듯 멀쩡한 얼굴로 말했습니다.

"선생님, 오늘 밤 연주는 좀 이상했어요."

첼리스트는 또다시 울화통이 터졌지만 아무렇지 않은 척 잎담배를 하나 꺼내 물고 성냥 한 개비를 집어 들며 말했습니다.

"어때. 몸은 괜찮아? 혀 내밀어 봐."

고양이는 고슈를 놀리듯 길고 뾰족한 혀를 쏙 내밀었습니다.

"흠, 조금 까끌까끌하구나."

첼리스트는 그렇게 말하며 별안간 고양이 혀에 성냥을 쓱 긋고는 자기 담배에 불을 붙였습니다. 자지러지게 놀란 고양이가 혀를 풍차처럼 휘두르며 입구로 달려가 문에 머리를 쿵 박고는 비틀비틀하더니만 다시 돌아와 쿵 박고 비틀비틀, 다시 돌아와 쿵 박고 비틀비틀, 도망갈 구멍을 찾아 허둥댔습니다.

고슈는 한동안 재미있다는 듯이 보고 있다가 말했습니다.

"내보내 줄게. 다시는 오지 마라. 멍청한 고양이야."

문을 열어 준 고슈는 고양이가 바람처럼 억새 풀숲으로 뛰어가는 모습을 보며 싱긋 웃었습니다. 그러고는 그제야 마음이 편안해졌는지 곤히 잠들었습니다.

다음 날 밤에도 고슈는 검은 첼로 가방을 메고 돌아왔습니다. 물을 꿀꺽꿀꺽 마신 뒤, 어젯밤처럼 윙윙 첼로를 켜기 시작했습니다. 곧 자정이 지나고 새벽 한 시가 지나고 두 시도 지났지만 고슈는 연주를 멈추지 않았습니다. 지금이 몇 시인지도 잊고 첼로를 켜고 있는 것도 잊은 채 굉굉 켜는데 누군가가 지붕을 콕콕 두드리는 소리가 들렸습니다.

"고양이 놈, 아직도 정신 못 차렸어?"

고슈가 소리치자 별안간 천장 구멍에서 휘리릭 하는 소리가 나더니 잿빛 새 한 마리가 내려왔습니다. 마룻바닥에 앉은 새를 자세히 보니 뻐꾸기였습니다.

"새가 찾아오다니. 무슨 일이지?"

고슈가 말했습니다.

"음악을 배우고 싶어서 왔어요."

뻐꾸기가 당당하게 말했습니다.

"음악이라고? 네 노래는 뻐꾹뻐꾹 하며 우는 게 다잖아."

고슈가 비웃자 뻐꾸기가 대단히 진지하게 말했습니다.

"네, 맞아요. 하지만 그것도 어려운걸요."

"어렵긴 뭐가 어려워. 너희들은 많이 우는 게 힘들 뿐이지, 우는 방법은 별것도 아니면서."

"그게 힘들어요. 예를 들어 '뻐꾹' 이렇게 우는 것과 '뻐꾹' 이렇게 우는 건 들어만 봐도 상당히 다르잖아요."

"다르지 않은데."

"그렇다면 당신 귀가 잘못된 거예요. 우리 동료들은 뻐꾹 하고 1만 번을 울면 1만 번이 다 다르다고요."

"제멋대로군. 그렇게 잘 알면서 뭣 하러 날 찾아온 거야?"

"도레미파를 정확하게 노래하고 싶어요."

"뻐꾸기한테 도레미파가 필요해?"

"그럼요. 외국에 가기 전에 꼭 배워야 해요."

"뻐꾸기한테 외국이 웬 말이람."

"선생님, 부디 도레미파를 알려 주세요. 제가 따라 부를게요."

"귀찮아 죽겠네. 그럼 딱 세 번만 들려줄 테니까 끝나면 잽싸게 돌아가라."

고슈는 첼로를 집어 들고 지잉 지잉 현을 조율한 뒤, 도레미파솔라시도를 차례대로 눌렀습니다. 그러자 뻐꾸기가 당황해서 날개를 퍼덕거렸습니다.

"틀렸어요, 틀렸어. 그게 아니에요."

"시끄럽구나. 그럼 어디 네가 한번 해 봐."

"이거잖아요."

뻐꾸기는 몸을 앞으로 굽히고 잠시 목청을 가다듬은 뒤, "뻐꾹" 하

고 한 번 울었습니다.

"뭐야. 그게 도레미파야? 그렇다면 너희한테는 도레미파나 교향곡 제6번이나 마찬가지겠군."

"그건 달라요."

"어디가 다르지?"

"이걸 여러 번 계속하는 게 어려운 거예요."

"그렇다면 이런 거겠군."

첼리스트는 다시 첼로를 들어 뻐꾹 뻐꾹 뻐꾹 뻐꾹 뻐꾹 하고 이어서 켰습니다.

그러자 뻐꾸기가 매우 기뻐하며 중간부터 뻐꾹 뻐꾹 뻐꾹 뻐꾹 하고 따라 외쳤습니다. 그것도 최선을 다해 몸을 굽히고는 끊임없이 외치는 것이었습니다.

"이봐, 적당히 좀 해."

슬슬 손이 아파진 고슈가 연주를 그쳤습니다. 그랬더니 뻐꾸기가 아쉬운 듯 눈을 치켜뜨며 그러고도 한참을 더 울더니만 "……뻐꾹 뻐어꾹, 뻐 뻐 뻐, 꾸……"라며 멈추었습니다.

고슈는 화가 치밀어 말했습니다.

"이봐, 새. 볼일 끝났으면 그만 돌아가."

"제발 한 번만 더 켜 주세요. 선생님의 연주가 나쁘지는 않은데 살짝 틀린 부분이 있어요."

"뭐야? 네놈이 날 가르치려 들어? 썩 꺼져."

“제발 한 번만 더 부탁드릴게요. 제발요.”

뻐꾸기가 몇 번이고 머리를 조아렸습니다.

“그럼 이게 마지막이다.”

고슈는 활을 쥐었습니다. 뻐꾸기가 쿳 하고 숨을 한 번 내쉬더니 “그럼 되도록 길게 부탁드리겠습니다” 하고 다시 한번 절을 했습니다.

“못 말리는 녀석이네.”

고슈는 쓴웃음을 지으며 첼로를 켜기 시작했습니다. 그러자 뻐꾸기는 다시 진지하게 몸을 구부리며 “뻐꾹 뻐꾹 뻐꾹”이라고 정말 열심히 외쳤습니다.

고슈도 처음에는 짜증이 났지만 계속 반복해서 연주하는 사이에 왠지 문득 새 쪽이 진짜 도레미파를 더 잘 안다는 생각이 들기 시작했습니다. 첼로를 켜면 켤수록 뻐꾸기가 더 잘하는 것만 같았습니다.

"에잇, 이렇게 바보 같은 짓을 하다가는 내가 새가 되겠군."

고슈는 갑자기 연주를 뚝 멈추었습니다.

그러자 뻐꾸기는 쿵 하고 머리를 얻어맞은 것처럼 휘청휘청하다가 다시 아까처럼 "뻐꾹 뻐꾹, 뻐꾹, 뻐 뻐 뻐, 뻐, 뻐……" 하며 멈추었습니다. 그러고는 원망스러운 듯 고슈에게 말했습니다.

"어째서 그만두셨나요? 우리 뻐꾸기들은 아무리 패기 없는 놈이라도 목에서 피가 날 때까지는 소리친답니다."

"시건방진 소리 하지 마. 이런 멍청한 짓을 언제까지 하라는 거냐. 이제 나가. 봐, 벌써 날이 밝았잖아."

고슈가 창문을 가리켰습니다.

동쪽 하늘이 희미하게 은빛으로 물들고 새까만 구름은 북쪽으로 달려가고 있었습니다.

"그럼 해님이 나올 때까지만 켜 주세요. 금방이니까 한 번만 더요."

뻐꾸기가 다시 고개를 숙였습니다.

"닥쳐라. 받아 주니까 끝이 없구나. 이 멍청한 새 자식. 안 나가면 아침밥으로 쪄 먹을 테다."

고슈는 쾅 하고 발을 굴렀습니다.

그러자 뻐꾸기는 깜짝 놀란 듯 순식간에 창문을 향해 날아올랐습니다. 그러더니 창문에 머리를 박고는 바닥으로 툭 떨어졌습니다.

"왜 창문에 부딪혀. 진짜 바보로구나."

고슈는 황급히 일어서서 창문을 열려고 했지만 원래 이 창문은 그렇게 아무 때나 술술 열리는 창문이 아니었습니다. 고슈가 창틀을 덜컹덜컹 흔드는 사이, 뻐꾸기는 다시 푸드덕 날아올라 부딪치고는 아래로 떨어졌습니다. 다가가 살펴보니 부리가 붙은 주둥이 쪽에서 피가 조금 나고 있었습니다.

"지금 열어 줄 테니 기다리라고."

고슈가 겨우 주먹만큼 창문을 열었을 때였습니다. 뻐꾸기가 일어나 이번에는 무슨 일이 있어도 나가겠다는 듯 창문 너머 동쪽 하늘을 빤히 바라보더니 있는 힘껏 날개를 펼쳐 휙 날아올랐습니다. 하지만 이번에는 아까보다 더 세게 창문에 부딪혔고 뻐꾸기는 바닥으로 떨어져 꼼짝도 하지 않았습니다. 고슈가 붙잡아 문밖으로 날려 주려고 했을 때, 뻐꾸기가 갑자기 눈을 뜨더니 푸다닥 물러섰습니다. 그러고는 다시 창문으로 덤벼들려고 했습니다.

고슈는 엉겁결에 발을 뻗어 창문을 걷어찼습니다. 유리가 엄청난 소리를 내며 두세 조각으로 깨졌고 창문은 창틀째 떨어져 나갔습니다. 뻐꾸기는 휑해진 창문 구멍을 통과해서 쏜살같이 밖으로 날아갔습니다. 그렇게 하염없이 어디까지고 날아가더니 이윽고 보이지 않게 되었습니다.

고슈는 한동안 기가 차서 밖을 바라보다가 그대로 방구석에 쓰러져 잠들고 말았습니다.

다음 날 밤에도 고슈는 한밤중까지 첼로를 켰습니다. 그러다 지쳐 물을 한 컵 마시는데 또 창문을 똑똑 두드리는 소리가 났습니다.

오늘 밤은 무엇이 찾아오든 어제 뻐꾸기에게 한 것처럼 애초에 겁을 줘서 내쫓아야겠다고 생각하며 컵을 들고 기다리는데 문이 살짝 열리더니 어린 너구리 한 마리가 들어왔습니다.

고슈는 문을 살짝 더 열어 놓고는 쿵 하고 발을 구르며 "어이, 너구리, 너 너구리탕이라고 알아?" 하고 고함쳤습니다. 그러자 어린 너구리는 맹한 얼굴로 바닥에 주저앉아 도무지 모르겠다는 듯 고개를 갸웃하며 생각하더니 한참 있다가 말했습니다.

"난 너구리탕 몰라."

고슈는 그 얼굴을 보고 웃음이 터져 나올 뻔했지만 억지로 다시 무서운 표정을 지으며 말했습니다.

"그렇다면 알려 주지. 너구리탕이라는 건 말이다, 너 같은 너구리를 양배추나 소금과 함께 푹푹 끓여서 이 몸이 먹는 음식이다."

그러자 어린 너구리는 다시 고개를 갸웃하며 말했습니다.

"그렇지만 우리 아빠가 고슈 님은 아주 좋은 분이고 하나도 무섭지 않으니까 가서 열심히 배우라고 했는걸."

그 말에 고슈는 결국 웃음을 터뜨리고 말았습니다.

"무엇을 배우라고 했니? 나는 아주 바빠. 졸리기도 하고 말이야."

어린 너구리는 살짝 용기가 난 듯 앞으로 한 발 걸어 나왔습니다.

"나는 작은북을 치거든. 첼로와 합주를 해 보라고 했어."

"작은북 같은 건 안 보이는데."

"여기, 이거."

너구리가 등 뒤에서 막대기 두 개를 꺼냈습니다.

"그래서 어떻게 하자는 거냐?"

"자, 이제 〈유쾌한 마부〉를 연주해 줘."

"뭐야. 〈유쾌한 마부〉라는 건 재즈 음악인가?"

"아, 악보가 여기 있어."

어린 너구리가 다시 등에서 악보 한 장을 꺼냈습니다. 고슈는 그걸 받아 보고 웃음을 터뜨렸습니다.

"풋, 이상한 곡이네. 어쨌든 좋아. 그럼 연주한다. 너는 작은북을 치겠다는 거지?"

고슈는 어린 너구리가 어떻게 할까 궁금해서 그쪽을 흘끗흘끗 보며 연주하기 시작했습니다.

그러자 어린 너구리는 막대기를 들고 첼로의 기러기발 아랫부분을 박자에 맞추어 통통 두드리기 시작했습니다. 너구리의 연주가 꽤 능숙했기에 고슈는 첼로를 켜며 '이것 참, 재미있네'라고 생각했습니다.

마지막까지 연주를 마치자 어린 너구리가 고개를 갸웃하며 잠시 생각에 잠겼습니다.

그러고는 마침내 이유를 알겠다는 듯이 말했습니다.

"고슈 님은 요 두 번째 현을 켤 때 이상하게 늦네. 박자가 어긋나."

고슈는 깜짝 놀랐습니다. 확실히 그 현은 아무리 손을 빨리 놀려도 시간이 지나야 소리가 난다는 걸 어젯밤부터 느끼고 있었던 것입니다.

"이야, 그럴지도 몰라. 이 첼로는 고물이거든."

고슈가 슬픈 듯 말했습니다. 그러자 너구리가 안타깝다는 듯 다시 잠깐 생각에 잠기더니 이렇게 말했습니다.

"어디에 문제가 있으려나. 한 번 더 연주해 볼까?"

"좋아. 켠다."

고슈가 연주를 시작했습니다. 어린 너구리는 아까처럼 톡톡 박자를 맞추며 종종 고개를 숙여 첼로에 귀를 가져다 댔습니다. 그렇게 끝까지 연주하고 나자 오늘 밤도 다시 동쪽 하늘이 희미하게 밝아 오고 있었습니다.

"아, 날이 밝았네. 진짜 고마워."

어린 너구리는 허둥지둥 악보와 막대기를 등에 짊어지고 고무테이프로 탁 붙인 다음 두세 번 절을 하더니 서둘러 밖으로 나가 버렸습니다.

고슈는 멍하니 앉아 어젯밤 깨진 창문 너머로 들어오는 바람을 한동안 맞고 있다가 마을에 나가기 전까지 잠을 좀 자서 기운을 회복하고자 황급히 이부자리로 파고들었습니다.

다음 날 밤에도 밤새 첼로를 켜던 고슈는 새벽녘이 되자 너무 피곤해서 악기를 든 채 꾸벅꾸벅 졸고 있었습니다. 그런데 또 누군가가 문을 똑똑 두드리는 것이었습니다. 그것도 도통 들리는 건지 안 들리는 건지 알 수 없는 소리였지만 매일 밤 있는 일이었기에 고슈는 곧장 알아채고 "들어와" 하고 말했습니다. 그러자 문틈으로 들쥐 한 마리가 들어왔습니다. 심지어 아주 자그마한 아기 들쥐까지 데리고 고슈 앞으로 쫄쫄 걸어왔습니다. 아기 들쥐는 흡사 지우개 크기 정도밖에 되지 않아서 고슈는 자기도 모르게 웃고 말았습니다. 그러자 들쥐는 뭐가 우스운가 싶은 표정으로 힐끔거리며 고슈 앞에 서서는 덜 익은 밤 한 톨을 놓아두고 절을 하며 말했습니다.

"선생님, 이 아이의 병세가 좋지 않아 곧 죽을 것 같은데 선생님께서 자비를 베푸셔서 병을 고쳐 주시기를 간곡히 부탁드립니다."

"내가 의사도 아니고 뭘 할 수 있겠어."

고슈는 어처구니가 없다는 듯 말했습니다. 그러자 엄마 들쥐가 고개

를 숙이고 잠시 잠자코 있더니 다시 작심한 듯 말했습니다.

"선생님, 그건 거짓말입니다. 선생님께서는 매일 모두의 병을 훌륭하게 고치고 계시지 않습니까."

"무슨 소린지 모르겠네."

"모르시다니요. 선생님 덕분에 토끼 할머님 병도 나았고, 너구리 아버님 병도 나았고, 그토록 심술궂은 부엉이까지도 나았는데 이 아이만 도와주시지 않는다니 이렇게 매정한 일이 또 있을까요."

"이봐, 이봐. 뭘 잘못 알고 왔네. 나는 병든 부엉이 같은 걸 고친 적 없어. 하기야 어젯밤에는 어린 너구리가 와서 합주 흉내를 내다 가기는 했지. 하하."

고슈는 어이가 없어서 아기 쥐를 내려다보며 웃었습니다.

그러자 엄마 들쥐가 와락 울음을 터뜨리며 말했습니다.

"아아, 어차피 병에 걸릴 거라면 조금 더 빨리 걸리는 게 좋았을 텐데. 방금 전까지도 그렇게 굉굉 음악을 들려주셨으면서 병에 걸리자마자 동시에 소리가 딱 멈췄고 아무리 부탁해도 안 들려주시겠다니. 이 얼마나 불행한 아이인가."

고슈가 깜짝 놀라 외쳤습니다.

"뭐라고? 내가 첼로를 켜면 부엉이와 토끼의 병이 낫는다고? 도대체 어떻게 된 일이야."

들쥐는 한 손으로 눈을 비비며 말했습니다.

"그렇습니다. 이 근방에 사는 모두가 병에 걸리면 선생님 댁 마루 밑으로 들어가 치료한답니다."

"그러면 병이 낫는다고?"

"예. 몸속 혈액 순환이 아주 잘 되어서 기분이 좋아지고요. 곧장 낫는 분이 있는가 하면 집에 돌아간 뒤에 낫는 분도 있습니다."

"아아, 그랬군. 굉굉 울리는 내 첼로 소리가 마사지 역할을 해서 너희들 병을 낫게 한다는 말이지? 좋아, 알겠다. 한번 해 보자."

고슈는 잠시 끼이 끼이 첼로 현을 조율하고는 아기 들쥐를 들어 올려 첼로 구멍 속에 쏙 집어넣었습니다.

"저도 같이 따라가겠습니다. 어느 병원에서든 그럴 테니까요."

엄마 들쥐가 부리나케 첼로로 달려들었습니다.

"너도 들어가겠니?"

첼리스트는 엄마 들쥐를 첼로 구멍 안에 집어넣으려고 했지만 얼굴이 반밖에 들어가지 않았습니다.

들쥐는 버둥버둥하며 안에 있는 아기 들쥐에게 소리쳤습니다.

"얘야, 거기 괜찮니? 늘 배웠던 것처럼 다리를 모으고 잘 떨어졌어?"

"괜찮아. 잘 떨어졌어."

아기 들쥐가 첼로 바닥에서 모기만 한 소리로 대답했습니다.

"괜찮으니까 우는소리 그만하라잖아."

고슈는 엄마 들쥐를 바닥에 내려놓은 뒤, 활을 집어 무슨 랩소디 곡인지를 굉굉 꽝꽝 연주했습니다. 그러자 엄마 들쥐가 자못 걱정스럽게 그 소리를 듣고 있다가 더는 참지 못하고 말했습니다.

"이제 충분합니다. 부디 그만 꺼내 주세요."

"이 정도로 되겠어?"

고슈는 첼로를 기울여 구멍 속에 손을 집어넣고 기다렸습니다. 그러자 잠시 후, 아기 들쥐가 나왔습니다. 고슈는 말없이 아기 들쥐를 바닥에 내려 주었습니다. 아기 들쥐는 눈을 꼭 감고서 부르르 부르르 몸을 떨었습니다.

"어떠니? 속은 괜찮니?"

아기 들쥐는 대답도 하지 않고 여전히 눈을 꼭 감은 채 한동안 부르르 부르르 몸을 떨더니만 별안간 벌떡 일어나 달리기 시작했습니다.

"아아, 좋아졌구나. 감사합니다. 감사합니다."

엄마 들쥐도 같이 달리다가 이윽고 고슈 앞으로 와서 연신 절을 하며 "감사합니다, 감사합니다" 하고 열 번 가까이 인사했습니다.

고슈는 어쩐지 가여워져서 "너희들, 빵도 먹니?" 하고 물었습니다.

그러자 들쥐가 깜짝 놀란 듯 주위를 흘끗흘끗 살피며 말했습니다.

"아니요, 빵이라는 건 밀가루를 반죽하고 뜯어내 구운 것으로 폭신폭신하게 부풀어 있어서 아주 맛있어 보이지만 아무튼 저희는 선생님 찬장에 들어간 적도 없고 하물며 이렇게 신세를 지면서 어떻게 빵을 훔칠 생각을 하겠습니까."

"아니, 그런 말이 아니야. 그저 먹는지 물어본 것뿐이야. 그럼 먹는다는 거네. 잠깐 기다려. 배 아픈 아이에게 줄 테니까."

고슈는 첼로를 바닥에 내려놓고 찬장에 있던 빵을 한 줌 뜯어 들쥐

앞에 놓았습니다.

엄마 들쥐는 그만 바보처럼 울다가 웃다가 절을 했다가 하며 빵을 소중히 안고 아이를 앞세워 밖으로 나갔습니다.

"아아, 들쥐와 이야기하는 것도 상당히 피곤한 일이군."

고슈는 이부자리에 털썩 쓰러져 곧장 쿨쿨 잠이 들었습니다.

그로부터 6일째 되는 밤이었습니다. 금성 음악단 단원들은 발갛게 상기된 얼굴로 각자의 악기를 들고 마을 공회당 홀 무대 위에서 대기실로 줄줄이 내려왔습니다. 교향곡 제6번을 순조롭게 마친 것입니다. 홀에서는 여전히 우레와 같은 박수 소리가 울려 퍼지고 있었습니다. 지휘자는 주머니에 손을 찔러 넣은 채 박수 같은 건 개의치 않는다는 듯 어슬렁어슬렁 단원들 사이를 걸어 다녔지만 솔직히 가슴이 터질 것처럼 기뻤습니다. 담배를 입에 물고 성냥불을 당기는 사람도 있고 가방에 악기를 집어넣는 사람도 있었습니다.

홀에서는 여전히 짝짝짝 박수 소리가 울리고 있었습니다. 심지어 그치기는커녕 점점 더 높아져 어쩐지 무섭기도 하고 뭐라도 해야만 할 것 같은 소리가 되었습니다. 가슴에 커다란 흰색 리본을 단 사회자가 대기실로 들어왔습니다.

"관중석에서 앙코르 요청이 들어오고 있는데요. 짧은 곡이라도 하나 들려주십시오."

그러자 지휘자가 정색하고 대답했습니다.

"어렵겠는데요. 이런 대작을 연주한 다음에는 무슨 곡을 한들 우리

가 만족할 수 없으니까요."

"그렇다면 지휘자께서 잠깐 나가셔서 인사라도 해 주세요."

"안 되겠군. 어이, 고슈 군. 자네가 나가서 한 곡 켜 줘."

"제가 말입니까?"

고슈는 어안이 벙벙했습니다.

"자네야, 자네."

제1바이올리니스트가 갑자기 고개를 들고 말했습니다.

"자, 어서 나가게."

지휘자가 말했습니다. 다른 단원들도 억지로 고슈에게 첼로를 안겨 주더니 문을 열어 무대로 고슈를 떠밀었습니다. 난처해진 고슈가 그 구멍 뚫린 첼로를 들고 무대 위에 오르자 다들 기다렸다는 듯 우렁차게 손뼉을 쳤습니다. 와 하고 소리를 지르는 이도 있는 것 같았습니다.

'언제까지 사람을 우습게 볼 작정인가. 어디 두고 보자. 〈인도의 호랑이 사냥〉을 들려주지.'

고슈는 마음을 가라앉히고 무대 한가운데로 나갔습니다.

그러고는 고양이가 왔던 그 밤처럼 성난 코끼리 같은 기세로 〈인도의 호랑이 사냥〉을 연주했습니다. 청중은 조용해져서 열심히 들었습니다. 고슈는 더욱 힘차게 첼로를 켰습니다. 고양이가 괴로워하며 파팟 불꽃을 튀기던 부분이 지나갔습니다. 문에 몇 번이나 몸을 부딪쳤던 부분도 지나갔습니다.

연주를 마친 고슈는 사람들을 쳐다보지도 않은 채 곧장 첼로를 들고 그때의 그 고양이처럼 재빨리 대기실로 도망쳤습니다. 대기실에서는 지휘자를 비롯한 동료들이 모두 불구덩이에 들어갔다 오기라도 한 것처럼 눈을 꼭 감고 조용히 앉아 있었습니다. 고슈는 다 끝났다는 심정으로 단원들 사이를 빠르게 지나 맞은편 긴 의자에 몸을 털썩 내던지며 다리를 꼬아 앉았습니다.

그러자 단원들이 일제히 고개를 돌려 고슈를 바라보았는데 다들 변함없이 심각하기만 할 뿐, 비웃는 것 같지는 않았습니다.

'오늘 밤은 조금 이상하네.'

고슈는 생각했습니다. 그때 지휘자가 일어서서 말했습니다.

"고슈 군, 아주 훌륭했어. 특이한 곡이었지만 여기서 다들 무척이나 진지하게 들었네. 일주일에서 열흘 사이에 실력이 상당히 좋아졌어. 그전에 비하면 갓난아이가 군인으로 성장한 격이야. 자네, 마음만 먹으면 언제라도 할 수 있는 친구였잖은가."

동료들도 모두 일어나 고슈에게 다가오더니 "대단히 좋았어"라며 말을 건넸습니다.

"이야, 몸이 건강하니까 저런 연주도 가능하구만. 보통 사람이었다면 죽었을 거야."

지휘자가 맞은편에서 그렇게 말했습니다.

고슈는 그날 밤늦게 집으로 돌아왔습니다.

그러고는 또 벌컥벌컥 물을 마신 뒤, 창문을 열어 언젠가 뻐꾸기가 날아간 먼 하늘을 바라보며 중얼거렸습니다.

"아아, 뻐꾸기야. 그때는 미안했어. 나는 화가 난 게 아니었단다."

고양이 사무소

…어느 작은 관청에 대한 환상…

시골 기차역 근처에 고양이 사무소가 있었습니다.
검댕이 묻어 지저분한 부뚜막 고양이는
다른 고양이에게 미움을 받았습니다.

어느 작은 기차역 근처에 고양이 제6사무소가 있었습니다. 주로 고양이의 역사와 지리를 조사하는 곳이었습니다.

서기들은 모두 검은색 공단으로 만든 짧은 옷을 입었고 고양이들로부터 크나큰 존경을 받아서 개인 사정으로 그만두는 고양이가 생기면 젊은 고양이들은 그 자리에 들어가려고 안간힘을 썼습니다.

하지만 이 사무소의 서기는 넷으로 정해져 있었기 때문에 수많은 지원자 가운데 글씨를 제일 잘 쓰고 시를 읽을 줄 아는 단 하나의 고양이가 겨우 뽑히는 실정이었습니다.

사무장은 몸집이 큰 검정고양이였는데 약간 노망이 나기는 했어도 눈동자만큼은 구리선을 둘둘 감아 놓은 듯 정말로 멋있었습니다.

그 밑으로,

1번 서기는 흰 고양이였습니다.

2번 서기는 줄무늬고양이였습니다.

3번 서기는 삼색 고양이였습니다.

4번 서기는 부뚜막 고양이였습니다.

부뚜막 고양이란 타고난 모양이 아닙니다. 태어나기는 어떤 고양이라도 상관없지만 아궁이 안으로 들어가 잠을 자는 버릇 때문에 언제나 몸이 검댕투성이로 더럽고 특히 코와 귀가 그을음으로 새까매 어쩐지 너구리를 닮은 고양이를 말합니다.

그런 이유로 부뚜막 고양이는 다른 고양이들로부터 미움을 받았습니다.

하지만 어쨌든 이 사무소의 사무장은 검정고양이였고 부뚜막 고양이도 원래대로라면 아무리 공부를 잘한들 서기 같은 건 될 수 없었겠지만 40마리 가운데 뽑힌 것이었습니다.

커다란 사무소 한가운데 사무장 검정고양이가 새빨간 모직이 덮인 탁자 뒤에서 거드름을 피우며 떡하니 앉아 있고 오른편에는 1번 흰 고양이와 3번 삼색 고양이가, 왼편에는 2번 줄무늬고양이와 4번 부뚜막 고양이가 각기 작은 책상을 앞에 두고 자기 의자에 똑바로 앉아 있었습니다.

그나저나 고양이에게 지리나 역사가 왜 필요할까요?

그러니까 이런 식입니다.

사무소 문을 똑똑 두드리는 자가 있습니다.

"들어와."

사무장 검정고양이가 주머니에 손을 찔러 넣고 몸을 한껏 젖히며 거만하게 소리칩니다.

네 서기는 고개를 숙이고 바쁜 듯 공책을 살피고 있습니다.

사치스러운 고양이가 들어왔습니다.

"용건이 뭔가."

사무장이 말했습니다.

"빙하 쥐를 먹으러 베링 해협 지역에 가고 싶은데 어디가 좋겠나?"

"흐음. 1번 서기, 빙하 쥐 서식지를 대 보게."

1번 서기는 푸른색 표지의 커다란 공책을 펼치며 대답했습니다.

"우스테라고메나, 노바스카이야, 후사강 유역입니다."

사무장은 사치스러운 고양이에게 말했습니다.

"우스테라고메나, 노바……, 뭐라고 했더라."

"노바스카이야."

1번 서기와 사치스러운 고양이가 동시에 말했습니다.

"그래, 노바스카이야. 그리고 또 뭐지?"

"후사강."

또다시 1번 서기와 사치스러운 고양이가 입을 모아 말해서 서기장은 조금 부끄러웠습니다.

"그래그래. 후사강이었지. 그러니까 그곳들이 좋겠네."

"그럼 여행할 때 주의할 점은 뭐가 있나."

"음. 2번 서기, 베링 해협 여행 시 주의할 점을 말해줘."

"옛!"

2번 서기는 자기 공책을 펼쳤습니다.

"여름 고양이는 이 지역 여행에 적합하지 않음."

그러자 어쩐 일인지 모두가 부뚜막 고양이를 흘끗 보았습니다.

"겨울 고양이 역시 주의가 필요함. 하코다테 부근에서 말고기로 유인당할 위험이 있음. 특히 검정고양이는 고양이라는 사실을 제대로 드러내지 않으면 흑여우로 오해받아 추격당하는 경우가 왕왕 있음."

"좋아, 그렇다고 하는군. 귀하는 나 같은 검정고양이가 아니니 큰 걱정은 없겠어. 하코다테에서 말고기를 경계하라는 것 정도네."

"음, 그럼 그 지역의 유력가는 누구인가."

"3번 서기, 베링 해협 인근의 유력가 이름을 읊어 봐."

"네. 그러니까 베링 해협이라면 아, 도바스키와 겐조스키, 이 둘입니다."

"도바스키와 겐조스키는 어떤 놈들인가?"

"4번 서기, 도바스키와 겐조스키에 대해 간략히 설명해 줘."

"네."

4번 서기인 부뚜막 고양이는 이미 두꺼운 명부에서 도바스키와 겐조스키 부분을 찾아서 짧은 손을 사이에 하나씩 끼워둔 채 기다리고 있었습니다. 그 모습에 사무장과 사치스러운 고양이는 크게 감탄한 듯했습니다.

하지만 나머지 세 서기는 아주 무시하는 듯 곁눈질하며 피식 웃었습니다. 부뚜막 고양이는 열심히 명부를 읽어 나갔습니다.

"도바스키 추장, 덕망 높음. 눈빛은 날카롭게 번뜩이나 말투가 조금 느림. 겐조스키 자산가, 말투가 조금 느리지만 눈빛은 번쩍임."

"음, 잘 알았네. 고맙소."

사치스러운 고양이가 나갔습니다.

이렇듯 고양이들에게는 아주 편리한 곳이었습니다. 하지만 방금의 일이 있고부터 반년쯤 지났을 때, 제6사무소는 결국 문을 닫고 말았습니다. 그 이유는 여러분도 이미 눈치채셨겠지만 4번 서기인 부뚜막 고양이가 세 선배 서기로부터 크게 미움받고 있었고 특히 3번 서기인 삼색 고양이는 부뚜막 고양이의 일을 제가 해 보고 싶어서 안달이 나 있었습니다. 부뚜막 고양이는 어떻게든 모두에게 잘 보이려고 이러저러한 노력을 했지만 아무래도 일이 잘 풀리지 않았습니다.

예를 들면 어느 날, 옆자리의 줄무늬고양이가 점심 도시락을 책상 위에 올려놓고 먹으려다가 갑자기 하품하고 싶어진 적이 있었습니다.

줄무늬고양이는 짧은 두 팔을 있는 힘껏 늘이며 상당히 크게 하품을 했습니다. 인간이라면 멋쩍어 눈치를 살폈을 일이지만 고양이들 사이에서는 윗사람에게 무례한 행동도, 뭣도 아니었기에 그건 아무래도 상관없었습니다. 문제는 다리를 쭉 펴는 바람에 책상이 약간 기울어졌고 도시락통이 스르르 미끄러져 결국 사무장 앞 마룻바닥에 쨍그랑 떨어지고 말았다는 것입니다. 찌그러지기는 했지만 알루미늄 재질이라서 다행히 부서지지는 않았습니다. 줄무늬고양이는 하품을 하다 말고 서둘러 책상 위로 손을 뻗어 도시락통을 주우려 했습니다. 그러나 손에 닿을락 말락 할 뿐, 도시락통은 이쪽저쪽으로 왔다 갔다 하며 좀처럼 손에 잡히지 않았습니다.

"자네, 손이 안 닿아. 안 될 거야."

사무장 검정고양이가 우적우적 빵을 씹는 중에 웃으면서 말했습니다. 그때 4번 서기 부뚜막 고양이도 마침 도시락 뚜껑을 열려던 참에 그 모습을 보고는 재빨리 일어나 도시락통을 주워 줄무늬고양이에게 건네려고 했습니다. 그러나 줄무늬고양이는 버럭 화를 내더니 부뚜막 고양이가 주워 준 도시락통을 받지도 않고 뒷짐 진 채 난폭하게 몸을 흔들면서 고함을 쳤습니다.

"뭐야. 이걸 먹으라는 거야? 책상에서 마룻바닥으로 떨어진 도시락을 나더러 먹으라고?"

"아니요, 주우려 하시니까 주워드린 것뿐입니다."

"내가 언제 주우려 했나. 어? 사무장님 앞으로 떨어진 게 너무 죄송하니까 내 책상 아래로 끌어오려던 것뿐이다."

"그러셨습니까? 저는 그저 도시락통이 이리저리 밀려다니는 것 같아서……."

"이런 무례한 놈을 봤나. 한판 붙어 볼……!"

"에에냥, 에헤에이냥."

사무장이 고함쳤습니다. 싸움을 말리려고 일부러 방해를 놓은 것입니다.

"싸움은 그만둬. 부뚜막 고양이 군도 줄무늬고양이 군이 밥을 먹도록 주워 주려던 거라 하지 않나. 그리고 오늘 아침에 전달하는 걸 깜박했는데 줄무늬고양이 군 월급이 10전 올랐어."

줄무늬고양이는 처음에 무서운 얼굴로 고개를 숙인 채 듣고 있다가 이내 아주 기뻐하며 웃음을 터뜨렸습니다.

"소란을 피워서 대단히 죄송합니다."

그러고는 옆에 있는 부뚜막 고양이를 슬쩍 흘겨본 뒤, 자리에 앉았습니다.

여러분, 저는 부뚜막 고양이가 가엾습니다.

그로부터 대엿새가 지나고 이와 비슷한 일이 또다시 일어났습니다. 이런 일이 종종 벌어지는 이유는 첫째, 고양이 동료들이 너무 무정하기 때문이고 둘째, 고양이들의 앞발 그러니까 팔이 너무 짧기 때문입니다. 이번에는 맞은편 자리의 3번 서기인 삼색 고양이였습니다.

오전 업무를 시작하기 전에 삼색 고양이의 연필이 책상 위를 데굴데굴 굴러 바닥에 떨어졌습니다. 삼색 고양이도 곧장 일어나면 좋았을 텐데 꾀를 부리느라 줄무늬고양이처럼 두 팔을 책상 너머로 뻗어 연필을 주우려 했습니다. 이번에도 역시 손이 닿지 않았습니다. 특히나 키가 더 작은 삼색 고양이는 몸이 점점 위로 올라가다가 결국 의자에서 발이 떨어지고 말았습니다. 부뚜막 고양이는 지난번 일도 있고 해서 주워 줄까 말까 잠시 주저하며 눈을 깜박거렸지만 아무래도 그냥 두고 볼 수가 없어서 일어섰습니다.

그러나 마침 그때, 몸을 너무 기울인 삼색 고양이가 앞으로 고꾸라졌고 책상에서 떨어지면서 머리를 세게 쾅당 박고 말았습니다. 그 소리가 어지간히 컸던지라 사무장 검정고양이도 깜짝 놀라서 벌떡 일어나 뒤쪽 선반에서 실신한 사람을 깨우는 암모니아수병을 집어 들었습니다. 그러나 삼색 고양이는 곧장 일어났고 이내 짜증 섞인 목소리로 고함을 질렀습니다.

"부뚜막 고양이, 네놈이 나를 밀었겠다."

이번에는 사무장이 즉시 삼색 고양이를 달랬습니다.

"아니야, 삼색 군. 그건 자네 착각일세. 부뚜막 고양이 군은 호의로 잠깐 일어섰을 뿐이야. 자네하고는 털끝만치도 닿지 않았어. 별거 아닌 일로 화내지 말게. 자, 그러면 쌩통탕 씨 전입 신고를 하자고. 음, 그래."

사무장은 얼른 일을 시작했습니다. 그러니 삼색 고양이도 하는 수 없이 일을 시작했지만 역시나 무서운 눈으로 부뚜막 고양이를 흘끗거렸습니다.

이런 상황인지라 부뚜막 고양이는 정말로 괴로웠습니다.

부뚜막 고양이는 평범한 고양이가 되려고 몇 번인가 창문 밖에서 자 보았지만 아무리 해도 한밤중에는 너무 추워서 재채기가 멎지를 않는 탓에 하는 수 없이 부뚜막 안으로 들어가야 했습니다.

왜 그렇게 추위를 잘 타느냐 하면 피부가 얇기 때문이고 왜 그렇게 피부가 얇으냐 하면 그건 삼복더위에 태어났기 때문입니다.

'역시 내 탓이야. 하는 수 없어.'

부뚜막 고양이는 그렇게 생각하며 동그란 눈에 눈물을 가득 머금었습니다.

'하지만 사무장님이 저토록 친절하게 대해 주시고 무엇보다 친구들이 내가 사무소에서 일한다는 걸 크나큰 영광으로 여기며 기뻐하고 있어. 아무리 힘들어도 그만두지 않을 거야. 반드시 견뎌 내겠어.'

부뚜막 고양이는 눈물을 흘리며 맨주먹을 움켜쥐었습니다.

그러나 사무장도 믿을 수 없게 되고 말았습니다. 고양이라는 동물은 똑똑한 것처럼 보여도 바보 같은 면이 있습니다.

하루는 부뚜막 고양이가 운 나쁘게 감기에 걸렸고 발목이 밥공기처럼 부어올라 도저히 걸을 수가 없었기에 사무소를 쉬게 되었습니다. 부뚜막 고양이는 너무 아팠습니다. 아파서 울고 울고 또 울었습니다. 헛간의 작은 창문으로 비치는 노란 빛을 바라보며 온종일 눈을 비비고 울었습니다.

그러는 사이에 사무소 풍경은 이러했습니다.

"그나저나 오늘은 부뚜막 고양이 군이 아직이군. 지각인가?"

사무장이 일을 하다가 말했습니다.

"뭐, 바닷가에라도 놀러 갔나 보죠."

흰 고양이가 말했습니다.

"아니면 어딘가의 연회에라도 초대받았거나요."

줄무늬고양이도 덧붙였습니다.

"오늘 어디서 연회가 있나?"

사무장이 깜짝 놀라 물었습니다. 고양이 연회에 자기가 초대받지 못했을 리 없다고 생각했기 때문입니다.

"잘은 모르겠지만 북쪽에서 학교 개교식이 있다고 들었습니다."

"그렇군."

검정고양이는 말없이 생각에 잠겼습니다.

"어째서인지 요사이 부뚜막 고양이가 여기저기 불려 다니는 모양입니다. 자기가 다음번 사무장이 될 거라는 둥 떠들어 대는 것도 같고요. 그러니까 바보들이 겁을 집어먹고 비위를 맞추느라 난리예요."

삼색 고양이가 말했습니다.

"그게 정말인가?"

검정고양이가 고함을 질렀습니다.

"정말이고말고요. 어디 한번 알아보십시오."

삼색 고양이가 입을 삐죽거리며 말했습니다.

"괘씸한 놈. 내가 그렇게 잘해 줬는데 말이야. 오냐, 나한테도 다 생각이 있다."

그리고 사무장은 한동안 조용히 있었습니다.

다음 날이었습니다.

부뚜막 고양이는 가까스로 발목의 부기가 빠져서 기쁜 마음으로 요란한 바람을 뚫고 아침 일찍 사무소에 출근했습니다. 그런데 늘 오자마자 표지를 어루만질 만큼 소중히 여기는 자신의 공책이 자기 책상 위에 없고 다른 세 고양이의 책상 위에 나뉘어 있었습니다.

"아, 어제 바빴던 모양이구나."

부뚜막 고양이는 왠지 모르게 두근거리는 가슴을 억누르며 쉰 목소리로 중얼거렸습니다.

딸깍.

문이 열리고 삼색 고양이가 들어왔습니다.

"안녕하십니까."

부뚜막 고양이가 일어나 인사했지만 삼색 고양이는 말없이 자리에 앉아 바쁜 듯 공책을 넘겼습니다.

딸깍, 탁.

줄무늬고양이가 들어왔습니다.

"안녕하십니까."

부뚜막 고양이가 일어나 인사했지만 줄무늬고양이는 쳐다보지도 않았습니다.

"안녕하십니까."

삼색 고양이가 말했습니다.

"좋은 아침. 바람이 정말 세네."

짧게 답한 줄무늬고양이도 곧장 공책을 넘겼습니다.

딸깍, 탁.

흰 고양이가 들어왔습니다.

"안녕하십니까."

"안녕하십니까."

줄무늬고양이와 삼색 고양이가 같이 인사했습니다.

"응, 안녕. 바람이 굉장하네."

흰 고양이도 바쁜 듯 일을 시작했습니다. 그때 부뚜막 고양이는 힘없이 서서 말없이 고개인사를 했지만 흰 고양이는 아예 못 본 척했습니다.

딸깍, 탁.

"휴, 바람이 엄청나구먼."

사무장 검정고양이가 들어왔습니다.

"안녕하십니까."

"안녕하십니까."

"안녕하십니까."

세 고양이가 재빨리 일어나 인사를 했습니다. 멍하니 선 부뚜막 고양이도 시선을 떨군 채 인사를 했습니다.

"이거야 원. 폭풍 같네그래."

검정고양이는 부뚜막 고양이에게 눈길도 주지 않고 중얼거리며 곧바로 일을 시작했습니다.

"자, 오늘은 어제에 이어 암모니악 형제에 대한 조사를 마치고 답변을 보내야 하네. 2번 서기, 암모니악 형제 중에서 남극에 간 것은 누구지?"

업무가 시작되었습니다. 부뚜막 고양이는 가만히 고개를 숙이고 있었습니다. 공책이 없었기 때문입니다. 그 점을 어떻게든 알리려고 했지만 도통 목소리가 나오지 않았습니다.

"판 폴라리스입니다."

줄무늬고양이가 대답했습니다.

"좋아. 판 폴라리스에 대해 상세히 말해 보게."

검정고양이가 말했습니다.

'아아, 이건 내 담당이야. 공책, 공책.'

부뚜막 고양이는 눈물이 쏟아질 만큼 간절히 생각했습니다.

"판 폴라리스. 남극 탐험 도중 야프섬에서 사망. 유해는 수장됨."

1번 서기인 흰 고양이가 부뚜막 고양이의 공책을 집어 읽었습니다. 부뚜막 고양이는 너무 슬프고 슬퍼 뺨 부근이 시큰해지며 징 하고 떨렸지만 꾹 참고 고개를 숙이고 있었습니다.

사무소 안은 점점 바빠져 목욕탕처럼 달아올랐고 작업은 착착 진행되었습니다. 다들 아주 가끔씩 부뚜막 고양이 쪽을 흘끗거릴 뿐, 말 한마디 걸지 않았습니다.

점심때가 되었습니다. 부뚜막 고양이는 가져온 도시락도 먹지 않고 두 손을 가만히 무릎 위에 올려 둔 채 고개를 숙이고 있었습니다.

마침내 오후 한 시부터 부뚜막 고양이는 훌쩍훌쩍 울기 시작했습니다. 그리고 해 질 무렵까지 세 시간가량을 울고 그치고 다시 울기를 반복했습니다.

그런데도 모두는 그런 일 따위 전혀 모르겠다는 것처럼 즐거운 듯이 일할 뿐이었습니다.

그때였습니다. 고양이들은 눈치채지 못했지만 사무장 뒤편 창문 너머로 무시무시한 사자의 금빛 머리가 보였습니다.

사자는 신기하다는 듯이 사무소 안을 한참 들여다보다가 돌연 문을 두드리고 안으로 들어왔습니다. 고양이들은 기겁했습니다. 다들 어쩔 줄 몰라 우왕좌왕했습니다. 부뚜막 고양이만이 울음을 멈추고 똑바로 일어섰습니다.

사자가 크고 분명한 목소리로 말했습니다.

"너희들은 대체 무엇을 하고 있냐. 이따위 꼴로 지리든 역사든 무슨 소용이야. 다 때려치워. 어흥. 해산을 명한다."

그리하여 사무소는 문을 닫았습니다.

저는 사자의 뜻에 반쯤 동의합니다.

나메토코산의 곰

나메토코산에 고주로라는 사냥꾼이 살았습니다.

고주로는 괴로워하며 곰을 잡아 가족을 먹여 살렸습니다.

어느 날, 고주로에게 이상한 일이 일어났습니다.

나메토코산(이와테현 하나마키와 시즈쿠이시 경계에 있는 해발 860미터의 산_옮긴이)에 사는 곰 이야기는 흥미롭다. 나메토코산은 큰 산이다. 후치자와강은 나메토코산에서 흘러나온다. 나메토코산은 연중 거의 매일 차가운 안개와 구름을 들이마시거나 내뱉고 있다. 주변도 온통 검푸른 해삼이나 바다거북처럼 생긴 산이다. 산 중턱쯤에는 커다랗고 휑한 동굴이 있다. 그곳에서 후치자와강이 갑자기 90미터나 되는 폭포로 바뀌어 노송나무와 고로쇠나무 숲 사이로 세차게 떨어져 흐른다.

나카야마 길은 요즘 아무도 다니지 않아서 머위와 감제풀로 가득 뒤덮였고 소가 도망치지 못하도록 울타리도 쳐 두었는데 황량한 길을 걷다 보면 바람이 맞은편 산 정상을 넘는 듯한 소리가 난다. 주의 깊게 그쪽을 살펴보면 영문 모를 희고 홀쭉한 것이 산을 따라 떨어지며 연기를 일으키고 있음을 알 수 있다. 그게 바로 나메토코산의 오오조라

폭포다. 그리고 오래전에는 이 부근에 드문드문 곰이 나타났다고 한다. 실은 나메토코산도, 곰쓸개도 내가 직접 본 건 아니다. 다른 사람에게 듣거나 혼자 생각했을 뿐이다. 틀렸을지도 모르겠지만 내 생각은 그렇다. 아무튼 나메토코산의 곰쓸개는 유명하다.

배 아픈 데에 잘 듣고 상처도 낫게 한다. 온천장 입구에 '나메토코산 곰쓸개 있음'이라는 오래된 간판도 걸려 있다. 그러니 나메토코산에서는 곰이 빨간 혀를 날름날름 내밀며 계곡을 건너거나 새끼 곰들이 씨름을 하다가 치고받고 싸우는 일도 분명히 있을 거다. 곰 사냥꾼 후치자와 고주로가 이런 곰들을 닥치는 대로 잡아들였다.

후치자와 고주로는 애꾸눈에 검붉고 우락부락한 아저씨였다. 몸통은 자그마한 절구처럼 단단했고 손바닥은 병을 낫게 하는 북쪽의 비사문천왕처럼 크고 두꺼웠다.

여름이면 고주로는 보리수나무 껍질로 만든 도롱이를 입고 각반을 찬 채 원주민이 쓸 법한 거대한 칼과 포르투갈에서 건너온 듯한 크고 무거운 엽총을 챙겨 듬직한 누런 개와 함께 나메토코산으로, 시도케 습지로, 세 갈래 길로, 샷카이산으로, 마미아나 숲으로, 시라사와 골짜기로 그저 마음 가는 대로 걸었다. 나무가 빼곡하게 자라 있었기에 계곡을 거슬러 오르면 마치 검푸른 터널 속을 걸어가는 듯했는데 때로는 녹색과 금색으로 확 밝아져 빛나기도 하고 여기저기 꽃이 핀 것처럼 햇살이 떨어져 있기도 했다.

고주로는 그곳을 마치 제집 안방처럼 느릿느릿 여유롭게 걸었다. 개

는 앞서서 벼랑을 옆걸음질로 달리기도 하고, 물속에 첨벙 뛰어들기도 하고, 왠지 기분 나쁘게 구물거리는 깊은 계곡을 열심히 헤엄쳐 건너편 바위에 간신히 올라가서는 몸을 부르르 흔들어 물을 털어 낸 다음 코를 찡그리고 주인이 오기를 기다렸다. 그러면 고주로는 무릎 위로 병풍 같은 흰 물결이 일도록 다리를 제도용 컴퍼스처럼 크게 움직이면서 입을 살짝 오므린 채 계곡을 건너왔다.

그런데 지나친 생각인지도 모르겠지만 나메토코산의 곰은 고주로를 좋아한다. 그 증거로 곰들은 고주로가 산골짜기를 이리저리 헤쳐 나가거나 엉겅퀴 같은 풀이 가득 자라난 가늘고 평평한 벼랑길을 지나올 때면 높은 곳에서 말없이 지켜보곤 했다. 나무 위에서 두 손으로 나뭇가지를 붙들고 있거나 벼랑 끝에 무릎을 끌어안고 앉아 재미있다는 듯이 고주로를 지켜보는 것이다.

그야말로 고주로의 개까지 마음에 들어 하는 것 같았다.

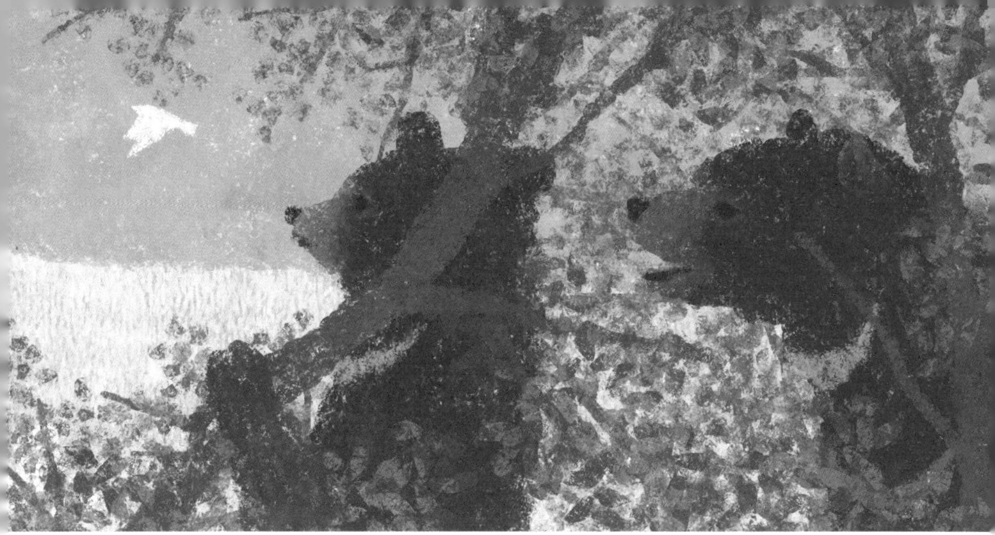

하지만 아무리 그런 곰들이라도 고주로와 딱 맞닥뜨려서 개가 불붙은 공처럼 달려들고 고주로는 눈을 기이하게 번쩍이며 자기들에게 총구를 겨누는 일은 별로 좋아하지 않았다. 그럴 때면 곰들은 대개 귀찮다는 듯 앞발을 휘둘러 그런 짓을 못 하게 했다.

하지만 곰들도 성격이 다양한지라 화를 잘 내는 녀석은 굉굉 울부짖으며 일어나 개 따위는 그 자리에서 밟아 뭉개 버리겠다는 듯 두 손을 들고 고주로에게 달려들었고 고주로는 침착하게 나무를 방패 삼아 선 뒤, 곰의 반달무늬를 겨냥해 총을 탕 쏘았다. 그러면 숲 전체가 콰앙 울린 다음, 곰이 털썩 쓰러져 검붉은 피를 콸콸 뿜어내고 코를 킁킁거리며 죽어 갔다.

고주로는 엽총을 나무에 기대어 세워 두고 조심스럽게 곰 곁으로 다가가 이렇게 말했다.

"곰아, 나는 네가 미워서 죽인 게 아니란다. 내 직업이니까 쏠 수밖에 없단 말이지. 죄짓는 일을 하기 싫지만 농사지을 밭은 없고, 나무는 나라 것이고, 마을에도 상대해 주는 사람이 없어서 하는 수 없이 사냥꾼이 되었다. 네가 곰으로 태어난 게 숙명이라면 나도 이 일을 하는 게 숙명인 거야. 알겠니. 다음 생에는 곰으로 태어나지 마라."

그럴 때면 개도 완전히 풀이 죽어 눈을 가늘게 뜨고 앉아 있었다. 여하튼 이 개만은 고주로가 마흔이 되던 여름, 온 가족이 이질에 걸려 끝내 고주로의 아들도 죽고 아내도 죽은 중에 쌩쌩하게 살아남았다.

그러고 나서 고주로는 잘 갈린 칼을 품속에서 꺼내어 곰의 턱에서부터 가슴을 지나 배까지 가죽을 스윽 벗겨 냈다. 그다음의 과정이 나는 정말 싫다. 하지만 어쨌든 할 일을 다 끝낸 고주로가 새빨간 곰쓸개를 등에 짊어진 나무 궤짝에 넣고, 피를 뚝뚝 떨어뜨리며 축 늘어진 가죽은 계곡물에 씻은 뒤에 둘둘 말아서 등에 걸치고 자기도 지쳐 산골짜기를 내려온 것만큼은 분명했다.

고주로는 이제 곰의 말까지 알아듣는 것 같았다. 어느 해 이른 봄, 단 한 그루의 나무도 아직 푸르러지지 않았을 무렵에 고주로는 개를 데리고 시라사와 골짜기를 따라 쭉 올라갔다. 어둠이 내리자 고주로는 작년 여름 밧카이 골짜기로 넘어가는 봉우리에 지어 둔 조릿대 오두막에서 묵어가기로 했다. 그런데 어쩐 일인지 고주로답지 않게 길을 잘못 들고 말았다.

몇 번이나 골짜기를 오르내리며 개도 지쳐 헐떡이고 고주로도 입을 옆으로 늘이며 숨을 쉴 즈음, 반쯤 무너진 오두막을 발견했다. 고주로

는 바로 아래에 샘물이 있었던 것을 떠올리고 산을 조금 내려갔는데 놀랍게도 어미 곰과 이제 막 한 살이 됐을까 싶은 새끼 곰이 어슴푸레한 초승달 빛 아래에서 꼭 이마에 손을 대고 먼 곳을 바라보는 사람처럼 골짜기 저편을 빤히 바라보고 있었다. 고주로는 두 마리 곰에게서 후광이 비치는 것처럼 느껴져 못 박힌 듯 우뚝 선 채 그쪽을 가만히 바라보았다. 그때 새끼 곰이 어리광을 부리듯 말했다.

"아무리 봐도 눈이야. 이쪽 골짜기만 하얗잖아. 아무리 봐도 눈이야, 엄마."

그러자 어미 곰은 조금 더 자세히 바라보더니 말했다.

"눈이 아니야. 저기에만 눈이 내릴 리 없잖니."

새끼 곰이 다시 말했다.

"그러니까 눈이 안 녹고 남아 있는 거지."

"아니야. 엄마가 엉겅퀴 싹을 보려고 어제 막 저곳을 지났단다."

고주로도 가만히 그쪽을 바라보았다.

달빛이 푸르스름하게 산비탈을 미끄러져 흐르는 그곳은 마치 은빛 갑옷처럼 빛나고 있었다. 얼마 후 새끼 곰이 말했다.

"눈이 아니라면 서리네. 분명 서리야."

고주로는 오늘 밤에 정말 서리가 내릴 거라고 속으로 생각했다. 달님 근처에서 양자리 별이 저토록 푸르게 떨리고 있고 달님의 빛깔도 마치 얼음 같으니 말이다.

"아, 엄마는 알겠다. 저건 말이야, 목련꽃이야."

"뭐야, 목련꽃이었구나. 나 그 꽃 알아."

"아니, 넌 아직 본 적 없단다."

"안다니까. 내가 얼마 전에 주워 왔는걸."

"아니, 그건 목련꽃이 아니란다. 네가 가져온 건 개오동나무꽃이지."

"그랬나?"

새끼 곰은 어물거리며 대답했다. 고주로는 왠지 가슴이 벅차올라서 건너편 골짜기에 흰 눈처럼 피어난 꽃과 하염없이 달빛을 쬐며 선 곰 모자를 슬쩍 보고는 소리 없이 자리를 떴다. '바람아, 저쪽으로 불지 말아 다오'라고 생각하면서 살금살금 뒷걸음질을 쳤다. 녹나무 향기가 달빛과 함께 스윽 밀려왔다.

그런데 이 대담한 고주로가 마을로 내려가 곰 가죽과 곰쓸개를 팔 때의 궁상스러움이란 참으로 가여웠다.

마을 중앙쯤에는 커다란 잡화점이 있는데 소쿠리, 설탕, 숫돌, 카멜레온이 그려진 담배, 유리로 된 끈끈이까지 죽 늘어서 있는 곳이었다.

고주로가 산에서처럼 털옷을 걸치고 가게 문지방을 한 발짝 넘자 가게 주인이 또 왔냐는 듯 비웃음 섞인 얼굴을 하고 내다보았다. 주인은 가게 곁방에 꺼내 놓은 커다란 청동화로 옆에 앉아 있었다.

"주인어른, 지난번에는 감사했습니다."

산에서는 주인 같았던 고주로가 털가죽 뭉치를 옆에 내려놓고 정성스레 바닥에 손을 모으며 말했다.

"어, 그래요. 오늘은 무슨 일입니까."

"또 곰 가죽을 조금 가져왔습니다."

"곰 가죽이라. 지난번에 가져온 것도 아직 창고에 그대로 있으니 오늘은 그만 됐습니다."

"주인어른, 그런 말씀 마시고 부디 사 주십시오. 값을 싸게 쳐주셔도 좋습니다."

"아무리 싸도 필요 없다니까요."

주인은 침착하게 담뱃대로 탁탁 손바닥을 두드렸다.

산중에서 그토록 씩씩했던 고주로는 그 말 한마디에 근심이 가득한 표정으로 얼굴을 찡그렸다. 고주로 집에는 산에서 딴 밤도 있고 작은 뒷마당에서 키우는 피(볏과 식물의 하나로 쌀처럼 먹거나 떡, 엿, 된장, 간장 등의 원료로 씀_옮긴이)도 있지만 쌀은 한 톨도 나지 않고 된장도 없었기에 아흔 살 넘은 노인과 아이들이 잔뜩인 일곱 식구에게 가져갈

쌀이 아주 조금이라도 필요했다.

마을 사람들은 삼베를 짜기도 했지만 고주로가 사는 곳에는 소쿠리 재료인 등나무가 조금 자라는 것 말고는 천으로 짤 만한 식물이 전혀 나지 않았다.

고주로는 잠시 서 있다가 거의 쉰 목소리로 애원했다.

"주인어른, 부탁드립니다. 부디 조금이라도 좋으니 사 주십시오."

그러고는 다시금 고개를 숙였다.

주인은 말없이 한동안 담배 연기를 내뿜은 다음, 얼굴 한쪽으로 웃음이 슬쩍 피어오르는 것을 숨기며 말했다.

"좋습니다. 두고 가세요. 자, 헤이스케. 고주로 씨에게 2엔을 내어 드려라."

가게 점원인 헤이스케가 고주로 앞에 앉아 커다란 은화 네 닢을 내밀었다. 고주로는 감사한 마음으로 생글생글 웃으며 그 돈을 받았다.

이제 주인은 점점 기분이 좋아졌다.

"자, 오키노. 고주로 씨에게 한 잔 드리자고."

고주로 역시 너무 기뻐서 가슴이 뛰었다.

주인은 고주로와 여유롭게 이야기를 나누었다. 고주로는 황송해하며 산의 풍경과 이런저런 이야기를 전했다. 곧 술상이 부엌에 준비되었다며 알려 왔고 고주로는 반쯤 거절했지만 결국 부엌으로 이끌려 가 다시 정중히 인사했다.

얼마 후 소금에 숙성한 연어회, 오징어 절임 등과 함께 술 한 병이

놓인 작고 검은 술상이 나왔다.

고주로는 몸을 바르게 하고 앉아서 오징어 절임을 손등에 올려 살짝 핥기도 하고 노란빛 술을 작은 술잔에 공손히 따르기도 했다.

아무리 물가가 낮은 때라도 곰 가죽 두 장에 2엔은 너무 싼 금액이라는 걸 누구나 안다.

고주로 역시 싸도 너무 싸다는 걸 알고 있었다. 하지만 그런 가게라도 아니면 고주로가 마을 누구에게 물건을 들고 가서 어떻게 팔겠는가. 대부분은 그 방법을 알지 못했다. 하지만 여우권(가위바위보의 한 가지로 여우와 사냥꾼, 주인을 나타내는 몸짓을 정해 승부를 겨루는 놀이_옮긴이)처럼 여우는 사냥꾼에게 지고 사냥꾼은 주인에게 지기 마련이다. 이 경우에는 곰이 고주로에게 당하고 고주로가 가게 주인에게 당한다. 주인은 마을 사람들 사이에 섞여 있어서 곰에게 잡아먹힐 염려가 없다. 하지만 이런 교활하고 못된 자들은 세상이 차차 발전하면 사라져 없어질 것이다.

나는 그 잠깐 사이라도 저토록 훌륭한 고주로가 두 번 다시 낯짝을 보고 싶지 않을 만큼 비열한 놈에게 놀아난 일을 쓰는 것이 정말 화가 나서 견딜 수 없다.

이런 상황이었기에 고주로가 곰들을 죽이기는 했지만 곰들은 결코 그를 미워하지 않았다. 그런데 어느 해 여름, 이상한 일이 벌어졌다.

고주로가 계곡을 첨벙첨벙 건너 어떤 바위에 올랐는데 느닷없이 커다란 곰 한 마리가 고양이처럼 허리를 둥글게 말고 바로 앞에 있는 나무에 오르는 광경이 보인 것이다. 고주로는 곧바로 엽총을 겨누었다. 개는 매우 기뻐하며 나무 아래로 가서 그 주변을 맹렬하게 돌았다.

그러자 나무 위의 곰은 고주로에게 덤벼들지 아니면 그대로 총을 맞을지 잠시 고민하는 듯하더니 갑자기 나무에서 앞발을 떼고 쿠당탕 아래로 떨어졌다. 고주로가 방심하지 않고 총을 쏘려는 자세를 유지하며 다가가자 곰이 앞발을 들고 소리쳤다.

"너는 무엇이 필요해서 날 죽이려 하는가."

"아아, 나는 너의 가죽과 쓸개 말고는 아무것도 필요 없어. 마을에 가져간다고 해서 아주 비싼 값을 받는 것도 아니지만 말이야. 정말 미안하지만 나도 어쩔 수 없어. 하지만 지금 너에게 그 말을 들으니 그냥 밤이나 도토리를 주워 먹다가 죽을 때가 오면 그대로 죽어도 좋겠다는 생각이 든다."

"2년만 기다려 줘. 나도 죽는 건 상관없지만 아직 해야 할 일이 조금 남았으니 딱 2년만 기다려 줘. 2년 뒤에는 너희 집 앞에 가서 죽어 줄게. 가죽도, 내장도 다 줄게."

고주로는 이상한 기분이 들어 가만히 생각에 잠긴 채 서 있었다. 그 틈에 곰은 발바닥 전체를 땅바닥에 붙이고 아주 천천히 걷기 시작했다. 고주로는 여전히 멍하니 서 있었다.

곰은 고주로가 결코 뒤에서 갑자기 총을 쏘지 않을 거라는 걸 잘 안다는 듯이 뒤를 돌아보지 않고 느릿느릿 걸어갔다. 그리고 그 넓고 검

붉은 등판이 나뭇가지 사이로 떨어진 햇살을 받아 반짝 빛났을 때, 고주로는 으음 하고 안타까운 소리를 내며 계곡을 건너 되돌아오기 시작했다.

그로부터 딱 2년째 되는 날 아침, 고주로는 바람이 너무 세게 불어 나무와 울타리가 모두 쓰러졌겠다고 생각하며 밖으로 나갔다. 그랬더니 노송나무 울타리는 평소와 변함없는데 그 아래에 어디선가 본 적 있는 검붉은 물체가 모로 누워 있었다. 마침 2년이 되는 날이고 그 곰이 찾아오지 않을까 조금 걱정하던 터라 고주로는 가슴이 철렁 내려앉았다. 옆으로 다가가 살펴봤더니 분명 그때의 그 곰이 입에서 피를 가득 토한 채 쓰러져 있었다.

고주로는 엉겁결에 두 손을 모아 절했다.

1월의 어느 날이었다. 고주로는 아침에 집을 나서며 이제껏 한 번도 한 적 없는 말을 꺼냈다.

"어머니, 저도 이제 나이를 먹었나 봅니다. 오늘 태어나서 처음으로 물에 들어가기 싫다는 생각이 들지 뭐예요."

그러자 양지바른 툇마루에서 바느질하던 아흔 넘은 고주로의 어머니가 잘 보이지 않는 눈을 들어 고주로를 슬쩍 보고는 웃는 것인지 우는 것인지 알 수 없는 표정을 지었다. 고주로는 짚신을 꿰어 신고 번쩍 힘주어 일어나 밖으로 나갔다. 아이들은 마구간 앞에서 번갈아 고개를 내밀어 "할아버지, 얼른 다녀와"라고 말하며 웃었다.

고주로는 맑고 반드르르한 하늘을 올려다보고는 손주들을 향해 대답했다.

"다녀오마."

고주로는 녹았다가 밤사이에 다시 언 새하얀 눈 위를 걸어 시라사와 골짜기로 향했다.

개는 금세 숨을 헉헉 몰아쉬면서 빨간 혀를 내민 채 달렸다가 멈추고 달렸다가 멈추며 나아갔다. 머지않아 고주로의 그림자는 언덕 너머로 사라져 보이지 않게 되었고 아이들은 피 지푸라기로 후지쓰키(식물의 줄기 여러 개를 한 번에 흩뿌린 뒤, 떨어진 줄기 사이의 가장 넓은 틈에 들어가는 줄기 개수만큼 상대방의 줄기를 빼앗아 오는 놀이_옮긴이)를 하며 놀았다.

고주로는 시라사와 골짜기 벼랑을 올랐다. 계곡물은 새파랗게 깊은 웅덩이를 이루거나 유리판을 깐 것처럼 얼어 있거나 수많은 고드름이 염주처럼 몇 개씩 줄줄이 걸려 있거나 했고 양쪽 기슭에는 빨갛고 노란 참빗살나무 열매가 꽃이 핀 것처럼 매달려 있었다. 고주로는 반짝반짝 빛나는 개와 자신의 그림자가 자작나무 줄기 그림자와 더불어 눈밭에 선명한 쪽빛 그림자를 드리워 움직이는 것을 보면서 골짜기를 거슬러 올라갔다.

시라사와 골짜기에서 봉우리 하나를 넘은 곳에 커다란 곰 한 마리가 사는 것을 여름에 봐 둔 것이다.

고주로는 계곡으로 흘러드는 작은 물줄기를 다섯 개 넘어 오른쪽에서 왼쪽으로, 왼쪽에서 오른쪽으로 몇 번이고 물을 건너 올라갔다. 그곳에 작은 폭포가 있었다. 고주로는 그 폭포 바로 아래에서 나가네 방향으로 올라가기 시작했다. 눈밭이 불타고 있다고 생각될 만큼 너무 눈부셔서 고주로는 보라색 안경을 쓴 듯한 기분으로 나아갔다.

개는 그런 절벽이라도 지지 않겠다는 듯 종종 미끄러지면서도 눈에 매달려 올랐다. 가까스로 벼랑을 다 올라서 보니 그곳은 듬성듬성 밤나무가 자라는 아주 완만한 경사면으로, 눈은 대리석처럼 반짝반짝 빛나고 주변에 눈 덮인 높은 봉우리가 삐죽삐죽 솟아 있었다.

고주로가 정상에서 쉬고 있을 때였다. 갑자기 개가 불이라도 붙은 것처럼 컹컹 짖어 댔다. 고주로가 깜짝 놀라서 뒤를 돌아봤는데 그해 여름 점찍어 둔 큰곰이 앞발을 세워 달려오고 있었다.

고주로는 침착하게 두 다리로 버티고 서서 엽총을 겨누었다.

곰은 몽둥이 같은 두 손을 번쩍 들어 올리고 곧장 달려들었다. 그 대단한 고주로도 얼굴색이 달라졌다.

탕 하는 총소리가 고주로 귀에 들렸다. 하지만 곰은 조금도 무너지지 않고 폭풍처럼 어둡게 흔들리며 다가오는 것 같았다. 개가 곰의 다리를 덥석 물었다. 그렇게 생각한 순간 고주로의 머리가 쾅 하고 울렸고 주변이 온통 새파래졌다. 그러더니 멀리서 이런 말이 들려왔다.

'오, 고주로. 너를 죽일 생각은 없었단다.'

'나는 벌써 죽었구나'

고주로는 생각했다. 반짝반짝 반짝반짝 푸른 별 같은 빛이 주변에 가득 보였다.

'이것이 죽었다는 표시다. 죽을 때 보이는 불이다. 곰들아, 나를 용서해다오.'

이렇게도 생각했다. 그 뒤로 고주로가 무슨 생각을 했는지는 나도 잘 모른다.

아무튼 그 뒤로 사흘째 되는 밤이었다. 꼭 얼음 구슬처럼 생긴 달이 하늘에 걸려 있었다. 눈은 파르스름하게 밝았고 물은 스스로 빛을 냈다. 플레이아데스성단과 오리온의 허리띠 별들이 녹색과 주황색으로 반짝이며 호흡하는 것처럼 보였다.

밤나무와 흰 눈 쌓인 봉우리들로 둘러싸인 산 위의 평지에 검고 커다란 것들이 둥글게 원을 그리며 모여들어 저마다 검은 그림자를 늘어뜨리고는 회교도들이 기도할 때처럼 눈 위에 납작 엎드려 오랫동안 움직이지 않았다. 그리고 눈과 달의 빛으로 보니 가장 높은 곳에 고주로의 주검이 반쯤 앉은 모양으로 놓여 있었다.

기분 탓일까. 죽어서 꽁꽁 언 고주로의 얼굴은 살아 있을 때처럼 맑고 싱그러워 왠지 웃고 있는 것 같아 보이기까지 했다. 정말로 그 크고 검은 것들은 오리온의 허리띠 별이 하늘 한가운데로 와도, 훨씬 더 서쪽으로 기울어도 화석이 된 것처럼 움직이지 않았다.

은행나무 열매

엄마 은행나무에서 열매 아이들이
여행을 떠날 날이 다가왔습니다.
열매들은 서로를 응원하며 때를 기다립니다.

하늘 꼭대기는 차갑고 또 차가워서 마치 뜨거운 불길에 구워 낸 강철 같습니다.

그리고 별들이 가득합니다마는, 동쪽 하늘은 부드러운 도라지꽃 꽃잎 같은 그윽한 빛이 감돌기 시작했습니다.

그 동틀 녘 하늘 아래, 낮 새들조차 가지 않는 높디높은 곳을 날카로운 서리 조각이 바람을 타고 살랑살랑 살랑살랑 남쪽으로 날아갔습니다.

은은한 그 소리가 언덕 위에 홀로 서 있는 한 그루 은행나무에 들릴 만큼 맑고 투명한 새벽입니다.

은행나무 열매들이 모두 동시에 눈을 떴습니다. 그리고 가슴이 철렁 내려앉았습니다. 오늘이야말로 여행을 떠나는 날이었으니까요. 다들 전부터 그렇게 생각해 온 데다가 어젯밤 찾아온 까마귀 두 마리도 그렇게 말했습니다.

"떨어지다가 눈이 핑핑 돌면 어쩌지?"

은행나무 열매 하나가 말했습니다.

"눈을 꼭 감으면 되지."

또 다른 열매가 대답했습니다.

"아, 맞다. 물통에 물을 채워 놓는 걸 깜박했네."

"난 물통 말고 박하수도 준비했어. 좀 나눠 줄까? 여행 가서 속이 너무 안 좋을 때 조금 마시면 좋다고 엄마가 그랬어."

"엄마가 나는 왜 안 챙겨 줬을까?"

"그러니까 내가 줄게. 엄마를 미워하지 마."

그렇습니다. 이 은행나무는 어머니였습니다.

올해는 1천 알이나 되는 황금빛 아이가 태어났습니다.

그리고 오늘은 아이들이 다 함께 여행을 떠나는 날입니다. 어머니는 아이들과 헤어지는 게 너무나도 슬퍼서 부채꼴 모양의 황금 머리칼을 어제까지 몽땅 떨어뜨렸습니다.

"있잖아, 우리는 어디로 가는 걸까?"

은행나무 열매 아이 하나가 하늘을 올려다보며 중얼거림처럼 말했습니다.

"나도 잘 모르겠어. 아무 데도 가고 싶지 않아."

다른 아이가 대답했습니다.

"난 무슨 일이 있어도 엄마 곁에 있고 싶어."

“하지만 그럴 수 없다고 바람이 매일 말했잖아.”

“진짜 싫다.”

“우리도 전부 뿔뿔이 흩어지겠지?”

“응, 그럴 거야. 난 이제 아무것도 필요 없어.”

“나도야. 여태껏 멋대로 굴어서 미안해. 용서해 줘.”

“어머, 나야말로. 나야말로 미안해. 용서해 줘.”

동쪽 하늘의 도라지꽃 꽃잎은 어느새 시들어 버린 것처럼 힘을 잃었고 아침의 새하얀 빛이 나타나기 시작했습니다. 별이 하나둘씩 사라져 갑니다.

나무 가장 높은 곳에 매달려 있던 은행나무 열매 아이 둘이 말을 주고받았습니다.

“봐, 날이 밝아 오고 있어. 정말 기뻐. 나는 꼭 금빛 별이 될 거야.”

“나도 될래. 여기서 떨어지면 분명 북쪽 바람이 곧장 하늘로 데려다 주겠지?”

“북쪽 바람은 아닐걸. 북쪽 바람은 별로 친절하지 않거든. 내 생각에는 까마귀일 것 같아.”

“맞아. 틀림없이 까마귀다. 까마귀는 훌륭하지. 여기에서 까마득히 먼 곳까지도 순식간에 날아가니까. 부탁하면 우리 둘 정도는 단숨에 푸른 하늘까지 데려다줄 거야.”

“부탁해 볼까? 까마귀가 빨리 오면 좋겠다.”

그곳 조금 아래에 있는 다른 은행나무 열매 둘도 말했습니다.

“나는 가장 먼저 살구 임금님의 성을 찾아갈 거야. 그리고 공주님을 납치해 간 괴물을 무찌르는 거지. 그런 괴물이 분명 어딘가에 있을 테니까.”

“응, 있겠지. 하지만 위험하지 않을까? 괴물은 크잖아. 우리 같은 건 콧바람 한 방에 날아가 버릴걸?”

“내가 좋은 걸 가지고 있어. 그러니까 괜찮을 거야. 보여 줄까? 자, 이것 봐.”

“엄마의 머리칼로 만든 그물이네.”

“맞아. 엄마가 주셨어. 무서운 일이 생기면 이 안에 숨으래. 이 그물을 품속에 넣고 괴물한테 갈 거야. ‘저기요, 안녕하세요? 저를 잡아먹을 수 있겠어요? 못 잡아먹겠죠?’ 그러면 괴물이 화가 나서 당장 나를 잡아먹을 거야. 그때 도깨비 뱃속에서 이 그물을 꺼내 뒤집어쓴 다음, 뱃속을 엉망진창으로 망가뜨리는 거지. 그러면 도깨비는 장티푸스에 걸려 죽을 거고 나는 밖으로 나와 살구 공주님을 모시고 성으로 돌아가 결혼하는 거야.”

“좋다! 그러면 그때 나는 하객이 되어 찾아가야지.”

“좋고말고. 내가 나라의 절반을 나눠 줄게. 그리고 엄마한테는 과자든 뭐든 매일매일 잔뜩 선물할 테야.”

그사이에 별이 완전히 사라졌습니다. 동쪽 하늘은 새하얗게 불타는 듯합니다. 나무 위가 갑자기 왁자지껄해졌습니다. 출발이 얼마 남지 않았습니다.

"나, 신발이 작아. 귀찮네. 맨발로 가야겠다."

"그럼 내 신발이랑 바꾸자. 내 것은 조금 크거든."

"그러자. 아, 딱 좋네. 고마워."

"앗, 큰일 났어. 엄마한테 받은 새 외투가 안 보여."

"빨리 찾아봐. 어느 가지에 뒀어?"

"모르겠어."

"큰일이네. 앞으로 꽤 추워질 텐데. 꼭 찾아야 해."

"이것 봐. 빵 맛있어 보이지? 건포도가 얼굴을 살짝 내밀고 있어. 얼른 가방에 넣어. 이제 곧 해님이 나오실 거야."

"고마워. 그럼 받을게. 고마워. 나랑 같이 가자."

"큰일 났네. 아무리 찾아봐도 없어. 나 정말 어떻게 하지?"

"나랑 같이 가자. 내 외투를 가끔씩 빌려줄게. 만약 그러다가 얼어붙으면 같이 죽자고."

동쪽 하늘이 하얗게 타오르며 일렁일렁 흔들리기 시작했습니다. 어머니 나무는 죽은 듯이 가만히 서 있었습니다.

돌연 햇빛 다발이 금빛 화살처럼 일제히 날아들었습니다. 은행나무 열매들은 마치 튀어 오르듯 반짝반짝 빛이 났습니다.

북쪽에서 얼음처럼 차갑고 맑은 바람이 휘익 불어왔습니다.

"엄마, 안녕."

"엄마, 안녕."

아이들은 비가 쏟아지듯 한꺼번에 가지에서 뛰어내렸습니다.

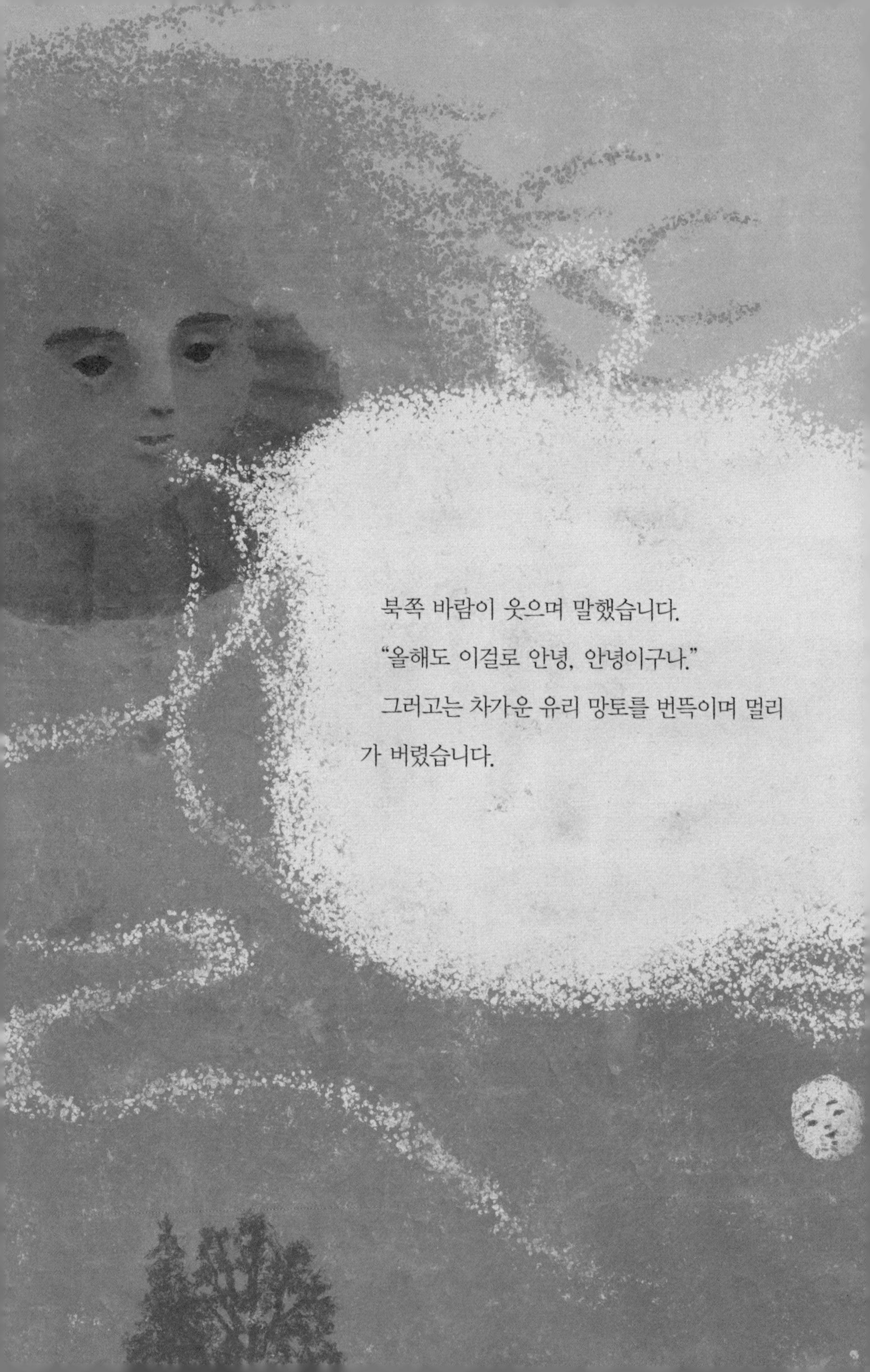

북쪽 바람이 웃으며 말했습니다.

"올해도 이걸로 안녕, 안녕이구나."

그러고는 차가운 유리 망토를 번뜩이며 멀리 가 버렸습니다.

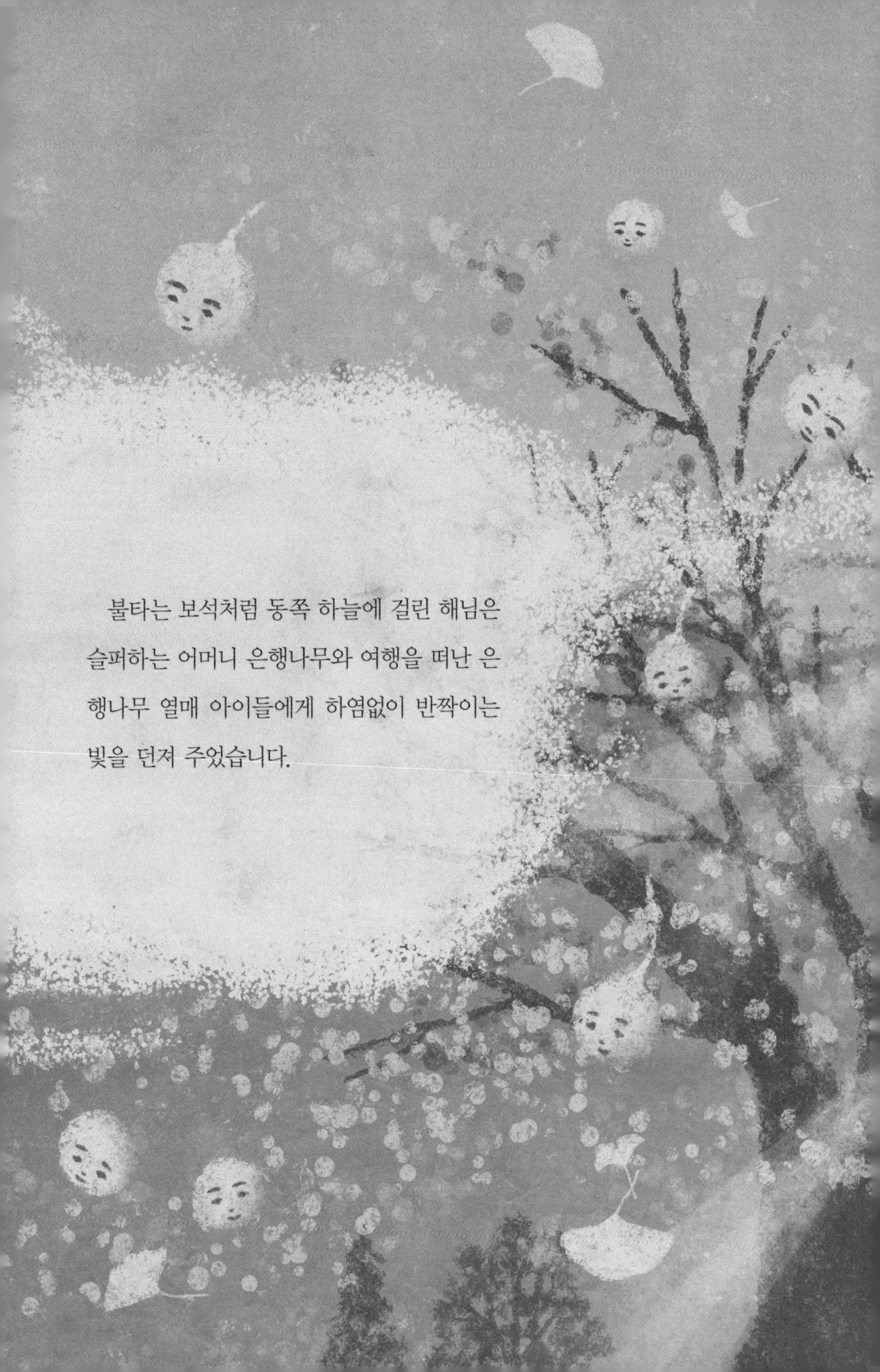

불타는 보석처럼 동쪽 하늘에 걸린 해님은 슬퍼하는 어머니 은행나무와 여행을 떠난 은행나무 열매 아이들에게 하염없이 반짝이는 빛을 던져 주었습니다.

산 사나이의 4월

산 사나이는 볕이 잘 드는 마른 풀밭에 드러누워
멍하니 하늘을 바라보고 있었습니다. 그런데 어느샌가
마을 입구에 가 있었고 한 시나인을 만났습니다.

산 사나이는 금색 눈을 접시처럼 크게 뜨고 등을 구부린 채 토끼를 잡으려고 니시네산 노송나무 숲속을 걷는 중이었습니다.

하지만 토끼는 잡지 못하고 꿩을 잡았습니다. 꿩이 깜짝 놀라 날아오르려 할 때, 두 팔을 움츠리고 총알처럼 몸을 던져서 꿩을 반쯤 짜부라뜨린 것입니다.

산 사나이는 새빨갛게 달아오른 얼굴로 기뻐하면서 커다란 입을 벌려 히죽히죽 웃고 목이 축 처진 꿩을 흔들흔들 휘두르며 숲을 나왔습니다.

그러고는 볕이 잘 드는 남쪽 잔디밭 위에 사냥감을 툭 던진 뒤, 푸석푸석한 붉은 머리를 긁적이며 어깨를 둥글게 말아 냅다 누웠습니다.

어디선가 작은 새도 짹짹 울고 마른 풀 여기저기에 상냥하게 피어난 자줏빛 얼레지꽃도 흔들렸습니다.

산 사나이는 벌렁 드러누워 파랗디파란 하늘을 바라보았습니다. 해님은 빨간색과 황금색이 톡톡 박힌 돌배 같고 향긋한 마른 풀 냄새가 사방에 흘렀으며 바로 뒤의 산맥에서는 눈이 새하얀 후광을 한껏 내뿜고 있었습니다.

'사탕이라는 건 참 맛있지. 태양은 사탕을 잔뜩 만들어 내면서 나한테는 안 준단 말이야.'

산 사나이가 멍하니 이런 생각을 하고 있는데 맑고 푸른 하늘에 뭉게뭉게 구름이 피어오르더니 정처 없이 동쪽으로 흘러갔습니다. 그러자 산 사나이는 목 안쪽을 그르렁그르렁하며 또 생각했습니다.

'원래 구름이란 녀석은 바람 따라 오락가락 휙 사라졌다가 확 나타나지. 그래서 구름 나그네라고도 하잖아.'

그 순간 산 사나이는 다리와 머리가 터무니없이 가벼워져서 거꾸로 뒤집힌 채 공기 중으로 떠오를 것만 같은 이상한 기분이 들었습니다. 산 사나이야말로 구름 나그네처럼 바람에 휩쓸리는지 아니면 저절로 둥실 떠오르는지 목적지도 없이 비척비척 걸어갔습니다.

'그나저나 이곳은 일곱 숲이군. 이름처럼 정말로 일곱 개의 숲이 있어. 소나무가 빽빽이 자란 곳도 있고 벌거숭이 숲이라 노랗기만 한 곳도 있다. 여기까지 온 걸 보니 조만간 마을에 닿겠네. 마을로 들어가려면 변신해야 해. 안 그러면 맞아 죽을 거야.'

산 사나이는 속으로 혼자 이런 말을 중얼거리며 누가 봐도 밀찡힌 나무꾼으로 변신했습니다. 그러고는 곧 마을 입구에 다다랐습니다. 산

사나이는 여전히 머리가 너무 가벼워서 몸의 균형이 잘 맞지 않는다고 생각하면서 느릿느릿 마을로 들어갔습니다.

마을 초입에는 언제나처럼 생선 가게가 문을 열고 있었습니다. 진열대 위에는 자반연어가 담긴 지저분한 짚 바구니며 정어리 머리 따위가 흐트러져 있고 처마에는 검붉은색의 삶은 문어 다섯 마리가 매달려 있었습니다. 산 사나이는 삶은 문어를 빤히 쳐다보았습니다.

'빨판 달린 빨간 다리가 구부러진 모습이 참으로 멋지군. 승마 바지를 입은 군청의 보조 기사보다 훨씬 멋있어. 이런 게 검푸른 바닷속을 눈 부릅뜨고 기어다닌다니 정말 대단해.'

산 사나이는 무심코 손가락을 물며 멈춰 섰습니다. 때마침 지저분한 연노란색 옷을 입고 커다란 봇짐을 진 시나인(중국의 한족을 이르는 옛말_옮긴이)이 두리번두리번 주위를 둘러보며 그곳을 지나가다가 갑자기 산 사나이의 어깨를 두드리며 말했습니다.

"당신, 시나산 옷감 안 필요합니까. 육신환(여섯 가지 약재를 갈아 만든 한방약_옮긴이)도 아주 싸다."

산 사나이는 깜짝 놀라 소리쳤습니다.

"됐소."

하지만 목소리가 너무 컸던 탓에 게다(일본의 나막신_옮긴이)를 신고 동그란 열쇠를 든 채 머리칼을 매만지던 생선 가게 주인이나 도롱이를 입은 마을 사람들이 일제히 이쪽을 쳐다보았습니다. 산 사나이는 당황해서 서둘러 손을 흔들며 작은 목소리로 다시 말했습니다.

"아니, 그게 아니오. 사겠소, 사겠소."

그러자 시나인이 말했습니다.

"안 사도 돼. 잠깐 보기만 해도 괜찮아."

시나인은 등에서 봇짐을 내려 길 한가운데에 펼쳐 놓았습니다. 산 사나이는 아무래도 시나인의 희번덕거리는 빨간 눈이 도마뱀 같아서 무서워 견딜 수가 없었습니다.

그러는 동안 시나인은 빠른 손놀림으로 봇짐을 동여맨 노란 끈을 풀어 보자기를 펼치더니 고리짝 뚜껑을 열고 옷감 위에 잔뜩 늘어 둔 종이 상자에서 작고 빨간 약병 같은 것을 집었습니다.

'저런 저런, 손가락이 무지하게 가늘군. 손톱도 아주 뾰족하고. 너무 무서워.'

산 사나이는 속으로 생각했습니다.

시나인이 새끼손가락만 한 유리컵을 두 개 꺼낸 뒤, 산 사나이에게 하나를 건넸습니다.

"이봐, 이 약을 마셔. 독은 없어. 절대로 없어. 마셔도 돼. 내가 먼저 먹을게. 걱정하지 마. 나 맥주 마셔, 차 마셔, 독은 안 마셔. 이건 장수하는 약이야. 마시면 좋아."

그러더니 혼자서 벌컥 마셔 버렸습니다.

산 사나이가 정말 마셔도 되나 고민하며 주위를 둘러보는데 글쎄, 어느 틈엔가 마을을 벗어나 눈가가 붉은 시나인과 짐을 사이에 두고 마주 본 채 하늘처럼 넓고 푸른 들판 한가운데에 단둘이 서 있었습니다. 두 사람의 그림자가 풀 위로 새카맣게 드리웠습니다.

"자, 어서 마셔. 장수하는 약이야. 어서 마셔."

시나인은 날카로운 손가락을 들이밀며 계속해서 약을 권했습니다. 산 사나이는 너무 난처해서 그냥 마시고 도망쳐 버리자 생각하며 재빨리 약을 벌컥 들이켰습니다. 그러자 기이하게도 산 사나이의 몸이 점점 울룩불룩하면서 오그라들고 판판해지고 작아지더니 어느새 작은 상자 같은 모양으로 변하여 풀밭 위에 놓인 듯했습니다.

'당했군. 분하다. 당하고 말았어. 어쩐지 손톱이 너무 뾰족한 게 이상했다고. 젠장, 완전히 속아 버렸네.'

산 사나이는 분해서 발을 동동 구르려 했지만 이미 자그마한 한방약 상자가 되어 버려서 아무것도 할 수 없었습니다.

한편 시나인은 크게 기뻐했습니다. 두 발을 번갈아 굴러 튀어 오르며 손으로 발바닥을 탁탁 두드렸습니다. 그 소리가 먼 들판까지 북처럼 울려 퍼졌습니다.

그러다 시나인의 커다란 손이 산 사나이 눈앞에 불쑥 다가왔다고 생각한 순간, 산 사나이는 흔들흔들 높이 떠올라 이윽고 봇짐 속 종이 상자들 사이에 놓였습니다.

'이런, 큰일이다'라고 생각하는 사이에 고리짝 뚜껑이 철컥 하고 닫혔습니다. 그래도 햇살이 고리짝 틈으로 투명하고 아름답게 비쳐 들었습니다.

"결국 감옥에 갇혔구나. 그래도 해님은 여전히 밖에서 빛나고 있어."

산 사나이는 혼자서 이런 말을 중얼거리며 억지로 슬프지 않은 척하려 했습니다. 그랬더니 이내 더더욱 컴컴해졌습니다.

"아하, 보자기를 씌웠네. 참으로 한심한 꼴이다. 앞으로 컴컴한 여행이 되겠어."

산 사나이는 최대한 침착하게 말했습니다.

그때 놀랍게도 산 사나이 바로 옆에서 누군가가 말을 걸었습니다.

"그쪽은 어디에서 왔는가?"

산 사나이는 처음으로 움찔했지만 곧 '아하, 육신환이라는 건 전부 다 나처럼 인간이 약으로 변한 것이로구나. 그래, 좋다' 하고 생각하며 배에 힘을 주어 대답했습니다.

"나는 생선 가게 앞에서 왔다."

그러자 밖에서 시나인이 버럭 고함을 질렀습니다.

"목소리 너무 커. 조용히 하는 게 좋다."

산 사나이는 아까부터 시나인에게 무척 화가 나 있던 터라 그 순간에 쌓였던 울화통이 터지고 말았습니다.

"뭐라고? 뭐라고 지껄이는 거야, 도둑놈이. 네놈이 마을로 들어가자마자 수상한 시나인 녀석이라며 고래고래 소리를 질러 주마. 어떠냐."

바깥의 시나인이 조용해졌습니다. 정말로 한동안 잠잠했습니다. 산 사나이는 시나인이 두 손을 가슴에 포갠 채 울고 있는 것 아닌가 하고 생각했습니다. 그러고 보니 시나인이 그동안 고갯마루나 숲속에서 짐을 내려놓고 무언가 골똘히 생각에 잠겨 있는 듯했던 것이 모두 누군가에게 이런 말을 듣고 있었기 때문이구나 싶었습니다. 산 사나이는 금세 가여워져서 방금은 그냥 한 말이었다고 하려 했는데 시나인이 쉰 목소리로 처량하게 말했습니다.

"그건 너무해. 나 장사 못 해. 나 밥 못 먹어. 나 힘들어. 그거, 너무 인정머리 없어."

산 사나이는 시나인이 너무 안쓰러워져서 내 몸 같은 건 그냥 60전에 내주고 여관에 가서 정어리 대가리에 시래깃국이라도 먹게 하자고 생각하며 대답했습니다.

"어이, 시나인. 이제 괜찮아. 그렇게 울지 않아도 돼. 마을에 들어가면 나는 입 다물고 있을게. 안심해."

그러자 바깥에서 시나인이 그제야 가슴을 쓸어내리는지 휴 하는 숨소리도, 툭툭 발을 두드리는 소리도 들렸습니다. 뒤이어 시나인이 어깨에 다시 짐을 진 듯 약상자가 달그락달그락 서로 부딪쳤습니다.

"어이, 누군가? 아까 나한테 말을 건 자가."

산 사나이가 이렇게 말하자 바로 옆에서 대답이 들려왔습니다.

"나야. 그래서 아까 이야기로 돌아가자면 말이야. 자네는 생선 가게 앞에서 왔다고 했으니 요즘 농어 한 마리가 얼마인지 또 말린 상어 지느러미가 열 냥에 몇 근인지 알고 있겠군."

"글쎄, 그런 건 그 생선 가게에 없는 듯한데. 문어는 있었지. 그 문어 다리 모양이 참 멋졌어."

"이야, 그렇게 좋은 문어였나. 나도 문어를 아주 좋아하거든."

"음, 문어가 싫은 사람은 없을걸. 문어를 싫어할 정도면 어차피 변변찮은 놈일 거야."

"그렇고말고. 문어만큼 훌륭한 건 세상에 없지."

"맞다. 당신은 도대체 어디서 왔나?"

"나 말인가? 상하이라네."

"당신도 역시 시나인이었군. 시나인들이란 약이 되지 않으면 약을 만들어서 팔려고 돌아다니는구나. 다들 안 됐어."

"그렇지 않아. 이곳을 돌아다니는 자는 모두 진 씨처럼 야비한 녀석들뿐이지만 훌륭한 사람도 아주 많아. 우리는 모두 공자 성인의 후예라네."

"무슨 소린지 모르겠지만 밖에 있는 자의 이름이 신인가?"

"그래. 아, 더워. 뚜껑을 열어 주면 좋겠군."

"음, 좋아. 어이, 진 씨. 푹푹 찌는군. 더워 죽겠네. 바깥바람 좀 쐬어 주게."

"조금만 기다리면 된다."

진이 밖에서 말했습니다.

"어서 바람을 쐬어 주지 않으면 우리는 전부 푹푹 쪄지네. 그럼 자네가 손해인데."

그러자 진이 당황하여 말했습니다.

"그건 몹시 곤란하다. 참아 주면 고맙겠다."

"참고 말고가 어딨어. 우리라고 좋아서 쪄지는 게 아니란 말이야. 저절로 쪄지는 거지. 얼른 뚜껑을 열어."

“이제 20분만 기다리면 돼.”

“에잇, 하는 수 없지. 그렇다면 걸음을 조금 더 서둘러라. 어쩔 수 없네. 여기 있는 건 자네뿐인가?”

“아니, 아직 잔뜩이야. 다들 울고만 있네.”

“그것참, 안됐군. 진은 나쁜 놈이야. 우리는 어떻게 해도 원래 모습으로 돌아갈 수 없는 건가?”

“그건 가능해. 자네는 아직 뼛속까지 육신환으로 변하지 않았으니까 환약만 먹는다면 원래대로 돌아갈 거야. 자네 바로 옆에 검은 환약병이 있어.”

“그래? 그거 잘됐군. 지금 당장 먹어야겠어. 그런데 자네들은 약이 안 듣는 건가?”

“안 들어. 그러니 자네가 약을 먹고 원래대로 돌아간 후에 우리를 모두 물에 담가서 잘 비벼 줬으면 하네. 그러고 나서 환약을 먹으면 분명 모두 원래대로 돌아갈 거야.”

“그렇군. 좋아, 알았네. 내가 반드시 당신들을 원래 모습으로 돌아가게 해 주지. 환약이라는 건 이것이겠군. 이 병은 인간을 육신환으로 만드는 물약이겠고. 그나저나 진도 아까 나와 함께 물약을 먹었는데 어째서 육신환이 되지 않았을까?”

“그건 환약을 같이 삼켰기 때문이야.”

“아아, 그런 거였군. 만약 진이 이 환약만 삼킨다면 어떻게 되는 거지? 변하지 않은 인간이 다시 원래 모습으로 변한다면 이상하기 짝이 없겠어."

그때 밖에서 "시나산 옷감 어떻습니까. 이보세요, 시나산 옷감 사세요"라고 말하는 진의 목소리가 들렸습니다.

"하하하, 시작이군."

산 사나이가 중얼거리며 재미있어하는데 갑자기 뚜껑이 열렸습니다. 눈이 부셔서 견딜 수가 없었지만 억지로 눈을 떠 그쪽을 보니 단발머리 소녀 하나가 진 앞에 오도카니 서 있었습니다.

"자, 마시면 몸에 좋아. 이거 장수하는 약이야. 자, 어서 마셔."

진은 환약 한 알을 집어 입가로 가져가면서 물약과 컵을 꺼내어 수작을 부립니다.

"시작했다, 시작했어. 드디어 시작했어."

고리짝 안의 누군가가 말했습니다.

"나 맥주 마셔, 차 마셔, 독 안 마셔. 자, 마시면 몸에 좋아. 나도 마신다."

그 순간 산 사나이는 환약 한 알을 슬쩍 삼켰습니다. 그러자 쑥쑥쑥 쑤우욱.

산 사나이는 완벽하게 예전 같은 붉은 머리칼의 건장한 몸이 되었습니다. 마침 환약과 물약을 함께 먹으려던 진은 너무 놀라서 그만 물약을 쏟고 환약만 삼키고 말았습니다. 어이쿠, 큰일입니다. 진의 머리가 쑥쑥 자라나 원래의 두 배가 되고 키도 점점 더 사정없이 커졌습니다. 그러더니 "와" 하고 소리치며 산 사나이에게 덤벼들었습니다. 산 사나이는 동글동글해져서 열심히 도망쳤습니다. 하지만 아무리 달리려 해도 다리가 푹푹 빠져서 달리기 힘들었고 결국 등을 잡히고 말았습니다.

"살려 줘, 으악."

산 사나이가 소리를 질렀습니다. 그리고 눈을 떴습니다. 모두 다 꿈이었습니다.

구름은 빛나며 하늘을 가로지르고 마른 풀은 향기롭고 따뜻합니다.

산 사나이는 한동안 멍하니 던져두었던 꿩 날개가 반짝거리는 걸 보거나 육신환이 담긴 종이 상자를 물에 담가 비비는 일 따위를 생각하다가 갑자기 늘어지게 하품하며 말했습니다.

"에잇, 빌어먹을. 꿈이잖아. 진이든 육신환이든 내 알 바냐."

그러고는 하품을 한 번 더 했습니다.

까마귀의 북두칠성

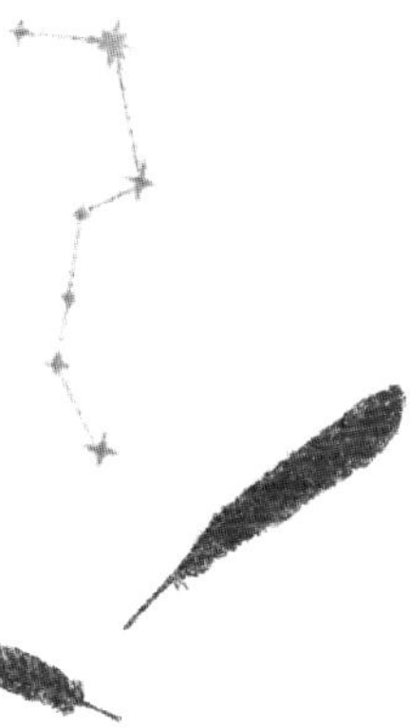

훈련이 끝난 밤, 까마귀 대위는

부대로 복귀하지 않고 쥐엄나무로 향했습니다.

그곳에는 대위의 약혼녀가 있었습니다.

차갑고 심술궂은 구름이 땅에 스칠 듯 낮게 드리워 들판이 눈으로 반짝이는지 햇빛으로 반짝이는지 알 수 없게 되었습니다.

까마귀 의용 함대는 그 구름에 짓눌려 어쩔 수 없이 함석판을 펼쳐 놓은 듯한 눈밭 위에 잠시 정박하기로 했습니다.

모든 함선이 꼼짝도 하지 않습니다.

새까맣고 반들반들한 젊은 함대장, 까마귀 대위도 단정하게 서서 움직이지 않습니다.

대대장 까마귀는 더더욱 움직임이나 흔들림이 없습니다. 대대장 까마귀는 이제 나이를 상당히 먹었습니다. 눈은 잿빛이 되어 버렸고 울음소리는 마치 고장 난 인형처럼 끽끽거렸습니다.

그래서 까마귀 나이를 구분할 줄 모르는 어떤 어린이는 언젠가 이렇게 말하기도 했습니다.

"있지, 우리 마을에는 목이 망가진 까마귀가 두 마리 있어."

이는 분명히 틀린 말로, 그런 까마귀는 단 한 마리뿐이며 그것도 목이 망가진 게 아니라 너무 긴 세월 동안 하늘에서 호령한 탓에 목소리가 완전히 쉰 것입니다. 그렇기에 까마귀 의용 함대는 그 목소리야말로 모든 소리 가운데 최고라고 여겼습니다.

눈 위에 임시 정박한 까마귀 함대는 돌멩이 같습니다. 참깨 같습니다. 또 망원경으로 자세히 보면 큰 것도 있고 작은 것도 있어서 감자알 같기도 합니다.

날이 차츰 어두워졌습니다.

구름이 조금이나마 위로 올라가서 까마귀들이 날아오를 수 있을 만큼 틈이 생겼습니다.

대대장이 가쁜 숨을 내쉬며 호령했습니다.

"훈련을 시작한다, 출발."

함대장인 까마귀 대위가 가장 먼저 눈을 박차고 날아올랐습니다. 까마귀 대위 휘하의 구축함 열여덟 척도 차례로 날아오른 뒤, 대위를 따라 정확한 간격을 유지하며 나아갔습니다.

뒤이어 서른두 척의 전투 함대가 차례차례 출발했고 그다음에는 대대장이 엄숙하게 날아올랐습니다.

그때 선두에 있던 까마귀 대위는 이미 하늘에 네 바퀴 정도 나선형을 그리며 구름의 코끝까지 갔다가 맞은편 숲을 향해 똑바로 전진하려던 참이었습니다.

스물아홉 척의 순양함과 스물다섯 척의 대포함이 점점 더 높이 날아올랐습니다. 마지막 두 척이 동시에 출발했습니다. 이쯤이 아무래도 까마귀 군대의 질서가 흐트러지는 지점입니다.

까마귀 대위는 숲 바로 근처까지 가서 왼쪽으로 돌았습니다.

그때 까마귀 대대장이 명령했습니다.

"대포를 쏴라."

함대는 일제히 깍깍 깍깍 대포를 쏘았습니다.

대포를 쏠 때마다 한쪽 다리를 뒤로 번쩍 들어 올리는 군함은 얼마 전 니다나트라 전투 때 다친 부상병으로 큰 소리만 나면 여전히 다리 신경이 마비되곤 했습니다.

아무튼 하늘을 크게 네 바퀴 돌았을 때, 대대장이 "흩어져, 해산"이라고 말하며 대열을 벗어나 삼나무에 지은 대대장 관사로 내려갔습니다. 모두가 대열을 풀고 자기 병영으로 돌아갔습니다.

하지만 까마귀 대위는 자기 병영으로 곧장 돌아가지 않고 혼자서 서쪽 쥐엄나무로 향했습니다.

구름은 거무스름하고 서쪽 산 위쪽만이 탁한 물빛의 하늘 가장자리에 닿아 그윽하게 빛나고 있습니다. 그때 까마귀들이 머시리(태양에서 가장 가까운 행성인 수성의 영어 이름 '머큐리'를 비튼 말_옮긴이)라고 부르는 은색 별 하나가 반짝이기 시작했습니다.

까마귀 대위는 쥐엄나무 가지로 쏜살같이 내려갔습니다. 그 가지에 아까부터 걱정스러운 표정으로 가만히 앉아 있는 까마귀가 있었습니

다. 대포함 중에 목소리가 가장 좋은 까마귀 대위의 약혼녀였습니다.

"까악 까악. 늦어서 미안하군. 오늘 훈련으로 피곤하지는 않은가."

"까아악. 한참 기다렸어. 하나도 안 피곤해."

"그렇군. 그렇다면 다행이네. 하지만 이번에는 한동안 당신과 떨어져 지내야 해."

"어머, 왜? 무슨 일인데."

"전투 함대장이 말하기로는 내가 내일 산 까마귀를 쫓으러 가야 한다는군."

"큰일이네. 산 까마귀는 힘이 세잖아."

"음, 눈알이 튀어나오고 부리가 가늘어서 언뜻 보기엔 세 보이지. 하지만 문제없어."

"정말?"

"괜찮다니까. 하지만 전쟁은 전쟁이니 싸우다가 무슨 일이 벌어질지 몰라. 그렇게 되면 나하고 한 약속은 깨끗이 잊고 다른 곳에 시집가도록 해."

"어머, 어쩌면 좋아. 정말 큰일 났네. 너무해, 너무해, 진짜 너무해. 나더러 어쩌라는 거야. 까악 까악, 깍, 까악."

"뭘 그런 걸 가지고 우나. 봐, 누가 온다."

까마귀 대위의 부하인 까마귀 부사관이 급히 날아와 고개를 살짝 기울이며 경례했습니다.

"까아. 함대장님, 점호 시간입니다. 일동 정렬하여 대기 중입니다."

"좋다. 즉시 부대로 복귀하겠다. 자네는 먼저 돌아가도록."

"네, 알겠습니다."

부사관이 날아갔습니다.

"자, 울지 마. 내일 대열에서 한 번 더 만날 수 있을 거야. 아프지 말고 지내야 해. 어이, 당신 부대도 곧 점호잖아. 얼른 돌아가야겠군. 손 좀 줘 봐."

두 마리는 손을 꼭 잡았습니다. 그런 뒤, 대위는 나뭇가지를 박차 올라 서둘러 자기 부대로 돌아갔습니다. 약혼녀 까마귀는 나뭇가지에 얼어붙은 것처럼 꼼짝도 하지 않았습니다.

밤이 되었습니다.

그리고 한밤중이 되었습니다.

구름이 완전히 걷혔습니다. 새로 만든 강철 같은 하늘에서 차디찬 빛이 흘러넘치더니 작은 별 몇 개가 합쳐져 폭발을 일으켰고 물레방아 굴대가 삐걱거리는 소리를 냈습니다.

이윽고 엷은 강철 하늘에 금이 쫙 가면서 두 쪽으로 쪼개지고 그 틈으로 수상쩍은 기다란 다리가 잔뜩 늘어져 까마귀를 붙잡아 하늘 꼭대기 너머로 데려가려 했습니다. 까마귀 의용 함대는 총공격에 돌입했습니다. 다들 서둘러 새까만 바지를 입고, 있는 힘껏 공중을 이리저리 돌았습니다. 형 까마귀는 동생을 돌볼 여유가 없고 연인 까마귀도 번번이 부딪히며 정신이 없습니다.

아니, 아닙니다.

적이 아니었어요.

달이었습니다. 살짝 찌부러진 푸른 반달이 울면서 동쪽 산 위로 떠오른 것입니다. 그제야 까마귀 군대는 안심했습니다.

숲은 곧 조용해졌고 겁에 질려 발을 헛디딘 어린 해병이 깜짝 놀라며 잠에서 깨어나 까악 하고 얼빠진 목소리 대포를 한 발 쏘았을 뿐이었습니다.

그러나 까마귀 대위는 정신이 맑아져서 잠이 오지 않았습니다.

"나는 내일 전사할 것이다."

대위는 가만히 중얼거리면서 약혼녀가 있는 숲 쪽으로 고개를 돌렸습니다.

다시마처럼 검고 매끄러운 그 나뭇가지 끝에서 젊고 목소리 좋은 약혼녀 까마귀는 여러 가지 꿈을 잇달아 꾸고 있었습니다.

약혼녀는 까마귀 대위와 단둘이 날개를 펄럭이고 때로는 서로 얼굴을 마주 보기도 하면서 검푸른 밤하늘을 하염없이 날아올랐습니다. 어느덧 마제르(큰곰자리의 영어 이름 '우르사 메이저(Ursa Major)'에서 가져온 말_옮긴이)님이라고 불리는 까마귀의 북두칠성이 커다랗게 가까워져 그중 하나의 별에서 자라고 있는 파르스름한 사과나무까지 또렷하게 보일 무렵, 어찌 된 일인지 별안간 둘 다 날개가 돌처럼 딱딱해져서는 거꾸로 떨어지려고 했습니다. 너무 놀라서 "마제르님!"이라고 소리치며 눈을 떴더니 정말로 몸이 가지에서 떨어지려는 참이었습니다. 약혼녀 까마귀는 서둘러 날개를 펼치고 자세를 가다듬으며 대위가 있는 방향을 보다가 또다시 꾸벅꾸벅 졸았습니다. 그러자 이번에는 산 까마귀가 코안경을 끼고 둘 앞으로 다가와 대위와 악수하려고 했습니다. 대위가 "안 돼, 안 돼"라고 말하며 손을 휘젓자 산 까마귀가 번쩍번쩍하는 권총을 꺼내 갑자기 대위를 탕 쏘았고 대위는 검고 미끈한 가슴을 부풀린 채 쓰러지려 했습니다. 너무 놀라서 "마제르님!" 하고 외치며 다시 눈을 뜨는 형편이었습니다.

까마귀 대위는 자신이 있는 곳에서 약혼녀가 자세를 바로잡으려 날갯짓하는 소리부터 하늘의 마제르에게 기도하는 소리까지 모두 듣고 있었습니다.

자신 역시 한숨을 쉬고 큰곰자리의 아름다운 별 일곱 개를 우러러보며 '아아, 내일 전투에서 제가 이기는 게 좋을지 산 까마귀가 이기는

게 좋을지 저는 모르겠습니다. 그저 당신 뜻대로 하십시오. 저는 저에게 주어진 대로 온 힘을 다해 싸울 테니 모든 건 그저 당신 뜻대로 하십시오' 하고 조용히 마음속으로 기도했습니다. 그리고 동쪽 하늘에서는 빠르게도 은색의 빛이 조금씩 끓어올랐습니다.

문득 차고 먼 북쪽에서 열쇠가 짤랑이는 듯한 희미한 목소리가 들렸습니다. 까마귀 대위는 재빨리 야간용 쌍안경을 꺼내서 소리 나는 쪽을 주의 깊게 보았습니다. 별빛 이편 어렴풋이 하얀 산마루 위에 밤나무 한 그루가 보였습니다. 그 꼭대기에 앉아 하늘을 올려다보고 있는 건 분명 적군인 산 까마귀였습니다. 까마귀 대위의 가슴이 용맹스럽게 뛰었습니다.

"까악, 비상소집. 까악, 비상소집."

대위의 부하들이 재빨리 나뭇가지를 차고 날아올라 대위 주변으로 모여들었습니다.

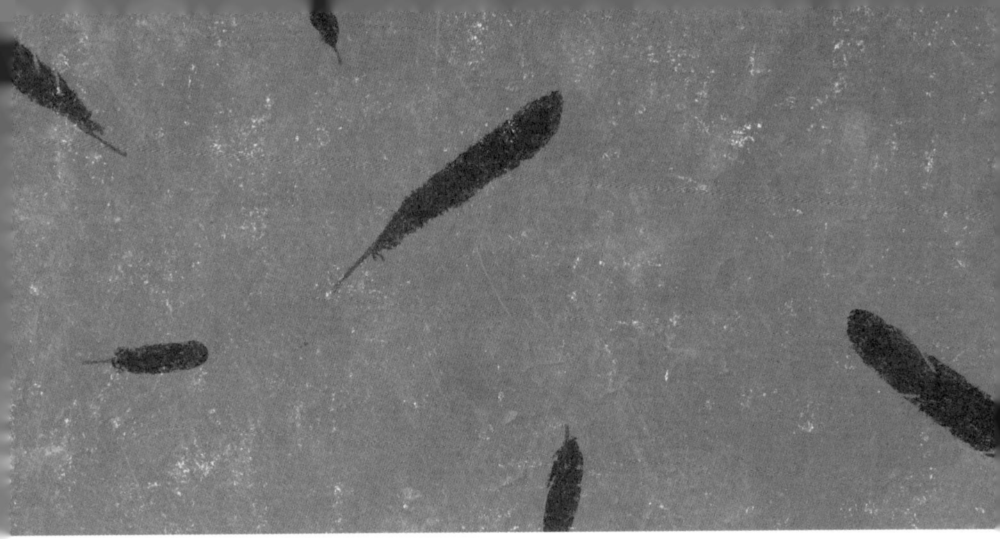

"돌격."

까마귀 대위는 선두에 나서서 북쪽을 향해 무서운 기세로 돌진했습니다. 동쪽은 이미 새로 닦은 강철처럼 하얗게 빛나고 있었습니다.

산 까마귀는 당황해서 가지를 차고 날아올랐습니다. 그러고는 날개를 활짝 펼쳐 북쪽으로 도망치려 했지만 그때는 이미 구축함 대원들이 산 까마귀 주변을 포위한 뒤였습니다.

"까악 까악. 깍 깍, 까악."

대포 소리로 귀청이 떨어질 듯했습니다. 산 까마귀는 하는 수 없이 다리를 버둥거리며 위로 날아올랐습니다. 대위는 순식간에 산 까마귀 뒤를 쫓아 새까만 머리를 거세게 한 번 쪼았습니다. 산 까마귀가 비틀비틀 땅으로 떨어져 내렸습니다. 그런 산 까마귀를 옆에서 부사관이 한 번 더 공격했습니다. 산 까마귀는 회색 눈꺼풀을 닫은 채 눈 덮인 새벽녘의 산마루 위에 차갑게 쓰러졌습니다.

"까악. 부사관, 저 산 까마귀 사체를 병영으로 들고 오도록. 까악. 끌어 올려라."

"알겠습니다."

힘센 부사관이 산 까마귀 사체를 제 몸에 매달았고 까마귀 대위가 자기 숲으로 날아가기 시작하자 부하 열여덟 척이 그 뒤를 따랐습니다.

숲으로 돌아온 까마귀 구축함들은 다들 헉헉거리며 하얀 입김을 토해냈습니다.

"다들 무사한가. 다친 자는 없나."

까마귀 대위는 모두를 살피며 대원들 사이를 걸었습니다.

날이 완전히 밝았습니다.

복숭아즙 같은 햇빛이 눈 덮인 산 위로 가득 쏟아져 아래로 점점 흘러내리더니 마침내 그 주변 눈밭 일대에 백합꽃을 피웠습니다.

이글거리는 태양이 슬프도록 빛나며 동쪽의 눈 덮인 언덕 위로 늘어졌습니다.

"열병식을 준비하라. 집합."

대대장이 외쳤습니다.

"열병식을 준비하라. 집합."

각 부대의 함대장이 따라 외쳤습니다.

모두가 눈 덮인 논 위에 열을 맞춰 섰습니다.

까마귀 대위는 대열에서 벗어나 번쩍거리는 눈 위를 성큼성큼 걸어 대대장 앞으로 곧장 향했습니다.

"보고드립니다. 오늘 새벽 세피라 산마루 위에 정박한 적함을 발견하였고 그 즉시 본 함대가 출격하여 격침했습니다. 아군 사망자는 없습니다. 이상."

구축함 대원들은 기뻐하며 뜨거운 눈물을 눈밭 위에 주룩주룩 떨어뜨렸습니다.

까마귀 대대장도 잿빛 눈에서 눈물을 흘리며 말했습니다.

"끼이 끼이, 고생 많았다. 고생 많았다. 잘해 주었어. 이제 자네는 소령이 되기에 충분하다. 자네 부하들을 치하하는 표창은 자네에게 맡기도록 하지."

신임 까마귀 소령은 배가 고파서 산 밖으로 나왔다가 군함 열아홉 척에 포위당해 죽은 산 까마귀를 떠올리고는 다시금 새로이 눈물 흘렸습니다.

"감사합니다. 적의 사체는 묻어 주고 싶으니 허락해 주십시오."

"좋다. 잘 묻어 주어라."

신임 까마귀 소령은 경례하고 대대장 앞에서 물러나 대열로 돌아온 뒤, 큰곰자리 별이 뜬 푸른 하늘을 우러러보았습니다.

'아아, 마제르님. 부디 하루빨리 미워할 수 없는 적을 죽이지 않아도 되는 세상이 오게 해 주십시오. 그런 세상을 위해서라면 제 몸 같은 몇 갈래로 찢어져도 상관없습니다.'

마침 별이 떠올라 있는 푸른 하늘에서 파란빛이 일렁일렁 솟아올랐습니다.

그러는 동안 아름답고 새까만 까마귀 대포함들은 모두 함께 부동자세를 취하고 선 채 계속해서 반짝반짝 반짝반짝 눈물을 흘렸습니다. 포함장은 그 모습을 못 본 척했습니다. 내일부터는 다시 약혼자와 함께 훈련할 수 있습니다. 약혼녀 까마귀는 너무 기뻐서 가끔 부리를 크게 벌리고 입속에 새빨간 햇빛을 머금었는데 포함장은 고개를 돌리며 그 또한 못 본 척했습니다.

은하철도의 밤

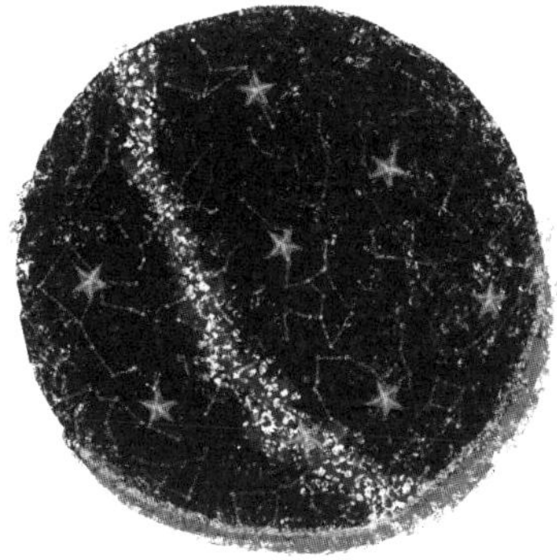

조반니는 배달되지 않은 우유를

받아 오려고 외출했다가

은하 역에서 열차를 타게 되었습니다.

1. 오후 수업

"자, 여러분. 여기 희부연 것이 보이죠. 강이라고도 하고 우유가 흐른 흔적이라고도 하는 이것은 무엇일까요?"

선생님이 칠판에 걸린 커다란 검은색 별자리 지도에서 위아래에 걸쳐 있는 희부연 은하 띠를 가리키며 물었습니다.

캄파넬라가 손을 들었습니다. 뒤이어 네다섯 명이 손을 들었습니다. 조반니도 손을 들려다가 허둥지둥 다시 내렸습니다. 분명 그게 전부 별이라는 걸 언젠가 잡지에서 읽은 적 있지만 요즘 조반니는 교실에서 매일 조는 데다가 책을 펼칠 겨를도, 읽을 책도 없어서 뭐가 됐든 죄다 아리송한 기분이 드는 것이었습니다.

하지만 선생님은 이미 그 손짓을 본 모양이었습니다.

"조반니가 알고 있는 것 같은데."

조반니는 기세 좋게 일어섰습니다. 하지만 막상 일어나니 확실하게 정답을 말할 수가 없었습니다. 앞에 앉은 자넬리가 조반니를 돌아보며 키득키득 웃었습니다. 조반니는 어찌할 바를 몰라 얼굴이 새빨개졌습니다. 선생님이 다시 말했습니다.

"커다란 망원경으로 잘 들여다보면 은하의 대부분이 무엇으로 이루어져 있지요?"

조반니는 역시 별이라고 생각했지만 이번에도 바로 대답하지 못했습니다.

선생님은 잠시 난처해하다가 이번에는 캄파넬라 쪽으로 눈을 돌렸습니다.

"그럼 캄파넬라가 대답해 볼까요?"

그러자 그토록 힘차게 손을 들었던 캄파넬라도 꾸물꾸물 일어나서는 역시 대답하지 못했습니다.

선생님은 뜻밖이라는 듯 한동안 캄파넬라를 물끄러미 바라보다가 "그래요, 좋아요"라며 직접 별자리 지도를 가리켰습니다.

"이 희부연 은하를 크고 성능 좋은 망원경으로 관찰하면 무수하고 작은 별들이 보입니다. 그렇지요, 조반니?"

얼굴이 새빨개진 조반니가 고개를 끄덕였습니다. 하지만 어느새 조반니의 눈에는 눈물이 가득 고였습니다.

'그래, 나는 알아. 캄파넬라도 당연히 알고. 언젠가 박사 아버지를 둔 캄파넬라 집에서 그 내용이 실린 잡지를 함께 읽었으니까.'

그뿐 아니라 캄파넬라는 잡지를 읽자마자 곧장 아버지 서재에서 커다란 책을 가져와 은하 부분을 펼쳤고, 새까만 페이지 가득 하얀 점들이 찍힌 아름다운 사진을 둘이서 한참이나 들여다보았던 것입니다.

'캄파넬라가 그걸 잊었을 리 없어. 요즘 내가 아침이든 오후든 일 때문에 힘들어서 학교에 와도 모두와 신나게 놀지 못하고 자기하고도 제대로 이야기하지 못한다는 걸 아니까 안쓰러워서 일부러 대답하지 않은 거야.'

그런 생각을 하자 자신과 캄파넬라가 이루 말할 수 없이 가여워졌습니다.

선생님이 다시 말했습니다.

"그러니까 여기 이 은하수를 진짜 강이라고 한다면 이 작은 별 하나하나는 강바닥의 모래 알갱이나 자갈이라고 할 수 있겠지요. 또 이것을 거대한 우유 줄기라고 한다면 은하수와 더욱 비슷할 겁니다. 그렇다면 이 별들은 우유 속에 떠다니는 작은 지방 알갱이가 되겠지요. 그럼 강물에 해당하는 것은 무엇일까요? 바로 일정한 속도로 빛을 전달하는 진공입니다. 태양과 지구도 그 진공 속을 떠다니고 있지요. 말하자면 우리는 은하수라는 물속에 살고 있는 셈이에요. 그리고 강물이 깊을수록 푸른빛을 띠듯 은하수 바닥이 깊고 멀수록 별이 많이 모여 있는 것처럼 보이므로 유난히 희고 부예 보인답니다. 여기 이 모형을 보세요."

선생님은 반짝반짝 빛나는 모래 알갱이가 든 커다란 양면 볼록 렌즈를 가리켰습니다.

"은하수는 꼭 이렇게 생겼습니다. 이 빛나는 알갱이 하나하나가 모두 태양처럼 스스로 빛을 내는 별이라고 생각하세요. 태양이 가운데쯤에 있고 지구는 바로 그 옆에 있다고 치고요. 여러분이 한밤중에 이 렌즈 한가운데 서서 안을 둘러본다고 상상해 봅시다. 이쪽은 렌즈가 얇아서 빛나는 별 알갱이가 조금밖에 보이지 않겠지요? 이쪽과 이쪽은 렌즈가 두껍기 때문에 빛나는 별 알갱이가 많이 보이고 멀리 있는 것은 희부옇게 보입니다. 오늘날 우리는 은하를 이렇게 이해하고 있어요. 그렇다면 이 렌즈는 얼마나 큰지 또 그 속에 얼마나 다양한 별들이 있는지는 시간이 다 되었으니 다음 과학 시간에 이야기하겠습니다. 자, 여러분. 오늘은 은하 축제 날이니 다들 밖으로 나가 마음껏 하늘을 올려다보세요. 오늘은 여기서 이만 마치겠습니다. 책과 공책을 정리하세요."

한동안 교실은 책상 덮개를 여닫거나 책을 정리하는 소리로 가득했습니다. 그리고 잠시 후, 다들 차렷 자세로 서서 선생님께 인사하고 교실을 나섰습니다.

2. 인쇄소

조반니가 교문을 지나는데 같은 반 학생 일고여덟 명이 집에 가지 않고 교정 구석 벚나무 그늘에 모여 있었습니다. 무리 한가운데에는 캄파넬라가 있었습니다. 오늘 밤 축제 때 푸른 불을 밝혀 강물에 흘려보낼 쥐참외를 따러 가자고 의논하는 것 같았습니다.

하지만 조반니는 팔을 크게 휘저으며 저벅저벅 교문을 빠져나왔습니다. 마을은 집집마다 주목 잎으로 만든 공을 장식하거나 노송나무 가지에 전등을 다는 등 은하 축제 준비로 분주했습니다.

조반니는 바로 집에 가지 않고 모퉁이를 세 번 꺾어 커다란 인쇄소로 들어갔습니다. 입구 계산대에 앉은 헐렁헐렁한 흰 셔츠 차림의 사람에게 꾸벅 인사한 뒤, 신발을 벗고 올라가 막다른 곳에 있는 커다란 문을 열었습니다. 아직 낮인데도 실내에는 전등이 켜져 있고 여러 대의 윤전 인쇄기가 덜그럭덜그럭 돌아가고 있었습니다. 머리에 수건을 두른 사람, 전능갓처럼 생긴 모자를 쓴 사람 등등은 무언가 노래하듯 중얼중얼 말하기도 하고 수를 세기도 하면서 일하는 중이었습니다.

조반니는 곧장 입구에서 세 번째 자리, 높은 탁자 뒤에 앉은 사람에게 가서 인사했습니다. 그 사람이 잠시 선반을 뒤지더니 종잇조각을 하나 내밀며 말했습니다.

"가서 이것만 찾아 주겠니?"

조반니는 그 사람 탁자 발치에서 작고 납작한 상자 하나를 꺼낸 뒤, 전등이 잔뜩 달린 건너편 벽 구석에 웅크리고 앉아 작은 핀셋으로 좁쌀 크기의 활자들을 주워 담기 시작했습니다. 파란 앞치마를 두른 사람이 조반니 뒤를 지나가다가 "어이, 돋보기 군. 안녕?"이라며 한마디 하자 가까이에 있던 너덧 명이 눈길조차 주지 않고 소리 없이 차갑게 웃었습니다.

조반니는 연신 눈을 비비며 활자를 하나하나 주웠습니다.

여섯 시를 알리는 종이 울리고 얼마 지나지 않았을 때, 조반니는 상자 가득 담긴 활자와 손에 든 종잇조각에 쓰인 글자를 한 번 더 대조하고 나서 탁자에 앉은 아까 그 사람에게 가지고 갔습니다. 그 사람은 말없이 상자를 받아 들고 고개를 살짝 끄덕였습니다.

조반니는 인사를 한 다음 문을 열고 나와 계산대로 갔습니다. 흰옷 입은 사람이 역시나 아무 말 없이 작은 은화 한 닢을 건넸습니다. 조반니는 순식간에 환해진 얼굴로 힘차게 고개를 꾸벅한 뒤, 계산대 밑에 놓아두었던 가방을 들고 밖으로 달려 나갔습니다. 그러고는 기분 좋게 휘파람을 불며 빵집에 들러 빵 한 덩이와 각설탕 한 봉지를 사 들고 쏜살같이 뛰기 시작했습니다.

3. 집

조반니가 신나게 달려 도착한 곳은 어느 뒷골목 작은 집이었습니다. 나란히 있는 세 개의 문 중에서 가장 왼쪽 문 앞에 보라색 케일과 아스파라거스를 심은 상자가 있고 자그마한 두 개의 창문에는 차양이 달려 있었습니다.

"다녀왔습니다. 엄마, 몸은 좀 어때?"

조반니가 신발을 벗으며 말했습니다.

"조반니 왔니. 일은 힘들지 않았어? 오늘은 날이 선선해서 그런지 몸 상태가 아주 좋아."

조반니가 현관을 올라 들어가니 어머니가 문간방에서 하얀 이불을 덮고 누워 있었습니다. 조반니는 창문을 활짝 열었습니다.

“엄마, 오늘은 각설탕을 사 왔어. 우유에 넣어 주려고.”

“너 먼저 마시렴. 엄마는 아직 생각이 없네.”

“누나는 언제 갔어?”

“세 시쯤. 이것저것 집안일을 해 주고 갔단다.”

“어? 엄마, 우유가 아직 안 왔네.”

“그러니?”

“내가 가서 받아올게.”

“아니야, 나는 천천히 마셔도 돼. 누나가 토마토로 뭘 만들어 뒀으니 너 먼저 먹으렴.”

“그럼 먹을게.”

조반니는 창가에 놓인 토마토 접시를 가져와서 빵과 함께 맛있게 먹었습니다.

“있잖아, 나는 아빠가 곧 돌아오실 것 같아.”

“응, 엄마도 그렇단다. 그런데 조반니는 왜 그렇게 생각하니?”

“오늘 아침 신문에 올해 북쪽에서 고기가 아주 많

이 잡혔다고 실려 있었어."

"아, 그래. 하지만 아빠는 고기잡이배를 탄 게 아닐지도 몰라."

"분명히 탔을 거야. 아빠가 감옥에 갈 만큼 나쁜 짓을 했을 리 없어. 요전에 아빠가 학교에 기증한 커다란 게딱지나 순록의 뿔도 모두 다 아직 표본실에 있어. 6학년 수업 때는 선생님이 번갈아 가며 교실로 가져 간다니까. 재작년 수학여행에서… *(이후 몇 글자 공백)*"

"아빠가 다음번에 해달 가죽 윗도리를 가져다주겠다고 하셨지."

"다들 나만 보면 그 얘기야. 놀리는 것처럼 말한다니까."

"애들이 너를 놀리니?"

"응. 하지만 캄파넬라는 절대 안 그래. 캄파넬라는 아이들이 날 놀릴 때마다 안타까워해."

"그 애 아빠랑 네 아빠도 너희들처럼 어릴 때부터 친구였다고 하더구나."

"응. 그래서 아빠가 날 데리고 캄파넬라 집에 가곤 하셨어. 그때는 정말 좋았는데. 나는 하굣길에 가끔 캄파넬라 집에 들렀거든. 그 집에 알코올램프로 달리는 열차가 있었어. 레일 일곱 개를 조립하면 둥근 선로가 되는데 전봇대랑 신호등도 달려 있어서 열차가 지나가면 신호등 불빛이 파란색으로 바뀌어. 하루는 알코올이 없어서 석유를 썼더니 통이 새까맣게 그을었지 뭐야."

"그랬구나."

"요즘도 아침마다 신문을 돌리러 그 집에 가. 그런데 늘 쥐 죽은 듯이 조용해."

"이른 아침이니까."

"캄파넬라 집에 자우엘이라는 개가 있어. 꼬리가 꼭 빗자루처럼 생겼고 내가 가면 코를 킁킁거리면서 따라와. 모퉁이까지 계속 따라와. 더 따라오는 날도 있고. 오늘 밤에는 다들 쥐참외 등불을 띄우러 강에 간다니까 그 개도 분명 따라올 거야."

"참, 오늘 밤이 은하 축제였지?"

"응. 우유를 가져오면서 보고 올게."

"그래, 다녀와. 강에는 들어가지 말고."

"응. 나는 물가에서 보기만 할 거야. 한 시간 안에는 올게."

"더 놀다 와도 돼. 캄파넬라랑 같이 가면 걱정 없으니까."

"응. 같이 갈 거야. 엄마, 창문 닫고 나갈까?"

"그래 줄래? 이제 바람이 차네."

조반니는 일어나서 창문을 닫고 접시와 빵 봉지를 정리한 뒤, 힘차게 신발을 신었습니다. 그러고는 "그럼 한 시간 반만 놀고 올게"라고 하며 어두운 문을 나섰습니다.

4. 켄타우로스 축제의 밤

조반니는 휘파람을 부는 것처럼 쓸쓸히 입술을 오므리고 새카맣게 늘어선 노송나무 언덕길을 내려갔습니다.

언덕길 아래 커다란 가로등 하나가 창백한 빛을 뿜으며 당당하게 서 있었습니다. 조반니가 가로등 쪽으로 점점 가까이 내려가자 지금까지 길고 희끄무레한 괴물처럼 뒤에 끌려오던 조반니의 그림자가 점차 검게 짙어져 또렷해지더니 다리를 들어 올리고 팔을 흔들면서 빙 돌아 조반니 옆으로 바싹 붙었습니다.

'나는 멋진 기관차야. 여기는 경사가 급한 곳이라서 속도가 빠르지. 나는 지금 저 가로등을 지나갈 거야. 그래, 내 그림자는 이제 컴퍼스야. 빙그르르 돌아서 내 앞으로 왔잖아.'

조반니가 그런 상상을 하며 가로등 밑을 성큼성큼 지나는 순간 옷깃이 빳빳한 새 셔츠를 입은 자넬리가 가로등 맞은편의 어두운 골목에서 갑자기 튀어나와 조반니 옆을 휙 지나쳤습니다.

"자넬리, 쥐참외 등불을 띄우러 가니?"

조반니가 말을 미처 마치기도 전에 자넬리가 "조반니, 너희 아빠가 해달 가죽 윗도리를 보냈대"라며 등 뒤에서 냅다 외쳤습니다.

조반니는 가슴이 싸늘하게 식으면서 주변이 윙 하고 울리는 것만 같았습니다.

"자넬리 너, 말 다했어?"

조반니가 소리 높여 되받아쳤지만 자넬리는 이미 건너편 노송나무 심은 집으로 들어가 버린 뒤였습니다.

'어째서 자넬리는 가만있는 내게 저런 말을 하는 걸까? 꼭 생쥐처럼 달리는 녀석 주제에. 나는 아무 짓도 안 했는데 저런 소리를 하는 건 자넬리가 멍청이라서 그래.'

조반니는 거칠게 이런저런 것들을 생각하면서 가지각색의 등불과 나뭇가지로 아름답게 장식된 마을 거리를 걸었습니다. 네온등을 환하게 밝힌 시계방에서는 돌로 만든 올빼미의 붉은 눈이 1초마다 빙글빙글 돌고 바다색을 띤 두꺼운 유리판 위의 온갖 보석이 별처럼 천천히 회전하거나 청동으로 만든 반인반마가 천천히 돌아서 다가오기도 했습니다. 그 한가운데에 검고 둥근 별자리표가 푸른 아스파라거스 잎으로 장식되어 있었습니다.

조반니는 넋을 잃고 별자리 지도에 빠져들었습니다.

낮에 학교에서 본 별자리 지도보다는 훨씬 작았지만 날짜와 시간에 맞춰 원반을 돌리면 그때 보이는 하늘이 타원형 속에 그대로 나타나게끔 되어 있었습니다. 한가운데에는 역시나 위아래로 은하가 부옇게 띠를 이루고 있고 그 아래쪽에서는 약한 폭발이라도 일어나 연기를 피워 올리는 듯 보였습니다. 또 별자리 지도 뒤쪽으로는 삼각대에 놓인 작고 노란 망원경이 반짝이고 있었으며 맨 뒤 벽에는 신기한 동물, 뱀,

물고기, 물병 모양 등으로 하늘의 별자리를 나타낸 커다란 그림이 걸려 있었습니다.

'정말 이렇게 전갈이나 용사가 하늘을 가득 메우고 있을까? 그렇담 나도 하염없이 그곳을 걸어 보고 싶어.'

조반니는 그런 생각을 하며 한동안 멍하니 서 있었습니다.

그러다가 문득 엄마의 우유가 생각나 자리를 떴습니다. 어깨가 꼭 끼는 옷이 신경 쓰였지만 일부러 더 가슴을 활짝 펴고 손을 휘휘 저으며 마을을 걸어 나갔습니다.

맑은 공기가 마치 물처럼 거리와 가게 사이로 흘렀습니다. 가로등은 모두 푸르른 전나무와 졸참나무 가지로 둘러싸이고 전기 회사 앞 여섯 그루의 플라타너스에는 셀 수 없이 많은 알전구가 달려서 그야말로 인어들이 사는 도시처럼 보였습니다. 아이들은 모두 새로 주름 잡은 옷을 입고 〈별자리의 노래〉를 휘파람으로 불거나 "켄타우로스, 이슬을 뿌려 줘!"라고 외치며 달리거나 푸른 산화 마그네슘 불꽃을 피우거나 하며 즐겁게 놀고 있었습니다. 하지만 조반니는 어느샌가 다시 고개를 푹 숙이고 왁자지껄한 주변 분위기와는 전혀 다른 생각에 잠긴 채 서둘러 우유 가게로 향했습니다.

조반니는 어느덧 포플러가 몇 그루나 별하늘에 닿을 듯 높이 자라난 마을 변두리에 다다랐습니다. 우유 가게의 검은 문으로 들어가 젖소 냄새가 나는 어두컴컴한 부엌 앞에 서서 모자를 벗고 "안녕하세요" 하고 말했지만 집 안은 고요하여 아무도 없는 것 같았습니다.

별자리표

"안녕하세요. 아무도 안 계세요?"

조반니는 몸을 곧게 세우고 다시 외쳤습니다. 그러자 잠시 후, 나이 지긋한 여성이 어디가 불편한 듯 느릿느릿 나와 무슨 일이냐고 웅얼거렸습니다.

"저, 오늘 우유가 배달되지 않아서 가지러 왔습니다."

조반니는 있는 힘껏 크게 말했습니다.

"지금 집에 아무도 없어서 잘 모르겠네요. 내일 와 주십시오."

노부인은 충혈된 눈 아래쪽을 문지르며 조반니에게 말했습니다.

"어머니가 아프셔서 오늘 밤에 꼭 가져가야 해요."

"그러면 조금 이따 다시 오세요."

노부인은 이미 반쯤 돌아서 있었습니다.

"그렇군요. 알겠습니다."

조반니는 인사를 하고 부엌을 나갔습니다.

마을 사거리에서 방향을 꺾으려는데 다리로 향하는 맞은편 잡화점 앞에서 검은 그림자와 희끄무레한 흰색 셔츠가 얼크러졌습니다. 예닐곱 명의 학생들이 휘파람을 불거나 웃음을 터뜨리면서 저마다 쥐참외 등불을 들고 오는 중이었습니다. 그 웃음소리도, 휘파람 소리도 모두 들어 본 적이 있었습니다. 같은 반 아이들이었습니다. 조반니는 무심코 가슴이 철렁하여 되돌아가려 했지만 마음을 다잡고 부러 더 활기차게 그쪽으로 걸어갔습니다.

"강에 가니?"

말을 거는 조반니가 목이 조금 멘다고 느꼈을 때였습니다.

"조반니, 해달 가죽 윗도리가 곧 온대."

자넬리가 또 소리쳤습니다.

"조반니, 해달 가죽 윗도리가 곧 온대."

다른 아이들도 잇달아 외쳤습니다. 조반니는 얼굴이 새빨개져서 제대로 걷는지 어떤지도 모른 채 서둘러 그 자리를 벗어나려는데 무리 속에서 캄파넬라를 발견했습니다. 캄파넬라는 안타까운 얼굴로 말없이 희미하게 웃고는 화나지 않았느냐고 묻는 것처럼 조반니를 바라보았습니다.

조반니가 도망치듯 그 눈을 피하고 키 큰 캄파넬라 옆을 스쳐 지나자마자 모두가 일제히 휘파람을 불었습니다. 길목을 돌면서 뒤를 돌아보니 자넬리 역시 뒤돌아보고 있었습니다. 그리고 캄파넬라는 크게 휘파람을 불며 저편에 희미하게 보이는 다리 쪽으로 걸어가 버렸습니다. 조반니는 뭐라 말할 수 없이 쓸쓸해져서 후다닥 달리기 시작했습니다. 그러자 귀에 손을 대고 깽깽이걸음을 하며 와와 떠들던 꼬마들은 조반니가 즐거워서 달리는 줄 알고 와아아 소리쳤습니다. 조반니는 검은 언덕 쪽으로 내달렸습니다.

5. 둥근 하늘 기둥

목장 뒤는 완만한 언덕이었는데 그 검고 평평한 능선이 북쪽 큰곰자리 아래, 희미하고도 평소보다 더 낮게 누워 있는 듯 보였습니다.

조반니는 이슬이 내린 숲속 오솔길을 척척 올라갔습니다. 캄캄한 풀과 다양한 모양새로 우거진 수풀 틈에서 이 작은 길만이 별빛을 받아 하얗게 빛나고 있었습니다. 풀 속에는 반짝반짝 푸른빛을 내는 작은 벌레도 있어서 어떤 이파리는 푸르게 비쳐 보이기도 했습니다. 조반니는 그것들이 아까 아이들이 들고 가던 쥐참외 등불 같다고 생각했습니다.

새까만 소나무와 졸참나무 숲을 지나자 별안간 하늘이 활짝 열리면서 은하수가 희붐하게 남쪽에서 북쪽으로 걸쳐 있는 것이 보였습니다. 또 언덕 위 하늘 기둥(화강암 기둥 중심에 구멍을 뚫어 빙글빙글 도는 철고리를 끼워 넣은 것으로 저자가 만든 말. 흉년으로 굶주려 죽은 사람들을 공양하기 위한 것이라는 해석도 있음_옮긴이)도 눈에 들어왔습니다. 초롱꽃인지 들국화인지가 그 주변 가득 꿈속 같은 향기를 뿜으며 피어 있었고 새 한 마리가 쉬지 않고 지저귀며 언덕 위를 날아갔습니다.

조반니는 언덕 위 하늘 기둥 밑에 다다라 지친 몸을 차가운 풀밭 위로 던졌습니다.

마을 불빛은 마치 바닷속 궁전 풍경처럼 어둠을 비추고 아이들의 노랫소리와 휘파람 소리, 외침 소리도 드문드문 희미하게 들려왔습니다. 멀리서 바람이 불고 언덕의 풀들도 살랑살랑 흔들리니 땀에 젖은 조반니의 셔츠도 열이 식고 차가워졌습니다. 조반니는 마을 외곽에서 머나먼 곳까지 컴컴하게 펼쳐진 들판을 내려다보았습니다.

그곳에서 열차 소리가 들려왔습니다. 자그마한 열차의 창문이 작고 붉은 하나의 줄처럼 보였습니다. 그 안에서 수많은 여행객이 사과를 깎기도 하고 웃기도 하고 이런저런 일을 하고 있으리라 상상하자 조반니는 뭐라 말할 수 없을 만큼 쓸쓸해져서 다시 눈을 들어 하늘을 바라보았습니다.

'아아, 하늘에 걸린 저 하얀 띠가 전부 별이라고 했지.'

하지만 아무리 바라봐도 낮에 들은 선생님 말씀처럼 차갑고 텅 빈 곳이라고 느껴지지는 않았습니다. 오히려 보면 볼수록 작은 숲이나 목장이 있는 들판인 것만 같았습니다. 조반니는 푸른 거문고자리 별이 세 개가 되고 네 개가 되어 반짝이면서 빛줄기가 길어지고 짧아지기를 반복하다가 마침내 버섯처럼 쭉 뻗어 나가는 것을 보았습니다. 그리고 바로 발아래에 있는 마을이 희미하게 반짝이는 별 무리나 거대한 연기 뭉치처럼 보인다고 생각했습니다.

6. 은하 역

조반니는 등 뒤의 하늘 기둥이 어느새 흐릿한 삼각점 모양으로 바뀌어 한동안 반딧불이처럼 깜박깜박 불이 들어왔다가 나갔다가 하는 것을 보았습니다. 삼각점은 점점 또렷해져서 마침내 짙푸른 하늘 들판에 섰습니다. 지금 막 새로 달군 푸른색 철판 같은 하늘 들판에 똑바로 우뚝 선 것입니다.

그때 어디선가 "은하 역, 은하 역"이라고 하는 신비한 음성이 들리는가 싶더니 돌연 눈앞이 환하게 밝아졌습니다. 마치 억만 마리의 불똥

꼴뚜기 불빛을 단번에 화석으로 만들어 하늘에 담은 것처럼 혹은 다이아몬드 회사가 가격이 떨어지지 않도록 일부러 숨겨 둔 다이아몬드를 누군가가 갑자기 흩뿌린 것처럼 눈앞이 환해져서 조반니는 자기도 모르게 몇 번이나 눈을 비볐습니다.

정신을 차리고 보니 아까부터 조반니를 태운 작은 열차가 덜컹덜컹 덜컹덜컹 달리고 있었습니다. 정말로 조반니는 야간 경편 철도의 작고 노란 전등이 늘어선 객실에서 창밖을 내다보며 앉아 있었습니다. 객실 안 푸른 벨벳으로 감싼 의자는 텅 비어 있었고 니스 칠이 된 맞은편 회색 벽에는 놋쇠로 만든 커다란 버튼 두 개가 반짝였습니다.

바로 앞 좌석에 젖은 듯한 새까만 윗도리 차림의 키 큰 아이가 창문 너머로 고개를 내밀어 밖을 내다보고 있었습니다. 그런데 그 아이의 어깨 언저리가 아무래도 어디선가 본 적이 있는 것 같았고 그렇게 생각하자 그 아이가 누구인지 알고 싶어 견딜 수가 없었습니다. 조반니가 불현듯 창밖으로 고개를 내밀려는 순간 그 아이가 갑자기 고개를 집어넣고 이쪽을 보았습니다.

캄파넬라였습니다.

조반니가 캄파넬라에게 쭉 여기 있었느냐고 물어보려는데 캄파넬라가 먼저 말했습니다.

"다들 열심히 달렸지만 너무 늦었어. 자넬리도 열심히 뛰었는데 못 쫓아왔지."

'맞아, 우리는 지금 함께 여행을 떠난 거야.'

조반니는 그렇게 생각하며 “어딘가에서 기다릴까?”라고 말했습니다.

“자넬리는 벌써 집에 갔어. 아버지가 데리러 왔거든.”

그렇게 말하는 캄파넬라의 얼굴이 왠지 모르게 창백하고 고통스러워 보였습니다. 그러자 조반니도 괜스레 어딘가에서 뭔가를 잊어버린 듯한 이상한 기분이 들어서 입을 다물고 말았습니다.

그러나 캄파넬라는 창밖을 내다보며 금세 기운을 되찾고는 힘차게 말했습니다.

“아, 큰일 났다. 물통을 놓고 왔어. 스케치북도 깜박했네. 하지만 괜찮아. 조금만 더 가면 백조 역이니까. 백조를 볼 수 있다면 정말 좋겠다. 강 멀리에서 날고 있더라도 분명 보일 거야.”

캄파넬라는 둥근 널빤지처럼 생긴 지도를 빙글빙글 돌리며 보았습니다. 지도 속 하얀 은하수 왼편 기슭을 따라 철로 한 줄기가 남쪽으로 남쪽으로 나아가고 있었습니다. 무엇보다 한밤처럼 새카만 원판 위

에 열차역과 삼각점과 옹달샘과 숲이 파랑, 주황, 초록 등 아름다운 빛으로 하나하나 아로새겨진 것이 참으로 멋진 지도였습니다. 조반니는 어디선가 그 지도를 본 적이 있는 것만 같았습니다.

"이 지도는 어디서 샀어? 흑요석으로 만들었네."

조반니가 말했습니다.

"은하 역에서 받았어. 넌 못 받았니?"

"음, 내가 은하 역을 지나왔던가? 우리 지금 여기 있는 거지?"

조반니는 백조라고 쓰인 열차역 표시 바로 위를 가리켰습니다.

"맞아. 와, 저 강가의 모래밭은 달빛을 받아 반짝이는 걸까?"

캄파넬라가 가리킨 곳을 보니 파르스름하게 빛나는 은하 기슭에 은빛 하늘 억새가 가득 자라나 바람에 한들한들 한들한들 흔들리며 파도치고 있었습니다.

"달밤이라서가 아니야. 은하라서 반짝이는 거야."

조반니는 그렇게 말하며 펄쩍 뛰어오르고 싶을 만큼 신이 나서 발을 콩콩 구르고 창밖으로 얼굴을 내밀었습니다. 높디높게 〈별자리의 노래〉를 휘파람 불며 힘껏 몸을 뻗어 은하수를 보려고 했지만 처음에는 아무리 해도 잘 보이지 않았습니다. 그러나 더욱 주의 깊게 살펴보니 그 아름다운 물은 유리보다도, 수소보다도 투명했으며 때로는 착시인듯 넘실넘실 자줏빛 잔물결이 일거나 무지개처럼 환하게 빛나기도 하면서 소리 없이 흘러갔습니다. 들판 이쪽저쪽에는 빛을 발하는 삼각점이 아름답게 서 있었습니다. 멀리 있는 것은 작았고 가까이 있는 것은 컸으며 멀리 있는 것은 주황색과 노란색으로 선명하고 가까이 있는 것은 푸르스름하면서 조금 희미했습니다. 세모꼴, 네모꼴 혹은 번개나 사슬 모양으로 다양하게 늘어서서 들판 가득 빛나고 있었습니다. 조반니는 가슴이 두근거려서 머리를 세차게 흔들었습니다. 그러자 그 아름다운 들판에서 파랑과 주황, 가지각색으로 빛나는 삼각점들도 꼭 제각각 숨을 쉬는 것처럼 깜박깜박 흔들렸습니다.

"내가 하늘의 들판 한가운데에 왔어."

조반니가 이어 말했습니다.

"그런데 이 열차, 석탄을 태워서 달리는 게 아닌가 봐."

조반니는 왼손을 창밖으로 뻗고 열차 앞을 바라보며 말했습니다.

"알코올이나 전기일 거야."

캄파넬라가 말했습니다.

덜컹덜컹 덜컹덜컹. 작고 아름다운 열차는 하늘 억새가 바람에 나부

끼는 곳, 은하수와 삼각점이 푸르스름하고 은은하게 빛나는 시공간 속을 어디까지고 하염없이 달려 나갔습니다.

"와, 용담꽃이 피었네. 이제 곧 가을이야."

캄파넬라가 창밖을 가리키며 말했습니다.

선로 변 키 작은 잔디 속에 근사한 자줏빛 용담꽃이 마치 월장석에 새긴 것처럼 피어 있었습니다.

"뛰어내려서 저 꽃을 꺾은 다음에 다시 올라타 볼까?"

조반니가 설레는 마음으로 말했습니다.

"이미 늦었어. 벌써 저렇게 멀어졌는걸."

캄파넬라가 말을 다 마치기도 전에 열차는 다음 용담꽃이 가득히 피어 반짝이는 곳을 지나갔습니다.

다음에서 다음으로 노란 꽃받침을 가진 용담꽃이 솟아오르듯 쏟아지듯 끊임없이 눈앞을 스쳐 지나갔고 삼각점 행렬은 피어오르듯 불타오르듯 더욱더 환하게 빛났습니다.

7. 북십자성과 플라이오세 해안

"엄마가 날 용서해 주실까?"

캄파넬라가 불쑥 생각났다는 듯 살짝 더듬거리며 초조하게 말했습니다.

'아아, 그래. 우리 엄마도 지금 저 멀리 한 점 티끌 같이 보이는 주황색 삼각점 근처에서 내 생각을 하고 계시겠지.'

조반니도 엄마 생각에 멍하니 잠자코 있었습니다.

"난 엄마가 행복해질 수 있다면 무슨 일이든 할 거야. 하지만 대체 무엇이 엄마를 가장 행복하게 만들어 줄까?"

캄파넬라는 왠지 울고 싶은 것을 꾹 참고 있는 듯했습니다.

"너희 엄마는 힘든 일 같은 거 없으시잖아."

조반니가 깜짝 놀라서 물었습니다.

"난 모르겠어. 하지만 누구라도 진정 좋은 일을 한다면 가장 행복할 거야. 그러니까 엄마는 나를 용서해 주시겠지."

캄파넬라는 무언가를 굳게 결심한 사람처럼 보였습니다.

열차 안이 별안간 환히 밝아졌습니다. 밖을 보니 다이아몬드나 풀에 맺힌 이슬, 온갖 훌륭한 것들을 다 모아 놓은 듯 눈부시게 아름다운 은하의 강바닥 위를 물이 소리도, 형태도 없이 흐르고 있었습니다. 그 물결 한가운데에 희푸른 후광이 비치는 섬 하나가 희미하게 보였습니다. 평평한 섬 꼭대기에 눈이 휘둥그레질 만큼 멋지고 꽁꽁 얼어붙은, 북극의 구름으로 빚은 듯한 흰색 십자가가 투명한 금색 후광을 받으며 영원처럼 고요히 서 있었습니다.

"할렐루야, 할렐루야."

앞에서도, 뒤에서도 그런 소리가 들렸습니다. 뒤돌아보니 객실 안 여행객들이 모두 옷 주름을 매만지며 검은 성경을 가슴에 안거나 수정으로 만든 묵주를 굴리면서 십자가를 향해 경건하게 두 손 모아 기도하고 있었습니다. 캄파넬라와 조반니도 엉겁결에 꼿꼿이 일어섰습니다. 캄파넬라의 뺨이 잘 익은 사과처럼 아름답고 붉게 반짝였습니다.

섬과 십자가가 점점 뒤로 멀어져 갔습니다.

건너편 강가도 희미하고 파르스름하게 빛났다가 흐려지고 억새가 가끔 바람에 나부끼는지 사르르 흔들리며 은빛으로 부예져 입김을 내뱉는 듯 보였으며, 수많은 용담꽃이 풀을 감추었다가 내보였다가 하는 모습은 부드럽게 깜박깜박하는 도깨비불 같았습니다.

그것도 잠시, 강과 열차 사이가 억새 물결에 가로막혀 백조의 섬은 뒤편으로 두어 번 보이다가 곧 더욱 멀고 작아져 그림 같아졌고 다시금 억새가 솨솨 소리 내며 흔들릴 때는 결국 보이지 않게 되었습니다. 언제부터 타고 있었는지 조반니 뒤에는 검은색 장옷을 입은 키 큰 가톨릭 수녀님 같은 사람이 동그란 녹색 눈동자를 아래로 가만히 떨어뜨린 채 저쪽에서 전해 오는 어떤 말인지 목소리인지를 경건하게 듣고 있는 듯 보였습니다. 여행객들은 조용히 자리로 돌아갔고 캄파넬라와 조반니도 가슴 가득 차오르는 슬픔 비슷한 새로운 감정을 태연하게 다른 말로 가만가만 주고받았습니다.

"곧 백조 역이네."

“응, 열한 시 정각에는 도착할 거야.”

속속 녹색 신호등과 희끄무레한 기둥이 언뜻거리며 창밖을 스치고 유황 불꽃처럼 어둡고 아련한 선로 전환기 앞 불빛이 창문 아래를 지나자 열차 속도가 점점 느려졌습니다. 잠시 후, 플랫폼에 일렬로 늘어선 전등이 아름답고 일정한 간격으로 나타나 점점 커지고 퍼지더니 마침내 캄파넬라와 조반니는 백조 역 커다란 시계 앞에 멈추어 섰습니다.

산뜻한 가을이었고 시계 눈금판에는 파랗게 그슬린 두 개의 강철 바늘이 정확히 열한 시를 가리키고 있었습니다. 다들 내리고 객실 안이 텅 비었습니다.

시계 아래에 ‘20분간 정차’라고 적혀 있었습니다.

"우리도 내려 볼까?"

조반니가 물었습니다.

"내리자."

조반니와 캄파넬라는 펄쩍 뛰어 단번에 문을 벗어난 다음 개찰구로 달려갔습니다. 하지만 개찰구에는 밝은 자줏빛 전등이 하나 켜져 있을 뿐 아무도 없었습니다. 주변을 둘러보아도 역장이나 짐꾼처럼 보이는 사람의 그림자조차 보이지 않았습니다.

둘은 수정으로 세공한 듯한 은행나무로 둘러싸인 역 앞의 작은 광장으로 나갔습니다. 그곳에서부터 폭 넓은 길이 은하의 푸른빛 속으로 곧게 나 있었습니다.

먼저 내린 사람들은 이미 어딘가로 가 버렸는지 한 명도 보이지 않았습니다. 조반니와 캄파넬라는 어깨를 나란히 하고 그 새하얀 길을 걸어가는데 두 사람의 그림자가 꼭 네 면에 창문이 달린 방에 세워 둔 두 개의 기둥 그림자처럼 혹은 두 개의 수레바퀴 바큇살처럼 사방으로 뻗어 나갔습니다. 그리고 이내 아까 열차 안에서 본 아름다운 강가 모래밭에 다다랐습니다.

캄파넬라는 깨끗한 모래를 한 주먹 쥐고 손바닥을 펼쳐 까끌까끌한 모래알을 손가락으로 만지더니 꿈꾸듯 말했습니다.

"이 모래는 전부 수정이야. 안에서 작은 불꽃이 타오르고 있어."

"그렇네."

조반니는 '이런 걸 어디서 배웠더라' 생각하며 멍하니 대답했습니다.

강변의 자갈은 모두 투명했으며 분명 수정이거나 황옥이거나 물결처럼 주름진 무엇이거나 모서리에서 안개처럼 창백한 빛이 나는 강옥 같은 것이었습니다. 조반니는 물가로 달려가 물에 손을 담갔습니다. 신비로운 은하의 물은 수소보다 훨씬 더 투명했습니다. 그런데도 물이 흐르고 있다는 사실은 물에 잠긴 두 사람의 손목이 수은 빛깔로 살짝 들뜬 듯 보인다는 점, 그 손목에 부딪히는 물결이 아름답게 빛을 내며 아른아른 불타오르는 듯 보인다는 점에서 확실히 알 수 있었습니다.

상류 쪽을 보니 억새가 무성한 절벽 아래로 운동장처럼 평평한 흰 바위가 강을 따라 튀어나와 있었습니다. 그곳에서 무언가를 파내거나 묻고 있는 듯 대여섯 명의 작은 그림자가 몸을 세우기도 하고 굽히기도 하고 때로는 도구 같은 것을 번쩍 빛내기도 했습니다.

"가 보자."

둘은 동시에 외치고 그쪽으로 달려갔습니다. 하얀 바위 어귀에 '플라이오세 해안'이라고 쓰인 도자기처럼 반들반들한 표지판이 세워져 있었고 건너편 물가에는 가느다란 철제 난간과 나무로 만든 예쁜 의자도 군데군데 놓여 있었습니다.

"어, 여기 이상한 게 있어."

캄파넬라가 의아해하며 멈춰 서더니 바위에서 까맣고 길쭉하고 끝이 뾰족한 호두알 같은 무언가를 주워 들었습니다.

"호두알이야. 이것 봐, 엄청나게 많아. 떠내려온 게 아니야. 바위 속에 들어 있는 거야."

"진짜 크다. 일반 호두의 두 배네. 상처도 전혀 없어."

"어서 저쪽으로 가 보자. 분명 뭔가 파내고 있을 거야."

둘은 까칠까칠하고 검은 호두알을 주우며 아까 가던 방향으로 다시 나아갔습니다. 왼쪽 물가에는 파도가 부드러운 번개처럼 일어나 밀려오고 오른쪽 절벽에는 은과 조개껍데기로 장식한 듯한 억새 이삭이 흔들렸습니다.

가까이 다가가 보니 키가 크고 두꺼운 근시경을 썼으며 긴 장화를 신은 학자 같은 사람이 무언가를 수첩에 정신없이 적으면서 곡괭이를 휘두르거나 삽을 찌르고 있는 조수인 듯한 세 사람에게 이런저런 지시를 내리고 있었습니다.

"거기 있는 돌기가 부서지지 않도록 삽을 쓰게, 삽을. 이런, 좀 더 깊이 파. 안 돼, 안 돼. 왜 그리 함부로 다루는 거야."

희고 보드라운 바위 속에 옆으로 넘어진 채 찌부러진 듯한 아주 커다랗고 푸르스름한 짐승의 뼈가 절반 넘게 발굴되어 있었습니다. 그리고 좀 더 둘러보니 근처에 발굽이 두 개인 발자국 화석 열 개 정도가 사각형 모양으로 반듯하게 잘려 나와 번호를 달고 있었습니다.

"자네들은 참관하러 왔나?"

학자처럼 보이는 사람이 안경을 반짝이며 조반니와 캄파넬라를 보고 물었습니다.

"호두가 많지? 대략 120만 년 정도 된 호두야. 제법 최근 것인 편이지. 이곳은 신생대 제3기 이후인 120만 년 전에는 해안이었으니까. 아래에서 조개껍데기도 발견돼. 지금 강이 흐르는 곳은 몽땅 바닷물로 파도치는 곳이었거든. 이 짐승 말인가? 이놈은 보스라고 하는데……, 어이, 어이. 거기는 곡괭이질 하지 말게. 끌을 써서 조심스럽게 작업해 달라고. 보스는 오늘날 소의 조상이지. 옛날에는 아주 흔했어."

"표본으로 만드나요?"

"아니, 증명하는 데 필요해. 우리가 보기에 이곳은 두텁고 훌륭한 지층이고 120만 년쯤 전에 만들어졌다는 증거도 여럿 있어. 하지만 다른 사람들에게도 그런 지층으로 보일지 어떨지, 바람인지 물인지 아니면 텅 빈 하늘로 보이지는 않을지 싶은 거야. 무슨 말인지 알겠나? 하지만……, 어이, 어이. 거기도 삽으로 파면 안 돼. 바로 밑에 갈비뼈가 묻혀 있을 것 아닌가."

학자가 황급히 달려갔습니다.

"이제 시간이 다 됐어. 가자."

캄파넬라가 지도와 손목시계를 번갈아 보며 말했습니다.

"아, 그럼 저희는 이만 실례하겠습니다."

조반니는 학자에게 정중히 인사했습니다.

"그래? 그렇다면 잘들 가게."

학자는 다시 바쁘게 이리저리 돌아다니며 감독하기 시작했습니다. 두 사람은 열차 시간에 늦지 않으려고 흰 바위 위를 열심히 달렸습니다. 그야말로 바람처럼 달렸습니다. 숨이 차지도, 무릎이 달아오르지도 않았습니다.

조반니는 이렇게 달린다면 온 세상이라도 달릴 수 있겠다고 생각했습니다.

둘은 아까의 강가 모래밭을 지나 전등이 켜진 개찰구에 점점 가까워졌고 곧 객실 좌석에 앉아 방금 다녀온 곳을 창문 너머로 바라보았습니다.

8. 새를 잡는 사람

"여기 앉아도 될까요."

걸걸하지만 다정한 어른 목소리가 두 사람 등 뒤에서 들려왔습니다.

붉은 수염에 살짝 너덜너덜한 갈색 외투를 입은 구부정한 사람이 흰색 천으로 싼 보따리 두 개를 양쪽 어깨에 나누어 맨 채 서 있었습니다.

"네, 그럼요."

조반니가 어깨를 살짝 움츠리며 인사했습니다. 그 사람은 텁수룩한 수염 속에서 희미하게 웃으며 그물 선반 위로 천천히 짐을 올렸습니다. 조반니는 어쩐지 무척 쓸쓸하고도 슬픈 기분이 들어 말없이 정면의 시계를 보는데 저 앞에서 유리 피리 소리 같은 것이 들렸습니다. 열차는 이미 조용히 움직이고 있었으며 캄파넬라는 객실 천장을 이리저리 올려다보는 중이었습니다. 전등 중 하나에 까만 딱정벌레가 앉아서 그림자가 천장에 커다랗게 드리워져 있던 것입니다. 붉은 수염의 남자는 왠지 그립다는 듯 웃으며 조반니와 캄파넬라를 바라보았습니다. 열차는

조금씩 빨라졌고 차창 밖으로 억새와 강이 번갈아 나타나며 반짝였습니다.

붉은 수염 남자가 조금 머뭇거리며 둘에게 물었습니다.

"당신들은 어디로 가는 중입니까?"

"하염없이 가고 있어요."

조반니가 살짝 쑥스러워하며 대답했습니다.

"그거 좋군요. 실제로 이 열차는 하염없이 달린답니다."

"아저씨는 어디 가시는데요?"

캄파넬라가 갑자기 싸우는 것처럼 묻는 바람에 조반니는 무심결에 웃어 버렸습니다. 그러자 건너편에 앉아 있던 뾰족한 모자를 쓰고 커다란 열쇠를 허리에 매단 사람도 이쪽을 흘끗 보며 웃었기 때문에 캄파넬라도 그만 얼굴이 빨개져 웃고 말았습니다. 그러나 붉은 수염 남자는 그다지 화난 기색 없이 뺨을 실룩실룩하며 대답했습니다.

"나는 곧 내릴 겁니다. 새를 잡아서 파는 장사꾼이거든요."

"무슨 새요?"

"학이나 기러기요. 백로나 백조도 잡고요."

"학이 많나요?"

"많고말고요. 아까부터 울고 있잖아요. 못 들었습니까."

"못 들었어요."

"지금도 들리지 않습니까. 자, 귀를 기울이고 들어 보세요."

둘은 눈을 들고 귀를 기울였습니다. 덜컹덜컹 움직이는 열차 소리와 바람에 흔들리는 억새 소리 사이로 쿨렁쿨렁 물이 솟는 듯한 소리가 들려왔습니다.

"학은 어떻게 잡나요?"

"학 말인가요? 아니면 백로 말인가요?"

"백로요."

조반니는 어느 쪽이든 상관없다고 생각하며 대답했습니다.

"간단합니다. 백로라는 놈은 전부 은하수 모래가 굳어서 슬그머니 생겨나거든요. 그리고 매번 강으로 돌아오지요. 그러니까 강가에서 기다리고 있다가 백로가 다리를 이렇게 내리면서 땅에 닿으려는 순간 탁 눌러 버리는 겁니다. 그러면 백로는 딱딱하게 굳어서 안심하며 죽어요. 그 뒤로는 알다시피 끼워 눌러서 말리는 거고요."

"백로를 책갈피처럼 말려요? 표본인가요?"

"표본이 아닙니다. 다들 먹잖아요."

"이상하네."

캄파넬라가 고개를 갸웃거렸습니다.

"이상할 것도, 수상할 것도 없어요. 이것 보세요."

남자가 일어나 그물 선반에서 보따리를 내리더니 빙글빙글 재빠르게 풀었습니다.

"자, 보세요. 방금 잡아 온 겁니다."

"정말 백로네."

둘은 엉겁결에 소리쳤습니다. 아까 본 북쪽 십자가처럼 새하얗게 빛나는 열 마리가량의 백로가 검은 다리를 오므린 채 몸이 약간 납작해져서는 돋을새김처럼 놓여 있었습니다.

"눈을 감고 있네."

캄파넬라는 초승달처럼 감겨 있는 백로의 흰 눈을 손가락으로 가만히 어루만졌습니다. 백로 머리 위에는 뾰족한 창 같은 흰 털도 제대로 붙어 있었습니다.

"자, 제 말이 맞지요?"

새잡이는 보자기를 겹쳐 다시 둘둘 감싼 뒤 끈으로 동여맸습니다. 조반니는 이곳에서 대체 누가 백로를 먹을까 싶어 물었습니다.

"백로가 맛있나요?"

"그럼요. 매일 주문이 들어옵니다. 하지만 기러기가 더 잘 팔리죠. 아무래도 몸집이 훨씬 크고 손도 덜 가니까요. 이것 보세요."

새잡이는 또 다른 보따리를 풀었습니다. 그러자 노랗고 파르스름하게 얼룩져 무슨 불빛같이 반짝이는 기러기가 아까의 백로처럼 부리를 가지런히 하고 약간 눌린 채 나란히 있었습니다.

"기러기는 바로 먹을 수 있습니다. 조금 드셔 보시겠어요?"

새잡이가 기러기의 노란 다리를 살짝 잡아당겼습니다. 그러자 다리가 초콜릿처럼 아주 깨끗하게 떨어져 나왔습니다.

"어떻습니까? 조금만 드셔 보세요."

새잡이가 그것을 둘로 나누어 주었습니다. 조반니는 조금 먹어 보고 '뭐야, 이건 과자잖아? 초콜릿보다 더 맛있는 이게 날아다니던 기러기라니. 이 남자는 저 들판 어딘가에서 과자 가게를 하는 사람일 거야. 하지만 나는 이 사람을 무시하면서도 이 사람이 준 과자를 먹고 있구나. 참 부끄러운 일이야' 하고 생각하며 똑똑 부러뜨려 먹었습니다.

"좀 더 드세요."

새잡이가 또 보따리를 꺼냈습니다. 조반니는 더 먹고 싶었지만 "아니에요, 괜찮습니다" 하고 사양했습니다. 그랬더니 새잡이가 이번에는 맞은편 자리의 열쇠를 가진 사람에게 새를 내밀었습니다.

"파는 물건을 그냥 받으려니 미안하네요."

그 사람은 모자를 벗으며 말했습니다.

"별말씀을요. 그나저나 올해 철새 이동은 어떻습니까?"

"아주 멋집니다. 그저께 두 번째 교대 시간엔가 왜 등댓불을 규칙 없이 마음대로 *(한 글자 공백)*냐고 여기저기서 항의 전화가 왔는데요. 그건 제가 그런 게 아니라 철새들이 새까맣게 모여들어 불빛 앞을 지나가니 어쩔 수가 없었던 거라고요. 그래서 '바보들아, 그런 불만은 나한테 말할 게 아니라 바스락거리는 망토 차림에 다리고 부리고 터무니없이 가느다란 우두머리 철새한테나 가서 해'라며 받아쳐 줬죠. 하하."

억새밭이 사라지자 건너편 들판에서 불빛이 확 비쳐 들었습니다.

"백로는 어째서 손이 많이 가나요?"

캄파넬라는 아까부터 물어보고 싶었습니다.

새잡이가 몸을 돌려 대답했습니다.

"그건 말이죠. 백로를 먹으려면 열흘 동안 은하수 물빛 아래에 매달아 두든가 아니면 사나흘 간 모래에 묻어 두어야 하기 때문입니다. 그렇게 해야 수은이 다 증발해서 먹을 수 있게 되거든요."

"이건 새가 아니라 그냥 과자잖아요."

역시 조반니와 같은 생각을 한 모양인지 캄파넬라가 작심한 듯 물었습니다. 새잡이는 왠지 매우 허둥대면서 "오, 이런. 여기서 내려야지"라며 일어나 짐을 집어 드는가 싶었는데 어느샌가 보이지 않았습니다.

"어디 갔지?"

둘이 얼굴을 마주 보자 등대지기가 빙긋 웃고 몸을 슬쩍 세워 발돋움하며 두 사람 옆의 창문을 넘겨다보았습니다. 조반니와 캄파넬라도 그쪽으로 고개를 돌렸습니다. 방금까지 옆에 앉아 있던 새잡이가 강가

가득 피어 노랗고 파르스름하니 아름답게 빛나는 떡쑥밭에 서서 두 팔을 벌린 채 진지한 얼굴로 가만히 하늘을 바라보고 있었습니다.

"저기 있구나. 정말 기이한 모습이란 말이야. 또 새를 잡으려나 보다. 열차가 움직이기 전에 얼른 오면 좋을 텐데."

말이 떨어지기가 무섭게 텅 빈 남보랏빛 하늘에서 아까 본 것과 똑같이 생긴 백로가 꽥꽥 울며 눈 내리듯 하얗게 내려앉았습니다. 그러자 새잡이는 자기 생각대로 된 게 기쁘다는 양 두 다리를 60도로 벌리고 서서 오므리며 내려오는 백로의 다리를 양손으로 닥치는 대로 붙잡아 자루 안에 넣었습니다. 그러자 백로는 자루 속에서 반딧불이처럼 잠시 푸르스름하게 깜박이다가 결국 하얗게 질려 눈을 감았습니다. 그런데 잡히는 새보다 잡히지 않고 무사히 은하수 모래 위에 내려앉는 새가 훨씬 더 많았습니다. 백로는 다리가 모래에 닿자마자 마치 눈 녹듯 쪼그라들고 편평해지더니 이윽고 용광로에서 나온 구리물처럼 모래와 자갈에 퍼졌습니다. 모래 위에는 한동안 새의 형태가 남아 있었지만 그것도 두세 번 밝고 어두워지는 사이에 주변 색과 완전히 똑같아져 버렸습니다.

새잡이는 백로 스무 마리 가량을 자루에 잡아넣고 갑자기 두 손을 번쩍 들어 병정이 총에 맞아 죽을 때와 같은 자세를 취했습니다. 그 순간 이미 새잡이의 모습은 없었고 귀에 익은 목소리가 조반니 옆에서 들렸습니다.

"이야, 기분 좋다. 역시 몸에 알맞게 버는 일만큼 좋은 건 없군요."

돌아보니 새잡이가 잡아 온 백로를 벌써 하나하나 가지런히 포개고 있었습니다.

"어떻게 저기서 여기로 단번에 온 거예요?"

조반니는 당연한 것 같기도 하고 당연하지 않은 것 같기도 한 기묘한 기분으로 물었습니다.

"어떻게는요. 오려고 했으니까 온 거죠. 도대체 당신들은 어디서 왔습니까?"

조반니는 곧장 대답하려 했지만 자신이 어디에서 왔는지 도무지 기억나지 않았습니다. 캄파넬라도 얼굴이 새빨개져서는 무언가 생각해 내려고 했습니다.

"아아, 멀리서 왔나 보군요."

새잡이는 알겠다는 듯 대수롭지 않게 고개를 끄덕였습니다.

9. 조반니의 차표

"이제 이쪽은 백조 구의 끄트머리입니다. 보세요. 저곳이 그 유명한 알비레오 관측소예요."

차창 밖, 마치 하늘 가득 터지는 불꽃놀이 같은 은하수 한가운데에 커다란 검은색 건물 네 동 정도가 서 있었는데 그중 한 건물의 편평한 지붕 위에 눈이 휘둥그레질 만큼 크고 투명한 사파이어와 토파즈 구슬 두 개가 원을 그리며 조용히 빙글빙글 돌고 있었습니다. 노란 토파즈 구슬이 저편으로 점점 멀어지고 파랗고 작았던 사파이어 구슬은 이편으로 가까워지더니 이윽고 두 구슬의 가장자리가 포개져 아름다운 초록빛 양면 볼록 렌즈 모양을 이루었습니다. 그 한가운데가 점점 부풀어 오르다가 마침내 파란 사파이어가 노란 토파즈 정면에 이르자 중심부에는 초록색 원이, 테두리에는 밝고 노란 띠가 생겼습니다. 그것이 차츰 옆으로 빠지며 아까 전의 그 렌즈 모양으로 되돌아갔다가 마침내 쓱 떨어져 나와 파란 사파이어는 저쪽 편으로 돌아가고 노란 토파즈는 가까이 다가오며 다시 아까와 같은 모양이 되었습니다. 검은 관측소는 정말로 형태도, 소리도 없는 은하수에 둘러싸인 채 잠자는 것처럼 조용히 가로누워 있었습니다.

"저것은 강물 속도를 측정하는 기계입니다. 강물도……."

새잡이가 설명하려는 때였습니다.

"차표를 좀 보여 주시겠습니까."

어느샌가 붉은 모자를 쓴 키가 큰 차장이 세 사람 옆으로 다가와 똑바로 서서 말했습니다. 새잡이는 말없이 호주머니에서 작은 종잇조각을 꺼냈습니다. 그걸 힐끗 본 차장은 곧바로 눈길을 돌려 '당신들은?' 하고 묻듯이 손가락을 꼼지락거리며 조반니와 캄파넬라 쪽으로 손을 내밀었습니다.

"그게……."

난처해진 조반니는 우물쭈물했지만 캄파넬라는 별일 아니라는 듯 작은 회색 차표를 내밀었습니다. 조반니는 더더욱 당황해서 혹시 윗도리 주머니에 뭐라도 들어 있을까 생각하면서 손을 넣어 보았습니다. 그랬더니 커다랗게 접힌 종잇조각이 만져졌습니다. 언제 이런 게 들어가 있었을까 궁금해하며 서둘러 꺼내 보니 그것은 두 번 접은 엽서 크기의 초록색 종이였습니다. 차장이 손을 내밀고 있는 탓에 뭐라도 주자 싶어서 건네자 차장은 자세를 똑바로 가다듬고 종이를 신중하게 펴서 읽었습니다. 그러면서 상의 단추와 옷매무시를 끊임없이 매만졌고 등대지기도 아래에서 열심히 들여다보았기에 조반니는 확실히 그 종이가 증명서든 뭐든 될 거라는 생각에 가슴이 조금 뭉클해졌습니다.

"이것은 3차 공간(작가가 생각하는 현실의 세계_옮긴이)에서 가져오신 겁니까?"

차장이 물었습니다.

"잘 모르겠어요."

조반니는 이제 괜찮을 거라 안심하면서 차장을 올려다보고 환하게 웃었습니다.

"좋습니다. 남십자성 도착 시간은 다음번 제3시쯤입니다."

차장은 조반니에게 종이를 돌려주고 자리를 떠났습니다.

캄파넬라는 무엇인지 궁금해 죽겠다는 듯 서둘러 종이를 들여다보았습니다. 조반니도 얼른 보고 싶었습니다. 종이를 꽉 채운 검은 덩굴무늬 속에 이상한 글자가 열 개 정도 인쇄되어 있었는데 가만히 보고 있으면 왠지 그 속으로 빨려 들어갈 것만 같은 기분이 들었습니다. 새잡이가 옆에서 종이를 얼핏 보고는 깜짝 놀라서 말했습니다.

"오, 세상에. 이건 굉장한 겁니다. 진짜 하늘나라에라도 갈 수 있는 차표라고요. 하늘나라뿐만이 아니지, 어디든 마음대로 갈 수 있는 통행권입니다. 이 종이만 가지고 있으면 이렇게 불완전한 환상 제4차원

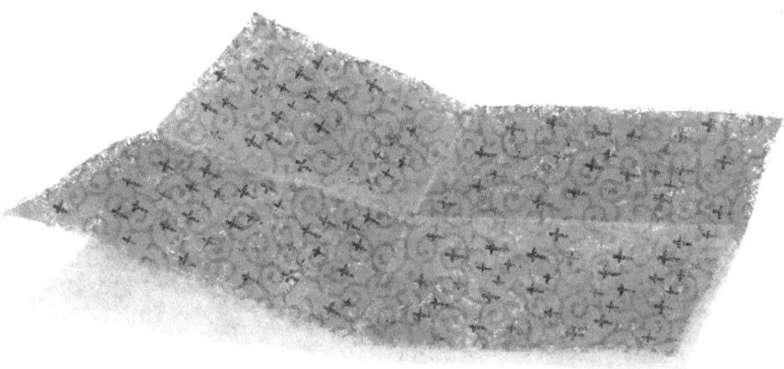

(작가가 생각하는 꿈의 세계_옮긴이)의 은하철도 같은 건 어디까지고 마음껏 타고 갈 수 있어요. 당신들은 대단한 분이었군요."

"뭐가 어떻게 된 건지 잘 모르겠어요."

조반니가 얼굴을 붉히며 대답하고는 종이를 다시 접어 호주머니에 넣었습니다. 그러고는 쑥스러워서 캄파넬라와 둘이 다시 창밖을 내다보는데 새잡이가 대단한 사람을 만났다는 듯 흘끗흘끗 이쪽을 바라보는 것이 어렴풋하게 느껴졌습니다.

"조금 있으면 독수리 역에 도착해."

캄파넬라가 맞은편 물가에 나란히 놓인 세 개의 작고 파르스름한 삼각점과 지도를 비교하며 말했습니다.

조반니는 왜인지 문득 옆에 앉은 새잡이가 가여워져 견딜 수가 없었습니다. 백로를 잡았다며 싱글벙글 좋아하던 일이나 잡은 백로를 흰 천으로 둘둘 감싸던 일, 깜짝 놀라서 남의 차표를 곁눈질하다가 허둥지둥 칭찬하던 일 등을 하나하나 떠올리니 조반니는 이 낯선 새잡이에게 먹을 것이든 뭐든 가진 걸 다 주고 싶어졌습니다. 이 사람을 진정으로 행복하게 해 줄 수 있다면 자신이 저 빛나는 은하수 모래밭에 100년 동안 서서 새를 잡아 주어도 좋겠다는 기분마저 들어서 도저히 가만있을 수가 없었습니다. '당신이 정말 원하는 것은 무엇입니까?' 하고 물어보려다가 너무 갑작스러운 듯하여 어떻게 할까 궁리하며 돌아보니 새잡이는 이미 그곳에 없었습니다. 그물 선반 위에 둔 하얀 보따리도 보이지 않았습니다. 또다시 창밖에서 두 다리를 벌리고 하늘을 올려다보며 백로 잡을 준비를 하는 중인가 싶어 서둘러 그쪽을 보았지만 밖은 온통 아름다운 모래와 하얀 억새 파도일 뿐 새잡이의 널찍한 등이나 뾰족한 모자는 보이지 않았습니다.

"그 사람은 어디로 갔지?"

캄파넬라도 멍하니 말했습니다.

"어디로 갔을까. 대체 어디서 다시 만날 수 있을까. 나는 왜 그 사람과 조금 더 이야기를 나누지 않았을까."

"응. 나도 그런 생각을 하고 있었어."

"나는 그 사람이 좀 귀찮다고 생각했어. 그래서 마음이 너무 무거워."

조반니는 이런 이상한 기분이 정말 처음이었고 지금껏 이런 말을 해본 적도 없었습니다.

"어디선가 사과 향기가 나. 내가 지금 사과 생각을 해서 그런가?"

문득 캄파넬라가 신기하다는 듯 주위를 둘러보았습니다.

"정말로 사과 향기가 나네. 찔레꽃 향기도 나고."

조반니도 두리번거렸는데 아무래도 창문으로 들어오는 향기 같았습니다. 이제 가을이니 찔레꽃 향기가 날 리는 없다고 생각했습니다.

그랬는데 그곳에 갑자기 반지르르 윤기 흐르는 검은 머리칼을 가진 여섯 살 정도 되어 보이는 남자아이가 단추도 잠그지 않은 빨간 재킷을 입고서 맨발로 덜덜 떨며 깜짝 놀란 얼굴로 서 있었습니다. 옆에는 검은 양복을 제대로 갖춰 입은 키 큰 청년이 바람을 한껏 맞고 있는 느티나무 같은 자세로 남자아이의 손을 꼭 쥐고 서 있었습니다.

"어머, 여기는 어디죠? 와, 무척 아름답네요."

청년 뒤에 또 한 사람, 검은색 외투를 입은 열두 살쯤 된 갈색 눈의 귀여운 여자아이가 청년의 팔에 매달린 채 신기하다는 듯 창밖을 보고 있었습니다.

"아, 여기는 랭커셔네. 아니다, 코네티컷주다. 아니다, 알겠어. 우리는 하늘에 온 거야. 하늘나라로 가는 거지. 저기 좀 봐. 저 표시는 하늘나라의 표시야. 이제 무서워할 것 없단다. 우리는 하느님의 부름을 받았으니까."

검은 옷을 입은 청년은 기쁨으로 가득 차서 여자아이에게 말했습니다. 하지만 어째서인지 이마에는 주름이 가득 진 데다가 무척이나 지친 것처럼 억지웃음을 지으며 조반니 옆에 남자아이를 앉혔습니다.

그런 다음 여자아이에게는 다정하게 캄파넬라 옆자리를 가리켰습니다. 여자아이는 순순히 그곳에 앉아 바르게 두 손을 모았습니다.

"나 지금 큰누나한테 가는 거지?"

자리에 앉자마자 표정이 묘해진 남자아이가 등대지기 옆에 막 앉은 청년에게 물었습니다. 청년은 아무 말 없이 그저 슬픈 얼굴로 곱슬곱슬해진 아이의 젖은 머리를 보았습니다. 여자아이는 갑자기 두 손으로 얼굴을 가리며 훌쩍훌쩍 울음을 터뜨렸습니다. 청년이 말했습니다.

"아버지하고 기쿠요 누나는 아직 할 일이 남아 있어. 조금만 더 기다리면 오실 거란다. 그보다는 어머니가 얼마나 오래 기다리셨니. 우리 귀여운 다다시가 지금 무슨 노래를 부르고 있을까, 눈 내리는 아침에

다 같이 손을 잡고 딱총나무 덤불숲을 빙빙 돌고 있을까, 이런 생각 저런 생각을 하며 걱정스레 기다리고 계실 거야. 어서 가서 어머니를 만나자꾸나."

"응. 그래도 배를 타지 말 걸 그랬어."

"으음, 하지만 저것 봐. 어때, 멋진 강이지? 저곳은 여름 동안 〈반짝 반짝 작은 별〉을 부르며 쉴 때 창밖으로 희미하게 보이던 곳이잖아. 저기 말이야. 그래, 아주 예쁘지? 저렇게나 반짝반짝 빛나고 있네."

울고 있던 누나도 손수건으로 눈물을 닦으며 밖을 보았습니다. 청년은 남매에게 타이르듯 차분하게 다시 말했습니다.

"이제 우리에게 슬픔은 없어. 우리는 이렇게 멋진 곳을 여행하다가 곧 하느님이 계신 곳으로 갈 테니까. 그곳은 정말로 밝고 향긋하며 훌륭한 사람들로 가득하단다. 그리고 우리 대신에 구명정을 탄 사람들은 분명 구조되어서 걱정하며 기다리는 각자의 부모님이 계신 집으로 돌아가겠지. 자, 이제 곧 도착이니 기운 내서 즐겁게 노래해 보자."

청년이 남자아이의 젖은 듯한 검은 머리칼을 어루만지고 모두를 위로하자 자신의 얼굴색 또한 차츰 밝아졌습니다.

"당신들은 어디서 오셨나요? 무슨 일이 있었던 건가요?"

등대지기가 얼추 짐작된다는 투로 청년에게 물었습니다. 청년은 희미하게 웃었습니다.

"빙산에 배가 부딪쳐 침몰했어요. 아이들 아버지는 갑자기 일이 생겨 두 달 전에 본국으로 먼저 돌아갔고 우리는 나중에 출발했지요. 저

는 대학에 다니면서 가정 교사로 일하는 중이었습니다. 그런데 배를 탄 지 정확히 12일째 되던 날, 그러니까 오늘인가 어제였을 거예요. 배가 빙산에 부딪히고 삽시간에 기울더니 가라앉기 시작했습니다. 달빛이 희미하게 비치긴 했습니다만, 안개가 심했어요. 심지어 좌현에 걸려 있던 구명정 절반은 못 쓰게 되어서 모든 승객을 태울 수가 없었고요. 배는 점점 가라앉았고 저는 부디 아이들을 태워 달라고 필사적으로 소리쳤어요. 가까이에 있던 사람들은 곧바로 길을 터 주고 아이들을 위해 기도해 주었습니다. 하지만 거기에서 구명정까지 가는 길에도 아이들이며 부모님들이 너무 많아서 도무지 밀어낼 용기가 나지 않았습니다. 그럼에도 어떻게든 이 아이들을 살리는 것이 제 의무라고 생각했기 때문에 앞에 있는 아이들을 밀어내려고 했습니다. 그러다가 이렇게까지 해서 아이들을 살리기보다는 이대로 하느님 앞에 함께 가는 게 이 아이들의 진정한 행복을 위한 일이 아닐까 하는 생각도 했지요. 하지만 다시 하느님을 등진 죄는 나 혼자 짊어지고 이 아이들은 반드시 구하자고 마음먹었어요. 그런데 아무래도 그건 불가능한 일이었어요. 아이들을 구명정으로 밀어 넣은 뒤에 미친 사람처럼 키스를 퍼붓는 어머니와 슬픔을 꾹 참으며 멍하니 서 있는 아버지의 모습을 보니 창자가 끊어지는 것처럼 고통스러웠습니다. 그러는 사이에도 배는 빠르게 가라앉고 있었기에 저는 마음을 단단히 먹고 이 아이들을 안은 뒤, 떠 있을 수 있을 만큼 버티자고 결심하며 배가 가라앉기를 기다렸습니다. 누가 던졌는지 구명환 하나가 날아왔지만 미끄러져서 한참 멀리 가버렸습니다. 저는 젖 먹던 힘을 다해 갑판 격자 부분을 뜯어낸 다음 아이들과 함께 단단히 붙들었습니다. 어디선가 *(두 글자 공백)*번을 부르는 목소리가 울려 퍼졌습니다. 곧이어 사람들이 갖가지 언어로 그 노래를 함께 불렀습니다. 그때 굉음이 들리고 우리는 물속으로 빠졌습니다. 소용돌이에 휘말렸다고 생각하면서 두 아이를 더욱 꼭 껴안고 잠시 까무룩 정신을 잃었나 싶었는데 여기에 와 있었습니다. 이 아이들의 어머니는 재작년에 돌아가셨습니다. 예, 구명정에 타고 있던 사람들은 살았을 겁니다. 상당히 노련한 선원들이 힘차게 노를 저어 빠르게 배에서 멀어졌거든요."

주변에서 작은 탄식과 기도 소리가 들려왔고 조반니와 캄파넬라도 지금까지 잊고 있던 여러 일들을 어렴풋하게 떠올리며 눈시울을 붉혔습니다.

'아아, 그 바다는 태평양(타이타닉호가 침몰한 바다는 북대서양이지만 조반니는 아버지가 태평양에서 실종되었다고 믿고 있기에 착각한 듯 보인다_옮긴이)이 아니었을까? 빙산이 떠다니는 그 북쪽 끝 바다에서 누군가가 작은 배를 타고 바람과 얼어붙은 바닷물, 격렬한 추위와 싸우며 열심히 움직이고 있다. 그 사람에게 너무 죄스럽고 미안한 마음이 든다. 나는 그 사람의 행복을 위해 무엇을 해야 할까.'

울적해진 조반니는 고개를 푹 숙였습니다.

"무엇이 행복인지는 모르겠어요. 아무리 고통스러울지라도 그것이 올바른 길로 나아가는 중에 생긴 일이라면 오르막길도, 내리막길도 모두 진정한 행복에 다가서는 한 걸음 한 걸음이겠지요."

등대지기가 청년을 위로했습니다.

"정말 그렇습니다. 가장 큰 행복에 도달하기 위한 갖가지 슬픔도 모두 그분의 뜻입니다."

청년이 기도하듯 대답했습니다.

남매는 피곤했는지 각자 의자에 푹 기대어 잠들었습니다. 아까까지 맨발이었던 발에는 어느새 희고 부드러운 신발이 신겨 있었습니다.

덜컹덜컹 덜컹덜컹. 열차는 찬란하게 빛을 발하는 강가로 나아갔습니다. 맞은편 창문 너머 보이는 들판이 슬라이드처럼 스쳐 지나갔습니다. 1백 개, 1천 개나 되는 크고 작은 삼각점 중에서 큰 삼각점 위에는 빨간 점들이 찍힌 측량 깃발이 있었습니다. 들판 끝자락에는 그것들이 한가득 모여서 그곳인지 아니면 더 멀리서인지 종종 여러 모양의 희미한 봉화 같은 것을 푸르스름한 안개처럼 아름다운 보랏빛 하늘로 번갈아 가며 피워 올리고 있었습니다. 실로 맑고 깨끗한 그 바람은 장미꽃 향기로 가득했습니다.

"어떻습니까. 이런 사과는 처음이시죠?"

어느 결엔가 맞은편에 앉은 등대지기가 황금색과 붉은색으로 아름답게 물든 커다란 사과를 떨어뜨리지 않도록 무릎 위에 둔 채 두 손으로 감싸고 있었습니다.

"와, 어디서 난 사과입니까? 훌륭하네요. 이 부근에서는 이런 사과가 자라나요?"

청년은 정말로 놀랐다는 듯 눈을 가늘게 뜨기도 하고 고개를 갸우뚱하기도 하면서 등대지기가 양팔로 감싸안은 사과 한 무더기를 넋 놓고 바라보았습니다.

"자, 사양하지 말고 어서 드셔 보세요."

청년은 사과 하나를 집어 들더니 조반니와 캄파넬라 쪽을 슬쩍 보았습니다.

"자, 거기 앉은 꼬마 도련님들도 드세요. 자요."

조반니는 꼬마 도련님이라는 소리에 기분이 약간 상해서 가만히 있

었지만 캄파넬라는 "고맙습니다" 하고 말했습니다. 그러자 청년이 직접 사과를 집어 조반니와 캄파넬라에게 한 개씩 건네주었고 조반니도 일어나 고맙다고 인사했습니다.

마침내 두 팔이 자유로워진 등대지기는 잠든 남매의 무릎에 사과 한 개씩을 살포시 올려놓았습니다.

"정말 고맙습니다. 이렇게 멋진 사과는 어디서 나나요?"

청년은 찬찬히 사과를 보며 물었습니다.

"이 근방에서도 농사를 짓기는 하지만 보통은 알아서 좋은 작물이 자라난답니다. 농사일도 그리 어렵지 않고요. 원하는 씨앗만 뿌려 두면 대부분 저절로 쑥쑥 자라지요. 쌀도 태평양 연안 것과 마찬가지로 겨가 없고 크기는 보통의 열 배인 데다가 향기까지 좋아요. 하지만 당신들이 가는 곳에서는 더 이상 농사를 짓지 않습니다. 사과든 과자든

찌꺼기가 전혀 없으니 사람에 따라 각기 다른 희미한 향기가 되어 모공 밖으로 흩어지거든요."

그때 갑자기 남자아이가 번쩍 눈을 뜨며 말했습니다.

"아아, 나 방금 엄마 꿈을 꿨어. 엄마가 아주 멋진 선반과 책이 있는 곳에서 말이야, 나를 보고 손을 내밀며 생글생글 웃었어. 내가 엄마한테 '사과 가져다줄까?' 하고 묻는데 잠에서 깼어. 어, 여기는 아까 그 열차 안이네."

"사과가 있단다. 이 아저씨가 주셨어."

청년이 말했습니다.

"아저씨, 고맙습니다. 가오루 누나는 아직도 자네. 내가 깨워야지. 누나, 이것 봐. 사과를 받았어. 일어나 보라니까."

누나는 웃으며 눈을 뜨더니 눈이 부신 듯 두 손을 눈에 댔다가 사과를 보았습니다. 남자아이는 파이를 먹는 것처럼 사과를 먹었습니다. 깨끗하게 깎아 낸 사과 껍질은 포도주 병따개 모양으로 빙글빙글 돌더니 바닥에 떨어지기도 전에 회색빛으로 빛나면서 스르르 증발해 버렸습니다.

조반니와 캄파넬라는 건네받은 사과를 주머니 속에 소중하게 집어넣었습니다.

강 하류 기슭에 초록빛으로 우거진 커다란 숲이 보이고 나뭇가지 끝에는 잘 익어 새빨갛게 빛나는 둥근 열매가 가득했으며 그 숲 한가운데에 높디높은 삼각점이 솟아 있었습니다. 숲속에서 글로켄슈필과 실로폰 소리를 섞은 것 같은 대단히 아름다운 음색이 녹아들듯 스며들듯 바람을 타고 흘러왔습니다.

청년은 오싹한 기분이 들어 몸을 떨었습니다.

가만히 그 음악을 듣고 있으니 주변 일대에 노란색과 연녹색의 밝은 들판인지 카펫인지가 깔리며 새하얀 밀랍 같은 이슬이 태양 표면을 스쳐 지나가는 듯한 느낌이 들었습니다.

“어, 저기 까마귀다.”

캄파넬라 옆에 앉은 가오루라는 이름의 여자아이가 소리쳤습니다.

“까마귀가 아니야. 전부 까치야.”

캄파넬라가 또 무심코 야단치듯 말했기 때문에 조반니는 웃음을 터뜨렸고 여자아이는 멋쩍어했습니다. 정말로 푸르스름하게 빛나는 강가 모래밭에 검은 새 여러 마리가 줄지어 앉아 강에서 비치는 희미한 불빛을 가만히 받고 있었습니다.

“까치가 맞네. 머리 뒤에 긴 털이 나 있는 걸 보니.”

청년이 분위기를 수습하려는 듯 말했습니다.

맞은편 푸른 숲속에 있던 삼각점이 어느새 열차 정면에 왔습니다. 그때 열차 한참 뒤에서 아주 익숙한 *(두 글자 공백)*번 찬송가 소절이 들려왔습니다. 꽤 많은 사람이 합창하는 듯했습니다. 청년의 얼굴이 갑자기 파랗게 질렸고, 청년은 자리에서 일어나 그쪽으로 가려는 듯하다가 다시 앉았습니다. 가오루는 손수건으로 얼굴을 가리고 말았습니다. 조반니마저 어쩐지 코끝이 찡해졌습니다. 언제부터, 누구로부터 시작

되었는지 알 수 없는 그 노랫소리는 점점 더 강하고 선명해졌습니다. 조반니와 캄파넬라도 엉겁결에 함께 노래하기 시작했습니다.

푸른 감람나무숲이 하염없이 빛나며 보이지 않는 은하수 너머로 조금씩 물러나자 그곳에서 흘러오던 이상한 악기 소리도 덜컹거리는 열차 소리와 바람 소리에 묻혀 점점 더 희미해져 갔습니다.

"와, 공작새가 있네."

"응. 많아."

여자아이가 대답했습니다.

조반니는 작고 작아져 이제는 초록색 조개 단추처럼 보이는 숲 위로 공작새가 날개를 퍼덕일 때마다 푸르스름하게 번쩍이며 반사되는 빛을 보았습니다.

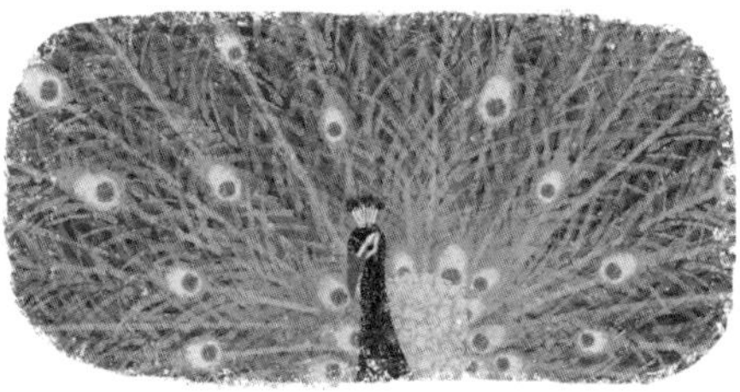

"맞아, 아까 공작새 우는 소리도 들었어."

캄파넬라가 가오루에게 말했습니다.

"응. 분명 30마리는 있었을 거야. 하프처럼 들리는 건 모두 공작새 울음소리야."

여자아이가 대답했습니다. 조반니는 갑자기 문득 쓸쓸한 기분이 들어서 저도 모르게 '캄파넬라, 여기 잠깐 내려서 놀다 가자'라고 굳은 얼굴로 말할 뻔했습니다.

강이 두 갈래로 나뉘었습니다. 컴컴한 섬 한가운데 아주 높은 망루가 하나 있고 그 위에 헐렁한 옷차림에 빨간 모자를 쓴 남자가 서 있었습니다. 그 남자는 두 손에 붉은 깃발과 푸른 깃발을 들고 하늘을 올려다보며 신호를 보내고 있었습니다. 조반니가 지켜보는 동안 그 사람은 계속해서 붉은 깃발을 흔들었는데 그러다가 갑자기 붉은 깃발을 숨기듯 등 뒤로 내리고는 푸른 깃발을 아주 높이 들어 마치 오케스트라 지휘자처럼 격렬하게 흔들었습니다. 그러자 공중에서 쏴 하고 빗소리 같은 것이 나더니 새까만 무언가가 몇 무리나 강 건너로 총알처럼 날아가는 것이었습니다.

조반니는 무심코 창밖으로 몸을 반쯤 내밀어 그쪽을 올려다보았습니다. 아름답고 또 아름다운 보랏빛 하늘 아래로 수만 마리나 되는 작은 새 무리가 떼 지어 울며 바쁘게 날아가고 있었습니다.

"새가 날아가네."

조반니가 창밖에서 말했습니다.

"어디 봐."

캄파넬라도 하늘을 보았습니다. 그때 망루 위 헐렁한 옷차림의 남자가 별안간 붉은 깃발을 올려 미친 듯이 흔들어 댔습니다. 그러자 새 떼가 움직임을 뚝 멈췄고 동시에 강 아래에서 와작 하며 무언가 찌그러

지는 소리가 들리더니 한동안 잠잠했습니다. 빨간 모자를 쓴 신호수가 다시 푸른 깃발을 흔들며 외쳤습니다.

"철새들아, 지금이다. 어서 건너라! 어서 건너!"

그 목소리도 확실히 들렸습니다. 목소리와 함께 다시 수만 마리의 새 무리가 하늘을 곧장 가로질렀습니다. 두 사람이 얼굴을 내민 창문 가운데로 여자아이가 고개를 빼고 아름다운 볼을 빛내며 하늘을 올려다보았습니다.

"와, 새들이 참 많네. 세상에나. 하늘이 정말로 예뻐."

여자아이가 조반니에게 말을 걸었지만 조반니는 버릇없는 아이는 딱 질색이라고 생각하면서 입을 꾹 다물고 하늘을 올려다보았습니다. 여자아이는 작게 휴 하고 한숨을 내쉬며 조용히 자리로 돌아갔습니다. 캄파넬라는 딱하다는 표정으로 열차 안으로 얼굴을 집어넣은 뒤, 지도를 보았습니다.

"저 사람이 새에게 알려 주고 있는 거니?"

여자아이가 캄파넬라에게 살짝 물었습니다.

"철새에게 신호를 보내고 있어. 분명 어딘가에서 봉화가 올라오기 때문이겠지."

캄파넬라는 약간 애매모호하게 대답했습니다. 그 뒤로 객실 안은 쥐 죽은 듯 조용해졌습니다. 조반니는 이제 그만 고개를 열차 안으로 들이고 싶었지만 밝은 곳에 얼굴을 드러내는 게 괴로워서 그냥 꾹 참으며 선 자세 그대로 휘파람을 불었습니다.

'나는 어째서 이토록 슬픈 걸까? 나는 좀 더 맑고 너른 마음을 가져야 해. 저쪽 기슭 아득히 너머에 꼭 연기 같은 작고 푸른 불꽃이 보인다. 저 불꽃은 정말로 고요하고 차갑구나. 저걸 보면서 마음을 침착하게 가라앉히자.'

조반니는 지끈지끈한 머리를 두 손으로 누르며 그쪽을 보았습니다.

'아아, 정말로 어디까지나 영원히 나와 함께 갈 사람은 없는 걸까? 캄파넬라는 왜 저런 여자아이와 즐거운 듯 이야기를 나누는 걸까? 너무 괴로워.'

조반니의 눈에 다시금 눈물이 가득 차올라 은하수마저 한참 멀리 가 버린 것처럼 뿌옇게 보일 뿐이었습니다.

그때 열차는 점점 강에서 멀어져 절벽 위를 지나게 되었습니다. 맞은편의 검은 절벽 또한 강기슭이 아래로 점점 내려감에 따라 차차 높아졌습니다. 그때 언뜻 하늘 높이 자란 옥수수나무가 보였습니다. 빙글빙글 말린 잎과 그 아래 크고 아름다운 초록색 꽃턱잎에서 솟아난 붉은 수염, 진주 같은 옥수수 알도 살짝 보였습니다. 옥수수나무는 점점 늘어나더니 어느새 강가와 선로 사이에 줄줄이 늘어섰습니다. 조반니가 저도 모르게 창 안으로 얼굴을 집어넣고 맞은편 창밖을 보았을 때는 아름다운 하늘 들판의 지평선 끝까지 한가득 심긴 커다란 옥수수나무가 바람결에 사각사각 흔들렸고 멋지게 오그라든 이파리 끝에 낮 동안 태양 빛을 양껏 받은 다이아몬드 같은 이슬이 잔뜩 매달려 빨강과 초록으로 반짝반짝 타오르듯 빛나고 있었습니다.

"저거 옥수수지?"

캄파넬라가 조반니에게 물었습니다. 하지만 조반니는 아직 기분이 풀리지 않아서 그저 무뚝뚝하게 들판을 바라보며 "그렇겠지" 하고 대답했습니다. 그때 열차가 차츰 조용해지면서 몇 개의 신호등과 선로 전환기 불빛을 지나 작은 정거장에 도착했습니다.

정면의 푸르스름한 시계는 두 시 정각을 가리키며 바람도 사라지고 열차도 움직이지 않는 한적하고 고요한 들판 한가운데에서 째깍째깍 정확하게 시간을 재고 있었습니다.

그 무렵 열차가 〈신세계 교향곡〉 같은 소리를 냈습니다. 객실 안에서는 검은 옷을 입은 아까 그 키 큰 청년이든 누구든 모두가 부드러운 꿈을 꾸고 있었습니다.

'이렇게 조용하고 멋진 곳에서 나는 왜 좀 더 즐거워하지 못할까? 어째서 나만 혼자 이렇게 외로운 걸까? 캄파넬라도 너무해. 나랑 같이 열차를 탔으면서 저 여자아이하고만 이야기하잖아. 정말 괴로워.'

조반니는 다시 두 손으로 얼굴을 반쯤 가리며 맞은편 창밖을 바라보았습니다. 투명한 유리 같은 기적이 울리고 열차가 조용히 움직이기 시작하자 캄파넬라도 쓸쓸한 듯 〈별자리의 노래〉를 휘파람으로 불었

습니다.

"네, 맞아요. 이 부근은 이미 험준한 고원이니까요."

뒤에서 방금 잠에서 깬 듯한 어떤 노인이 시원스레 이야기하는 목소리가 들렸습니다.

"옥수수도 막대기로 60센티미터 정도의 깊은 구멍을 뚫어 씨를 뿌려야 잘 자라지요."

"그렇습니까? 강까지는 거리가 제법 되나요?"

"음, 그러니까 강까지는 6킬로미터에서 18킬로미터쯤 됩니다. 굉장한 협곡을 이루고 있지요."

'그래, 맞아. 여기는 콜로라도 고원이 아니었을까.'

조반니는 엉겁결에 그렇게 생각했습니다. 캄파넬라는 여전히 쓸쓸한 듯 휘파람을 불었고 여자아이는 비단으로 감싼 사과 같은 얼굴빛으로 조반니의 시선이 향한 쪽을 보고 있었습니다. 돌연 옥수수나무들이 사라지고 검은빛 들판이 펼쳐졌습니다. 이윽고 지평선 끝에서 〈신세계 교향곡〉이 선명하게 터져 나왔고 새카만 들판 가운데에서 흰 새의 깃털을 머리에 꽂고 수많은 돌로 팔과 가슴을 장식한 인디언이 작은 활에 화살을 메긴 채 쏜살같이 열차를 쫓아오고 있었습니다.

"와, 인디언이다. 인디언이야. 저기 좀 봐."

검은 옷을 입은 청년도 눈을 떴습니다. 조반니와 캄파넬라도 자리에서 일어섰습니다.

"달려온다, 어머, 달려와. 우릴 쫓아오나 봐."

"아니, 열차를 쫓아오는 게 아니야. 사냥하고 춤추는 거란다."

청년은 지금 어디에 있는지 잊은 사람처럼 주머니에 손을 넣고 일어서며 말했습니다.

인디언은 정말로 반쯤 춤을 추고 있는 듯 보였습니다. 작정하고 달리는 발동작이 아니었습니다. 그때 돌연 흰색 깃털이 앞으로 떨어질 듯 기울고 인디언은 그 자리에 우뚝 멈춰 재빨리 하늘을 향해 활을 쏘았습니다. 그러자 학 한 마리가 두 팔을 크게 벌리며 달려오는 인디언의 품으로 비틀비틀 떨어져 내렸습니다. 인디언은 기쁜 듯 그 자리에 서서 웃었습니다.

학을 들고 이쪽을 돌아보는 그림자도 점점 멀어져 작아지고 전봇대의 애자가 잇달아 두 번 반짝반짝하더니 다시 옥수수밭이 펼쳐졌습니다. 이쪽 창밖을 보니 열차는 정말로 아주 높은 절벽 위를 달리는 중이었고 골짜기 아래로 드넓고 환한 강이 흐르고 있었습니다.

"네, 여기부터는 내리막입니다. 아무튼 이번에는 단숨에 저 물까지 내려가야 하니까 쉬운 일이 아니죠. 경사가 이렇게 심하다 보니 이쪽으로 열차가 올라오는 일은 절대 없어요. 보세요, 열차가 점점 더 빨라지지 않습니까."

아까의 그 나이 지긋한 목소리가 말했습니다.

덜컹덜컹 덜컹덜컹. 열차가 아래로 달려 내려갔습니다. 절벽 가장자리를 지날 때는 밑으로 환한 강이 내려다보였습니다. 조반니는 마음이 조금씩 밝아졌습니다. 열차가 작은 오두막 앞, 그 앞에서 기운 없이 이쪽을 보고 서 있는 어떤 아이를 지나칠 때는 자기도 모르게 "와!" 하고 소리 질렀습니다.

덜컹덜컹 덜컹덜컹. 열차가 달려갔습니다. 객실 안 사람들은 몸이 반쯤 뒤로 넘어간 채 의자 손잡이를 꽉 잡고 있었습니다. 조반니는 무심결에 캄파넬라와 함께 웃음을 터뜨렸습니다. 그리고 은하수는 지금껏 꽤 격렬하게 흘러왔다는 듯 때때로 반짝반짝 빛나며 열차 바로 옆으로 흘러갔습니다. 발그레한 패랭이꽃이 여기저기 피어 있었습니다. 열차는 간신히 안정되었는지 속도를 늦추어 천천히 달렸습니다. 양쪽 강기슭에는 별과 곡괭이가 그려진 깃발이 꽂혀 있었습니다.

"저건 무슨 깃발일까?"

조반니가 드디어 입을 열었습니다.

"글쎄, 잘 모르겠는걸. 지도에도 없어. 철로 만든 배가 있네."

"응."

"다리를 만들려는 게 아닐까?"

여자아이가 말했습니다.

"아아, 저건 공병대 깃발이네. 다리 건설 훈련을 하는 거야. 하지만 병사들이 안 보여."

그때 맞은편 강가 근처의 하류 쪽에서 보이지 않는 은하수가 번쩍 빛나며 기둥처럼 높이 치솟아 올랐고 쿵 하는 거센 소리가 났습니다.

"발파다, 발파야."

캄파넬라가 흥분하며 펄쩍펄쩍 뛰었습니다.

물기둥이 사라지자 커다란 연어며 송어가 하얀 뱃살을 반짝이면서 공중으로 튀어 올랐다가 둥근 원을 그리며 다시 떨어졌습니다. 조반니는 이제 껑충 뛰어오르고 싶을 만큼 기분이 가벼워져서 말했습니다.

"하늘의 공병 부대구나. 송어가 저렇게나 높이 뛰어올랐어. 이렇게 즐거운 여행은 처음이야. 너무 재밌어."

"응. 저 송어는 가까이에서 봤다면 이만큼 컸을 거야. 이 물속에는 물고기가 아주 많구나."

"작은 물고기도 있니?"

여자아이도 대화에 끌려들어 말했습니다.

"있을걸. 큰 물고기가 있으니까 작은 물고기도 있겠지. 하지만 지금은 너무 멀어서 작은 물고기가 안 보여."

조반니는 이제 완전히 기분이 풀려서 즐거운 듯 웃으며 여자아이에게 대답했습니다.

"저기 저건 쌍둥이 별님의 궁전이야."

남자아이가 별안간 창밖을 가리키며 소리쳤습니다.

오른쪽 야트막한 언덕 위에 수정으로 만든 것 같은 작은 궁전 두 개가 나란히 서 있었습니다.

"쌍둥이 별님의 궁전이 뭐야?"

"전에 엄마한테 몇 번 들었어. 수정으로 만든 작은 궁전 두 개가 나란히 있는 걸 보니 확실하네."

"이야기해 줄래? 쌍둥이 별님이 뭘 했는지."

"나 알아. 쌍둥이 별님이 들판에 놀러 왔다가 까마귀하고 싸웠어."

"그게 아니잖아. 엄마 말로는 은하수 강가에 말이야……."

"그다음에 혜성이 피요옹 피요옹 떨어졌어."

"다다시, 그게 아니라니까. 그건 다른 이야기잖아."

"그러면 저기서 피리를 불고 있는 거야?"

"지금은 바다에 갔어."

"그게 아니야. 벌써 바다에서 올라오셨어."

"맞다, 맞아. 나 알아. 내가 얘기해 줄게."

건너편 강가가 갑자기 붉어졌습니다. 버드나무인지 뭔지가 까맣게 드리운 틈새로 은하수 물결이 가끔씩 바늘처럼 반짝반짝 새빨갛게 빛났습니다. 맞은편 강가 들판에 크고 새빨간 불이 타올라 검은 연기가 피어올랐고 연기는 차가워 보이는 보랏빛 하늘마저 그을게 할 듯했습니다. 루비보다 빨갛고 투명하며 리튬보다 아름다운 불이 흔들리며 타오르고 있었습니다.

"저건 무슨 불일까? 무엇을 태우면 저토록 빨갛게 불타오를까?"

조반니가 말했습니다.

"전갈의 불일 거야."

캄파넬라가 다시 지도를 들여다보며 대답했습니다.

"아, 전갈의 불 이야기는 나도 알아."

"전갈의 불이 뭔데?"

조반니가 물었습니다.

"전갈이 불에 타 죽은 거야. 그 불이 지금도 타오르고 있다는 이야기를 아버지한테서 여러 번 들었어."

"전갈이라면 곤충이잖아."

"맞아, 전갈은 곤충이지. 하지만 좋은 곤충이야."

"전갈은 좋은 곤충 아니야. 박물관에서 알코올에 담긴 전갈을 본 적 있어. 꼬리에 이만한 침이 있는데 거기 찔리면 죽는다고 선생님이 알려 주셨어."

"맞아. 하지만 좋은 곤충이야. 아버지가 그러셨거든. 옛날 발드라 들판에 전갈 한 마리가 작은 곤충 같은 걸 잡아먹으며 살고 있었대. 그러던 어느 날 족제비 눈에 띄어서 잡아먹힐 위기에 처한 거야. 전갈은 죽을힘을 다해 도망쳤지만 금방이라도 붙잡힐 처지였지. 그 순간 앞에 갑자기 우물이 나타나는 바람에 전갈은 그 속에 빠져 버렸어. 아무리 발버둥 쳐도 우물에서 빠져나올 수 없었던 전갈은 물에 가라앉기 시작했고 그때 이렇게 빌었대.

'아아, 나는 지금까지 얼마나 많은 목숨을 빼앗았는가. 그랬던 내가 이번에는 족제비에게 쫓겨 필사적으로 도망치다가 결국 이렇게 되어 버렸네. 아아, 이제 아무 데도 기댈 곳이 없구나. 어째서 나는 내 몸을 족제비에게 순순히 내주지 않았을까? 그랬다면 족제비라도 하루를 더 살았을 텐데. 신이시여, 부디 제 의지를 받아 주십시오. 부디 다음 생에는 생명을 이토록 덧없이 버리지 않고 모두의 진정한 행복을 위해

제 몸을 쓰게 해 주십시오.'

그랬더니 어느새 전갈은 자기 몸이 새빨갛고 아름답게 불타오르며 한밤중의 어둠을 밝히는 것을 보았대. 지금도 불타고 있다고 아버지가 말씀하셨어. 저 불은 정말로 그 불이야."

"그렇네. 저기 봐. 저 근방의 삼각점이 전갈 모양으로 늘어서 있어."

조반니는 그 커다란 불 너머에 세 개의 삼각점이 마치 전갈의 팔처럼, 그리고 앞에 있는 다섯 개의 삼각점은 전갈 꼬리나 침처럼 늘어서 있는 것을 보았습니다. 그 새빨갛고 아름다운 전갈의 불은 정말로 소리도 없이 환하고 또 환하게 타오르고 있었습니다.

모두는 전갈의 불이 점점 뒤쪽으로 멀어지며 나는 시끌벅적한 온갖 악기 소리와 풀꽃 향기 비슷한 것, 휘파람 소리와 와글거리는 사람들의 목소리 같은 것을 아무 말 없이 듣고 있었습니다. 바로 근처에 마을이나 뭔가가 있고 그곳에서 축제라도 열리고 있는 듯했습니다.

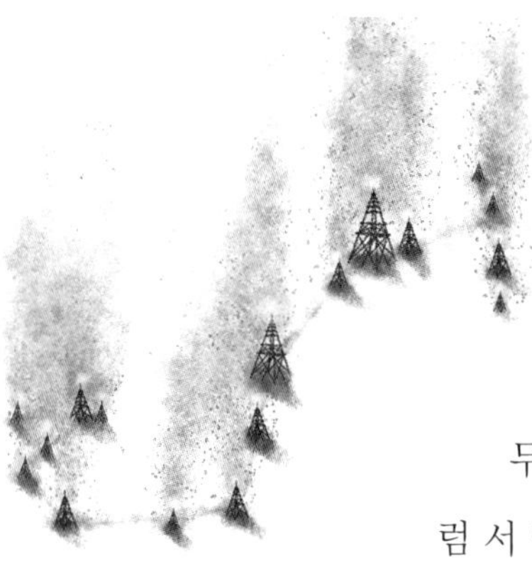

"켄타우로스, 이슬을 뿌려 줘!"

지금까지 조반니 옆자리에서 꾸벅꾸벅 졸고 있던 남자아이가 맞은편 창밖을 보며 갑자기 소리쳤습니다.

아아, 그곳에는 푸르른 가문비나무인지 전나무인지가 크리스마스트리처럼 서 있고 수많은 알전구가 그 안에서 마치

수천 마리 반딧불이라도 모인 것처럼 반짝이고 있었습니다.

"아, 맞다. 오늘 밤이 켄타우로스 축제지."

"응, 여기가 켄타우로스 마을이야."

캄파넬라가 곧장 대답했습니다.

(이후 원고지 한 장 정도 분량 소실)

"공 던지기라면 나는 절대 안 놓쳐."

남자아이가 으스대며 말했습니다.

"곧 남십자성이야. 내릴 준비를 하자."

청년이 모두에게 말했습니다.

"난 열차 더 탈래."

남자아이가 말했습니다. 캄파넬라 옆에 있던 여자아이는 안절부절못하며 일어나 내릴 준비를 했지만 역시 조반니와 캄파넬라랑 헤어지기 싫은 눈치였습니다.

"여기서 내려야 해."

청년은 남자아이를 내려다보며 단호하게 말했습니다.

"싫어. 나는 열차 더 탈래."

보다 못한 조반니가 말했습니다.

"우리랑 같이 가자. 우리한테 어디까지나 갈 수 있는 표가 있어."

"하지만 우리는 이제 여기서 내려야 해. 여기가 하늘나라로 가는 길이니까."

여자아이가 쓸쓸한 투로 말했습니다.

"하늘나라 같은 곳에 안 가면 안 되니? 선생님께서 우리는 여기를 하늘나라보다 훨씬 좋은 곳으로 만들어야 한다고 그러셨어."

"하지만 어머니도 거기 계시고 하느님도 오라고 말씀하셨는걸."

"그런 하느님은 가짜 하느님이야."

"그쪽 하느님이야말로 가짜 하느님이야."

"아니야."

"당신의 하느님은 어떤 분입니까?"

청년이 웃으며 물었습니다.

"실은 저도 잘 몰라요. 하지만 다른 어디에도 없는 단 한 분의 하느님이에요."

"진짜 하느님은 당연히 단 한 분이지요."

"아, 그러니까 다른 어디에도 없는 진짜 진짜 하느님 말이에요."

"제 말이 그 말입니다. 당신이 말한 바로 그 진짜 하느님 앞에서 여러분과 다시 만나기를 빌겠습니다."

청년은 두 손을 공손히 모았습니다. 여자아이도 똑같이 따라 했습니다. 다들 헤어지는 게 아쉬운 듯 조금 창백해 보였습니다. 조반니는 하마터면 소리 내어 울 뻔했습니다.

"자, 다들 준비됐지? 곧 남십자성이야."

아아, 그때였습니다. 눈에 보이지 않는 은하수 저 멀리 하류 쪽에 파랑과 주황과 갖가지 빛으로 아로새겨진 십자가가 한 그루 나무처럼 강 한가운데 서서 빛나고 그 위에는 파르스름한 구름이 후광처럼 둥근 고리 모양으로 걸려 있었습니다. 열차 안이 술렁였습니다. 모두 북십자성을 지날 때처럼 똑바로 서서 기도하기 시작했습니다. 이곳저곳에서 아이들이 수박으로 달려들 때와 같은 환호성이나 뭐라 말할 수 없이 깊고 경건한 탄식이 들려왔습니다. 그리고 십자가가 차츰 창문 정면으로 다가오자 사과 과육처럼 파릇한 고리 모양 구름이 느릿느릿 돌고 있는 것도 보였습니다.

"할렐루야, 할렐루야."

사람들의 밝고 활기찬 목소리가 울려 퍼지고 모두가 하늘 먼 곳, 차가운 하늘 먼 곳에서 들려오는 대단히 맑고 산뜻한 나팔 소리를 들었습니다. 열차는 수많은 신호와 전등불 속을 점점 느긋하게 달리며 마침내 십자가 바로 정면에 멈추었습니다.

"자, 내리자."

청년이 남자아이의 손을 끌어 천천히 맞은편 출구로 향했습니다.

"그럼 안녕히."

여자아이가 돌아보며 두 사람에게 말했습니다.

"안녕."

조반니는 울고 싶은 것을 꾹 참으며 화난 사람처럼 무뚝뚝하게 말했습니다. 여자아이는 무척이나 괴롭다는 듯 눈을 크게 뜨고 다시 한 번 조반니와 캄파넬라 쪽을 돌아본 다음 말없이 나가 버렸습니다. 객

실은 이제 절반 이상 비게 된 탓에 갑자기 휑하니 허전해졌으며 바람이 휘휘 들어왔습니다.

밖을 보니 사람들이 차분히 줄지어 십자가 앞 은하수 물가에서 무릎을 꿇고 있었습니다. 그리고 조반니와 캄파넬라는 성스러운 흰옷 차림의 사람이 손을 뻗은 채 보이지 않는 은하수를 건너 이쪽으로 오는 것을 보았습니다. 하지만 그때는 이미 유리 같은 기적이 울고 열차가 움직이기 시작한 뒤였으며 그 생각을 하는 사이에 강 하류에서 은빛 안개가 피어올라 아무것도 보이지 않게 되었습니다. 다만 수많은 호두

나무가 이파리를 찬란하게 반짝이며 안개 속에 서 있었고 금빛 후광을 지닌 전기 다람쥐가 귀여운 얼굴을 바깥으로 빼꼼 내보이고 있을 뿐이었습니다.

그때 안개가 스르르 걷히기 시작했습니다. 어딘가로 이어진 통로인 듯 작은 전등이 일렬로 늘어선 길이 나타났습니다. 그 길은 선로를 따라 한동안 이어졌습니다. 두 사람이 불빛 앞을 지날 때는 작고 은은한 알전구가 인사라도 하는 것처럼 깜박하고 꺼졌다가 두 사람이 지나가면 다시 켜졌습니다.

뒤돌아보니 아까의 십자가는 완전히 작아져서 그대로 목에 걸어도 될 정도였고 여자아이와 청년 일행은 하얀 물가에서 아직도 무릎을 꿇고 있는지 아니면 어디인지 방향조차 모르는 하늘나라로 갔는지 희미해져서 알 수가 없었습니다.

조반니는 "아아" 하고 깊은 한숨을 내쉬었습니다.

"캄파넬라, 다시 우리 둘만 남았네. 언제까지나, 어디까지나 함께 가자. 나는 이제 저 전갈처럼 모두의 행복을 위해서라면 정말로 내 몸이 100번 불타도 상관없어."

"응. 나도 그래."

캄파넬라의 눈에 맑은 눈물이 고였습니다.

"하지만 진정한 행복이란 대체 뭘까?"

조반니가 말했습니다.

"나도 모르겠어."

캄파넬라가 멍하니 대답했습니다.

"우리 씩씩하게 나아가자."

조반니가 가슴 가득 새로운 기운이 끓어오르는지 후 숨을 내쉬며 말했습니다.

"어, 저기 석탄자루 성운이다. 하늘의 구멍이야."

캄파넬라가 약간 주저하며 은하수 한 부분을 가리켰습니다. 조반니는 그쪽을 보고 움찔했습니다. 은하수 한쪽에 커다랗고 새카만 구멍 하나가 뻥 뚫려 있었습니다. 바닥이 얼마나 깊은지, 그 속에 무엇이 있는지 아무리 눈을 비비며 들여다봐도 전혀 보이지 않았고 그저 눈이 지끈지끈 아플 뿐이었습니다. 조반니가 말했습니다.

"나는 이제 저렇게 거대한 어둠 속이라도 무섭지 않아. 분명 모두의 진짜 행복을 찾아가는 중일 테니까. 우리 어디까지나, 어디까지나 함께 가자."

"응, 반드시 그럴 거야. 아아, 저쪽 들판은 정말 아름답구나. 모두 모여 있네. 저기가 진짜 하늘나라야. 앗, 저기 우리 엄마가 있어."

캄파넬라가 돌연 창문 너머 멀리 보이는 아름다운 들판을 가리키며 소리쳤습니다.

조반니도 그쪽을 보았지만 희부옇게 흐려 보일 뿐 아무리 봐도 캄파넬라가 말한 것처럼 보이지는 않았습니다. 뭐라 말할 수 없이 외로운 기분을 느끼며 멍하니 그쪽을 바라보는데 맞은편 강가에 전봇대 두 개가 마치 서로 팔짱을 낀 것처럼 붉은 가로대를 받치고 서 있는 것이 보였습니다.

"캄파넬라, 우리 같이 가는 거지?"

조반니가 이렇게 말하며 뒤를 돌아보는데 방금까지 앉아 있던 캄파넬라가 사라지고 없었습니다. 조반니는 총알처럼 벌떡 일어났습니다. 그러고는 누구에게도 들리지 않도록 창밖으로 몸을 내민 다음 있는 힘껏 격렬하게 가슴을 치고 소리 지르며 울부짖었습니다. 사방이 온통 암흑 속에 잠긴 것 같았습니다.

조반니는 눈을 떴습니다. 아까의 언덕 풀밭에 지쳐 쓰러진 채 잠든 모양이었습니다. 왠지 모르게 가슴이 화끈거리고 뺨에서는 차가운 눈물이 흘러내렸습니다.

조반니는 용수철처럼 벌떡 일어섰습니다. 마을은 아까처럼 수많은 불빛으로 반짝이고 있었지만 어쩐지 아까보다 강해진 듯도 보였습니다. 그리고 방금 꿈속에서 걸었던 은하수 역시 아까와 똑같이 희부옇게 걸려 있었는데 새까만 남쪽 지평선 위는 특히 더 희미했습니다. 그 오른쪽에 전갈자리의 붉은 별이 아름답게 반짝이고 있어서 하늘 전체의 위치는 그다지 변한 것 같지 않았습니다.

조반니는 한달음에 언덕을 달려 내려갔습니다. 저녁 식사도 하지 않고 기다리고 계실 어머니 생각에 마음속이 가득 차올랐습니다. 척척 검은 소나무 숲을 통과한 뒤, 희끄무레한 목장 울타리를 돌아 조금 전에 갔던 입구를 지나서 다시 어두운 외양간 앞에 다다랐습니다. 누군가가 지금 막 돌아왔는지 아까는 없던 수레 한 대가 나무통 두 개를 싣고서 놓여 있었습니다.

"안녕하세요."

조반니가 외쳤습니다.

"네."

통 넓은 흰 바지를 입은 사람이 곧바로 나타났습니다.

"무슨 일입니까?"

"오늘 우유가 배달되지 않아서요."

"아, 죄송합니다."

그 사람은 즉시 안으로 들어가 우유병을 들고나와 조반니에게 건네며 다시 말했습니다.

"정말로 죄송합니다. 오늘 오후에 깜박하고 송아지 쪽 울타리를 열어 두었더니 이 녀석이 득달같이 어미 소한테 가서는 젖을 절반이나 먹어 버렸지 뭡니까……."

그 사람이 웃음을 터뜨렸습니다.

"그랬군요. 그럼 우유는 잘 가져가겠습니다."

"그래요, 정말 미안합니다."

"아닙니다."

조반니는 아직 따끈한 우유병을 양 손바닥으로 감싸듯 들고 목장 울타리를 벗어났습니다.

그러고는 나무가 있는 마을을 한참 지나 큰길로 나와서 다시 얼마쯤 걸었을 때, 사거리가 나타났습니다.

그 오른쪽 샛길에 아까 캄파넬라와 친구들이 등불을 흘려보내러 갔던 강에 놓인 커다란 다리 같은 망루가 밤하늘에 가만히 서 있었습니다.

그런데 사거리 길모퉁이와 가게 앞에 여자들이 일고여덟 명 정도씩 모여서 다리 쪽을 보며 소곤소곤 무언가를 이야기하고 있었습니다. 또 다리 위에도 각종 불빛이 가득했습니다.

조반니는 어쩐지 가슴이 서늘해지는 기분이 들어 가까이 있는 사람들에게 불쑥 외치듯 물었습니다.

"무슨 일이 있었나요?"

"아이가 물에 빠졌어요."

한 사람이 대답하자 그 무리가 일제히 조반니를 바라보았습니다. 조반니는 정신없이 다리 쪽으로 달려갔습니다. 다리 위에는 사람들이 잔뜩 모여 있어서 강이 보이지 않았습니다. 흰색 제복을 입은 순경도 나와 있었습니다.

조반니는 다리 어귀에서 아래쪽 넓은 강가로 뛰어내려 갔습니다.

강변 물길을 따라 수많은 불빛이 바쁘게 오르내렸습니다. 건너편 기슭의 어두운 제방에서도 일고여덟 개의 등불이 움직이고 있었습니다. 그 사이를 더 이상 쥐참외 등불이 떠 있지 않은 강이 미약한 소리를 내며 잿빛으로 고요히 흘러갔습니다.

강의 가장 하류 쪽, 모래섬처럼 튀어나온 곳에 사람들이 새카맣게 모여 있었습니다. 조반니는 그쪽으로 달려갔습니다. 그때 아까 캄파넬라와 함께 있었던 마르소를 만났습니다. 마르소가 조반니에게 달려왔습니다.

"조반니, 캄파넬라가 물에 들어갔어."

"왜, 언제?"

"자넬리가 배 위에서 쥐참외 등불을 강으로 흘려보내려다가 배가 흔들리는 바람에 물에 빠졌거든. 그랬더니 캄파넬라가 곧장 뛰어들어서 자넬리를 배 쪽으로 밀어 줬어. 자넬리는 가토가 붙잡았는데 그 뒤로 캄파넬라가 안 보이는 거야."

"다들 찾고 있지?"

"응. 다들 바로 왔어. 캄파넬라 아버지도 오셨어. 그런데도 찾을 수가 없어. 자넬리는 집으로 실려 갔어."

조반니는 모두가 모여 있는 쪽으로 갔습니다. 그곳에 창백하고 턱이 뾰족한 캄파넬라 아버지가 검은 옷을 입고 똑바로 서서 학생들과 마을 사람들에게 둘러싸인 채 오른쪽 손목에 찬 시계를 심각하게 들여다보고 있었습니다.

모두가 숨죽인 채 강을 보고 있었습니다. 아무도 입을 열지 않았습니다. 조반니는 다리가 후들후들 떨렸습니다. 물고기 잡을 때 쓰는 아세틸렌등이 바쁘게 왔다 갔다 하는 바람에 검은 강물이 찰싹찰싹 작게 파도치며 흘러가는 것이 보였습니다.

강 하류 쪽은 은하수가 한가득 큼지막하게 비쳐서 마치 물이 없는 하늘처럼 보였습니다.

조반니는 캄파넬라가 이미 저 은하수 너머에 있다는 생각밖에 들지

않았습니다.

하지만 다들 여전히 캄파넬라가 어느 물결 사이에선가 "나, 너무 오래 헤엄쳤어"라며 나타나지 않을지 아니면 사람들이 모르는 어딘가의 모래섬에 닿아 누가 오기를 기다리지 않을지 같은 생각으로 견딜 수 없는 듯했습니다. 그랬는데 갑자기 캄파넬라의 아버지가 단호하게 말했습니다.

"이제 안 되겠습니다. 물에 빠지고 이미 45분이나 지났어요."

조반니는 엉겁결에 박사 앞에 달려가 멈춰 섰습니다.

'저는 캄파넬라가 간 곳을 알고 있어요, 저는 캄파넬라와 함께 돌아다녔어요.'

그 말을 하고 싶었지만 목이 잠겨서 아무 말도 할 수 없었습니다. 그러자 박사는 조반니가 인사라도 하러 온 줄 알았는지 한동안 물끄러미 바라보았습니다.

"조반니 군이군요. 오늘 밤에는 정말 고마웠어요."

캄파넬라의 아버지가 정중히 말했습니다.

조반니는 아무 말도 하지 못하고 그저 고개만 꾸벅 숙였습니다.

"아버지는 돌아오셨나요?"

박사가 시계를 꼭 쥔 채 물었습니다.

"아니요."

조반니는 힘없이 고개를 가로저었습니다.

"무슨 일일까? 나한테는 그저께 아주 건강하다는 소식이 왔거든요.

오늘쯤이면 집에 도착했을 텐데 배가 늦어지는 모양이네요. 조반니 군, 내일 학교 마치면 친구들하고 우리 집에 놀러 와 주세요."

박사는 그렇게 말하며 다시 강 하류 쪽 은하수가 가득히 비친 곳을 가만히 바라보았습니다.

조반니는 여러 가지 일들로 가슴이 벅차올라서 아무 말도 하지 못한 채 박사 앞을 떠났습니다. 어서 빨리 어머니에게 우유를 가져다드리고 아버지가 돌아오신다는 소식을 전해야겠다고 생각하면서 마을을 향해 쏜살같이 강가를 내달렸습니다.

별자리의 노래

붉은 눈동자 지닌 전 갈
활짝 편 독수리의 날 개
파란 눈동자 지닌 작은개
반짝 빛나는 뱀의 똬 리
오리온은 큰소리로 노래해
이슬방울과 서리를 떨구네

안드로메다자리의 구름은
물고기 입 모양을 닮았고
큰곰의 다리에서 북으로
다섯 걸음 떨어진 곳에는
작은곰 이마 위로 북극성
빙빙 도는 하늘의 길잡이

부록

연표

연도	미야자와 겐지의 생애	세계사
1896년(0세)	이와테현 히에누키군(현 하나마키시)에서 아버지 '미야자와 마사지로'와 어머니 '미야자와 이치'의 장남으로 태어남. 가업은 전당포 및 헌 옷 상점	
1898년(2세)	여동생 '도시'가 태어남	
1903년(7세)	하나마키가와구치 보통고등소학교에 입학	
1904년(8세)	남동생 '세이로쿠'가 태어남	러·일전쟁 발발
1905년(9세)	동화를 즐겨 읽기 시작	러·일전쟁 종전
1909년(13세)	모리오카 중학교에 입학하여 기숙사 생활을 시작. 이 무렵 근처의 야산에서 광물과 식물 채집에 열중함	
1911년(15세)	중학교 선배인 '이시가와 다쿠보쿠'가 《한 줌의 모래》을 출간한 것에 자극받아 단가를 많이 남김	제1차 세계대전 발발
1914년(18세)	모리오카 중학교 졸업	
1915년(19세)	모리오카 고등농림학교(현 이와테대학교 농학부)에 입학. 기숙사 생활을 시작함	
1916년(20세)	우등생이 되어 수업료를 면제받음	
1917년(21세)	동인 문예지 〈아잘레아〉 제1호 발행	러시아 혁명 발발
1918년(22세)	모리오카 고등농림학교 졸업	제1차 세계대전 종전
1919년(23세)	지질학 연구를 위해 연구생으로 학교에 남음. 동화 창작을 시작했으며 군립 농업·양잠업 강습소 강사로 위촉됨	
1920년(24세)	모리오카 고등농림학교 연구생 과정 수료	

1921년(25세)	도쿄로 떠나 동화를 쓰다가 여동생의 병환 소식에 귀향함. 군립 히에누키 농업학교(현 하나마키 농업고등학교) 교사가 되어 영어와 화학 과목을 담당 ※ 〈은행나무 열매〉 집필(추정), 〈눈길 건너기〉 발표	
1922년(26세)	여동생 '도시' 사망. 큰 충격을 받음	소련 수립
1923년(27세)	※ 〈돌배〉 발표	관동대지진 발생
1924년(28세)	시집 《봄과 아수라》를 자비 출판하고, 출판사를 통해 동화집 《주문이 많은 요리점》을 펴냄 ※ 〈주문이 많은 요리점〉, 〈까마귀와 북두칠성〉, 〈산 사나이의 4월〉, 〈도토리와 들고양이〉, 〈수선월 4일〉 발표	
1926년(30세)	하나마키 농업학교 퇴직. 도쿄에서 에스페란토어와 오르간을 배움. 《농민예술개론》 집필. 여름에는 토요일 밤마다 동네 아이들을 불러 모아 동화를 들려줌 ※ 〈고양이 사무소〉, 〈오쓰벨과 코끼리〉 발표	
1929년(33세)	이즈음부터 몸이 약해져서 병상에 누워 지내는 시간이 많아짐	세계 대공황 발생
1930년(34세)	병세가 다소 회복됨	쇼와 공황 발생
1931년(35세)	※ 〈비에도 지지 않고〉 집필(추정)	만주사변 발발
1933년(37세)	급성 폐렴으로 사망 ※ 〈별자리의 노래(생전 미발표작)〉가 《鏡をつるし(거울을 매달아)》에 실림	일본, 국제연맹 탈퇴
1934년	※ 〈은하철도의 밤〉, 〈나메토코산의 곰〉 발표(생전 미발표작)	

'미야자와 겐지' 문학의 세계

– 오니즈카 리쓰코(아동문학작가)

하나마키 농업학교 교사 시절의 미야자와 겐지
ⓒ 林風舍

겐지는 심상 세계의 이와테현을 '이하토브'라는 조어로 표현했다. 이와테(이하테)를 가리키는 말이다.

미야자와 겐지는 1896년 8월 27일, 이와테현 히에누키군 사토카와구치 마을(현 하나마키시)에서 전당포와 헌 옷 장사를 하는 아버지와 어머니의 장남으로 태어났습니다.

겐지는 자신이 나고 자란 이와테의 땅을 마음속에 그려 온 꿈의 세계로 가정하고 '이하토브'라고 이름 붙였습니다. 겐지는 수많은 시와 동화를 썼지만 살아 있는 동안 세상에 나온 책은 시집 《봄과 아수라》와 동화집 《주문이 많은 요리점》, 단 두 권뿐이었습니다. 그 당시 《주문이 많은 요리점》은 요리책으로 분류되었을 만큼 겐지는 거의 알려지지 않았고 책도 팔리지 않았습니다. 그때 겐지는 신간 소개문에서 '이하토브는 하나의 지명이다. (중략) 이곳은 **작가의 심**

상 속에 이러한 모습으로 실재하는 이상향으로서의 일본 이와테현이다'라고 썼습니다.

작품을 읽을 때마다 겐지의 고향을 거닐고 싶어져서 하나마키시와 모리오카시를 몇 번이나 찾아갔는지 모릅니다.

겐지는 어릴 때부터 책을 좋아했으며 그림 형제 동화와 안데르센 동화, 루이스 캐럴의 《이상한 나라의 앨리스》 같은 외국 동화를 많이 읽었습니다. 또 광물과 식물 등에 관심이 많아서 암석 표본 채집에도 몰두했습니다. 이런 성향은 자라면서 더욱 커져 가족과 친구들에게 '돌멩이 겐지'라 불리기도 했다고 합니다.

△ 동화집 《주문이 많은 요리점》과
▽ 시집 《봄과 아수라》

그 덕분에 겐지의 시와 동화에는 다양한 광물이 아주 훌륭하게 묘사되어 있습니다.

청년이 된 겐지는 가업을 잇지 않고 모리오카 고등농림학교에 들어가서 농화학을 공부했습니다. 그리고 우수한 성적을 인정받아 졸업한 뒤에 고등농림학교의 연구생으로 학교에 남았습니다. 동화를 쓰기 시작한 것도 이 무렵이었습니다. 특히 25세에서 28세 사이에 수많은 동화를 썼습니다.

도쿄에 와서는 인쇄 쪽 일을 하기도 했지만 고향으로 돌아간 후에는 하나마키 농업학교의 선생님이 되었습니다.

한편 겐지는 레코드판 수집이나 첼로와 오르간 연주 등 예술에도 흥미를 갖게 되었습니다. 도쿄에 있는 동안 가부키(음악, 무용, 연기가 어우러진 일본의 전

겐지가 다닌 모리오카 고등농림학교(현 이와테대학교 농학부) 본관. 겐지는 이 학교에 수석으로 입학했으며 교정에는 안산암으로 만든 겐지의 동상이 있다.

겐지가 자주 켰던 첼로. 겐지는 도쿄에서 지내는 동안, 신교향악단 단원에게 첼로를 배웠다.

통 연극_옮긴이)와 연극을 보러 다니기도 하고 국제 공용어이자 보조어인 '에스페란토어'를 배우기도 했습니다.

30세가 되었을 때, 하나마키 농업학교를 그만두고 '라스치진 협회'를 만들었습니다. 하나마키시 외곽에서 홀로 지내며 직접 밭을 갈고 사람들을 모아 악기 연주를 했으며 농업과 예술에 관해 강의하기도 했습니다.

'라스치진 협회'는 지금의 하나마키 농업고등학교 부지에 남아 있습니다. 입구 근처에 칠판이 있는데 하얀 분필로 '아래쪽 밭에 있습니다. 겐지'라

하나마키 농업고등학교 안에 보존된 겐지의 집

집 내부의 좁은 계단을 오르면 나타나는 겐지의 방

현관 옆 칠판에 남은 겐지의 글씨

'라스치진 협회'의 모임 장소.
이곳에서 첼로와 오르간을 연주했다.

고 쓴 글자를 볼 수 있습니다. 안으로 들어가면 나무 바닥이 깔린 다섯 평쯤 되는 공간에 오르간과 둥근 나무 의자가 놓여 있습니다. 당장이라도 토끼와 여우와 들쥐가 찾아올 듯한 동화 같은 분위기를 풍기는 교실입니다. 이곳이 《농민예술개론》을 쓰고 '전 세계가 행복해지지 않는 이상 개인의 행복은 있을 수 없다'라고 소망했던 겐지의 활동 거점이었습니다.

미야자와 겐지 기념관은 겐지의 심상 속 풍경이자 이상향인 이와테현 하나마키시에 있습니다. 1982년에 하나마키시 외곽 지역, 겐지가 사랑한 기타카미강의 영국 해안에서 동북쪽으로 조금 올라간 고시오산 중턱에 세워졌습니다.

신하나마키역 근처 고시오산에 자리한 미야자와 겐지 기념관. 과학, 예술, 종교 등 다방면으로 뻗어나간 겐지의 세계를 감상할 수 있다.

기념관 부지 안에 있는 '돌배' 나무

기념관 입구에 세운 '쏙독새의 별' 비석

정면 현관 근처에는 '쏙독새의 별'을 조각해 놓은 비석이 있고 가을이 오면 부지 내에서 노랗게 익은 돌배를 볼 수도 있습니다.

기념관에는 동화와 시뿐만 아니라 그림과 음악, 농업 같은 다양한 자료가 전시되어 있어서 겐지의 심상 세계를 바람 소리 듣듯이 오감으로 느낄 수 있습니다. 그곳을 방문한 사람이라면 누구나 겐지의 세계가 가진 매력에 빠지게 될 것입니다.

기념관 주위에는 겐지가 설계한 난샤 화단, 해시계가 있는 폴란 광장, 이하토브관, 동화 마을 등이 있습니다. 천천히 시간을 들여 돌아보고 싶은 공간입니다.

겐지가 이름 지은 '영국 해안'. 기타카미강과 세강이 합쳐지는 곳으로 학생들을 데리고 자주 왔다고 한다.

기념관 주차장에는 〈주문이 많은 요리점〉을 모방한 레스토랑이 있다.

겐지는 자신을 희생해서라도 타인을 돕는 헌신적인 생을 살다가 1933년, 불과 37세의 나이로 세상을 떠났습니다.

그의 문학은 저자가 사망한 후에야 높은 평가를 받았고 수많은 미발표작도 세상에 나왔습니다. 발표된 작품들은 그림책과 애니메이션, 영화로도 만들어져 여전히 많은 사람들에게 사랑받고 있습니다.

대표작 중 하나로 〈구스코 부도리의 전기〉가 있는데 이 작품은 비교적 긴 이야기입니다. 첫 시작으로는 이 책에 실린 작품 같은 단편을 많이 읽어 주십시오. 즐겁고, 가슴이 뭉클하고, 신기하고, 무서운 이야기 등 아주 다양합니다. 그중에서 여러분 마음에 드는 이야기를 분명 찾을 수 있을 겁니다.

이 《은하철도의 밤》이 겐지의 환상 세계인 이하토브로 가는 다리가 되어 준다면 더 바랄 것이 없겠습니다.

〈은하철도의 밤〉과 겐지의 세계

– 오노 유지(조에쓰 교육대학 교수)

통칭 '안경 다리', 정식 명칭은 '미야모리강 교량'인 JR가마이시 노선의 다리. 해당 노선의 전신인 이와테 경편 철도는 〈은하철도의 밤〉의 모티브가 된 것으로 알려져 있다.

미야자와 겐지의 동화가 갖는 특징으로는 살아가기 위해 다른 목숨을 빼앗을 수밖에 없는 생명체의 슬픔과 거기에서 해방되는 길을 다루었다는 점입니다. 이는 동화를 쓰기 위한 설정이 아니라, 겐지의 실제 체험에서 비롯된 억누를 수 없는 생각의 표현이었습니다.

제 목숨을 희생하여 다른 생명을 구하는 이야기는 〈은하철도의 밤〉 속에서 자넬리를 구하려다가 물에 빠진 캄파넬라나 침몰하는 배에 남은 청년과 남매, 자신의 몸을 다른 생명에게 내주고자 한 전갈 등으로 등장합니다. 주인공 조반니도 새잡이를 가엾게 여기며 같은 생각을 품습니다. 모두의 행복을 위해 몸을 던지고자 하는 생각은 앞서 말했던 생명체의 슬픈 숙명을 어떻게든 바꾸고 싶다는 겐지의 바람과 관련이 있었을 겁니다.

〈은하철도의 밤〉은 미야자와 겐지가 살아 있을 때 발표되지 않은 중편 동화입니다. 원고는 1차에서 4차까지 10년에 걸쳐 여러 차례 복잡한 수정을 거쳤습니다. 큰 변화가 생긴 4차 원고는 겐지의 삶 끝자락에 쓰였습니다. 그 배경에는 겐지의 여동생, '도시'와의 이별이 있습니다.

JR하나마키역 북쪽에 있는 벽화 '미래도시 은하지구 철도'. 길이가 80미터에 달하며 밤이 되면 그림이 떠오른다.

JR신하나마키역 광장에 〈은하철도의 밤〉을 모티브로 세운 게이트. 차창과 철도, 밤하늘의 별이 환상적으로 빛난다.

또 일본에서는 이 동화가 쓰인 다이쇼 시대(1912년~1926년) 후반부터 쇼와 시대(1926년~1989년) 초반까지 관동대지진과 〈구스코 부도리의 전기〉에도 등장하는 동북 지역의 흉년, 점점 커지는 빈부 격차로 인한 노동 문제 등이 일어났습니다. 〈은하철도의 밤〉 속에 빈곤, 질병, 소외 같은 내용이 그려진 이유도 이때의 시대 배경을 보면 이해할 수 있습니다. 그런 상황 속에서 조반니는 은하철도의 밤을 지나며 마음가짐을 새로이 하고 현실과 맞설 용기를 얻습니다.

작품 해설

– 오니즈카 리쓰코, 오노 유지

주문이 많은 요리점

겐지는 〈주문이 많은 요리점〉에 관해 '먹을 것이 부족한 시골 아이들이 도시 문명과 교만한 계급을 향해 품었던 참을 수 없는 반감을 그렸습니다'라는 글을 남겼습니다.

저는 어렸을 때 이 이야기를 읽고 '주문하는 쪽은 손님이 아니었다!'라는 반전이 무척 유쾌했습니다. 어른이 되어서는 *'휴지 조각처럼 구깃구깃 구겨졌던 두 사람의 얼굴만은 도쿄로 돌아온 후에도, 따뜻한 욕조에 몸을 담근 후에도 결코 원래대로 돌아오지 않았습니다'*라는 마지막 문장에 등골이 오싹해졌고요. 그리고 오카모토 다다나리 감독이 대사 없이 음악만으로 구성한 애니메이션을 보고 어린 시절에 느꼈던 재미와 긴장감을 다시금 맛보았습니다.

도토리와 들고양이

어느 토요일 저녁, 가네타 이치로라는 소년의 집에 *'들고양이 드림'*이라고 적힌 기묘한 엽서가 도착합니다. 정말이지 기상천외한 첫머리 아닌가요? 소년은 길을 가는 도중에 밤나무와 폭포, 흰 버섯, 다람쥐에게 들고양이를 보았는지 물어봅니다. 인간과 자연이 아무 문제 없이 자유롭게 대화를 이어갑니다.

그리고 *'귀찮은 재판'*에 참석한 이치로가 *'이 가운데 가장 바보에, 정신 빠진 얼간이에, 돼먹지 못한 도토리가 제일 훌륭하다'*라고 재판장 들고양이에게 알려 주자 도토리들이 쥐 죽은 듯 조용해집니다. 아마도 겐지는 다툼의 어리석음과 무의

미함을 그리면서 비교보다는 각자의 재능을 펼치는 게 중요하다고 말하고 싶었을 것입니다.

오쓰벨과 코끼리

숲을 나와 오쓰벨의 작업장에 불쑥 나타난 흰 코끼리와 지역 지주인 오쓰벨의 이야기입니다. 인간의 노동을 바라보는 자연의 시선을 담았으며, 겁이 많고 냉혹하며 교활한 착취자인 오쓰벨의 죽음을 그렸습니다.

아이들은 자신을 흰 코끼리에게 대입하여 읽습니다. 오쓰벨에게 속아 가혹한 경험을 하고 몸이 쇠약해지고 감금까지 당하는 코끼리를 제 일처럼 느끼고 '어떻게 될까?' 하는 마음으로 이야기를 따라갑니다. 그러다 붉은 옷을 입은 동자가 나타난 후에야 마음을 놓습니다. 겐지는 불교를 믿었으니 어쩌면 그 동자는 부처님의 화신인지도 모릅니다.

마지막에 코끼리 무리가 밀어닥치는 장면에서는 기쁨을 느끼며 아이들의 정의감 역시 길러질 겁니다. 이 작품이 주는 신선함은 빛바래는 일 없이 여전합니다.

쳇 쥐

이 이야기는 동물을 인격화하여 교훈과 풍자를 전하는 우화입니다. 우화 중에는 이솝 우화가 가장 유명하지만 안데르센도 〈펜과 잉크〉나 동물이 경쟁하는 내용의 우화를 썼습니다.

겐지가 쓴 우화에서는 격렬한 분노가 느껴집니다. 쳇 쥐는 누군가가 베푼 친절이 안 좋은 결과를 가져오면 '*책임져요*'라는 둥 상대방을 탓합니다. 결국에는 쥐덫에 걸리고 마는데 그건 스스로가 만든 결과일까요? 언행에 걸맞은 벌이든 뭐든 저는 그 업보가 지나치게 무겁다는 생각이 들긴 합니다.

문득 쥐덫에 걸린 쥐를 본 친구가 난리법석을 떨었던 일이 생각납니다.

돌배

아기 게 두 마리가 나누는 대화가 재미있습니다.

"크램본이 웃었어."

"크램본이 껄껄 웃었어."

크램본이라는 것은 뜻도, 정체도 확실치 않습니다. 소금쟁이(일본어로 '아멘보')를 말하는 것이다, 게(영어로 '크랩')를 비틀어 말한 것이다 등 여러 가설이 있지만 단어의 울림에서 물의 흐름, 거품의 모양, 수면의 반짝임을 느끼고 맛보는 게 제일이라는 의견이 있습니다. 저도 그쪽에 찬성입니다.

언젠가 죽음의 공포로 두려움에 떨게 됐을 때, 아빠 게처럼 *"괜찮아, 괜찮아. 아무 걱정하지 마라. 저기 봐. 자작나무꽃이 흘러왔네. 저것 보렴. 예쁘지"* 하고 말할 수 있으면 좋겠습니다.

12월, 조금 자라난 아기 게들이 돌배의 향기를 맡으면서 그 뒤를 쫓는 모습과 투명한 아름다움이 아른아른 눈에 떠오릅니다.

쏙독새의 별

아이들과 함께 〈쏙독새의 별〉 종이 연극을 본 적 있습니다. 아이들은 쏙독새가 제힘으로 날아오르는 부분, 그러니까 '*날개를 접고 땅으로 떨어져 내렸습니다. 그랬는데 연약한 다리가 지면에 닿기 30센티미터 전, 갑자기 쏙독새가 횃불처럼 하늘로 (…)*' 대목에서 "힘내!", "힘내!"라며 소리 높여 응원했습니다.

못생겼다고 미움받고 괴롭힘당하는 것, 다른 생명을 잡아먹는 자신을 새삼 인식하고 삶을 죄로 받아들이는 마음 등 새겨읽을 만한 지점이 아주 많습니다. 살아간다는 게 괴롭다고 말하면서 별이 된다는 결말은 아이들도 쉽게 이해할 수 있지만, 죽기 전에 보이는 희미한 미소는 어른이 되고 어떤 경지에 이르러서야 이해할 법한 깊은 것이었습니다.

수선월 4일

눈의 노파가 사는 세계의 달력에는 '수선월'이 있고 4일은 제삿날이 아닐까 상상합니다.

예전에 삿포로에 살았던 적이 있습니다. 분명 푸른 하늘이었는데 갑자기 바람이 불더니 눈발이 가로로 휘날리면서 그야말로 한 치 앞조차 보이지 않게 되었습니다. 눈이 발 근처에서 솟구쳐 오르기도 해서 집 근처의 들판인데도 길을 잃을 것만 같았습니다. 그때 머리 위 하늘에서는 눈의 노파와 눈의 요정, 눈의 늑대가 마구 날뛰는 중이었겠지요.

눈의 노파가 지시하는 대로 요정과 늑대가 일으키는 눈보라의 힘은 압도적이며 숨이 막힐 만큼 아름다운 긴장감이 있습니다. 또한 아이를 구하는 눈의 요정이나 하얀 눈 위의 빨간 담요가 무척 인상적이기도 합니다. 자연이 갖는 엄격함과 상냥함을 그린 작품입니다.

눈길 건너기

눈 내린 들판이 꽁꽁 얼어 어디로든 자유롭게 갈 수 있게 되거나 눈 표면이 살짝 녹았다가 다시 얼어붙는 일이 있습니다. 농지도 잡초가 자란 들판도 편평해져서 눈 속으로 발이 푹푹 빠지는 일이 없습니다. 그런 곳을 건너는 것이 '눈길 건너기'입니다.

옛말 사전을 보면 '건너기'란 수면이나 어떤 공간을 직선으로 가로질러 맞은편에 도착하는 것입니다. 또한 '*얼은 눈은 꽁꽁, 젖은 눈은 꽝꽝*'이라고 노래하는 것은 눈이 많이 오는 지역 아이들의 놀이이며 "*킥, 킥, 통통*"은 아이들의 형제자매가 걸어가며 눈을 밟는 소리입니다.

'눈길 건너기'는 읽을수록 즐겁고 리듬감 있는 언어로 가득합니다. 눈이 많이 오는 지역의 묘사는 겐지 문학이 갖는 특유의 아름다움입니다.

겐주 공원 숲

소년 겐주는 지적 장애가 있어서 주변 사람들이 만만하게 여기는 아이입니다. 짧은 생애 동안 부모님께 딱 한 번 사 달라고 해서 받은 삼나무 700그루를 집 뒤 공터에 가지런히 심습니다. 겐주가 죽은 후에도 삼나무는 남았습니다. 논밭이 사라지고 집이 들어서도, 겐주가 심은 삼나무만은 계속 남아 있습니다.

그 마을에서 학교를 다닌 젊은 박사는 겐주가 만든 삼나무 숲에서 노는 아이들을 보고 *'아아, 정말로 누가 현명하고 누가 어리석은지 모르겠네요. (중략) 이곳을 '겐주 공원 숲'이라 이름 붙이고 영원히 이 모습 그대로 보존하면 어떨까요'*라고 말합니다.

편리함과 이익을 위해 자연이 파괴되고 있는 오늘날의 모습을 겐지가 예리하게 통찰한 것 아닐까요.

첼로 켜는 고슈

고슈는 프랑스어로 '서투른' 혹은 '일그러진'이라는 뜻입니다.

마을 극장 소속의 금성음악단 단원인 고슈는 지휘자에게 매일 혼이 나는, 말 그대로 서투른 첼리스트로 등장합니다. 물레방앗간에 사는 고슈는 집으로 돌아와 분한 마음으로 매일매일 한밤중까지 혼자서 첼로를 연습합니다.

그때 삼색 고양이, 뻐꾸기, 아기 너구리, 들쥐 모자가 나타납니다. 그들이 나누는 대화가 얼마나 귀엽고 유머러스한지 모릅니다. 고슈는 자기도 모르는 사이에 매일 밤 찾아오는 동물들로부터 진정한 음악 표현이 무엇인지를 배우게 됩니다.

고양이 사무소

이 단편은 문예지 〈게츠요〉(1926년 3월호)에 발표되었습니다. 같은 잡지에 발표된 〈오쓰벨과 코끼리〉와 함께 다이쇼 시대 후반, 노동 문제가 심각해지던 사회 분위기를 겐지풍으로 풀어 낸 동화입니다. 유머러스한 고양이들이 등장하지만 인간 사회를 풍자했다고 보아도 될 것입니다.

약한 자를 괴롭히고 울고 있는 자를 무시하는 고양이 사무소는 사자의 한마디에 문을 닫습니다. 괴롭힘이 아무렇지 않게 일어나는 사회를 바로잡기 위해 등장한 것이 바로 사자입니다. 하지만 이 동화의 핵심은 이야기 끝, '*저는 사자의 뜻에 반쯤 동감합니다*'라는 문장 속 '반쯤'의 의미를 생각하는 데에 있습니다. 사무소 문을 닫는 것만으로는 문제가 해결되지 않습니다. 겐지는 인간의 마음가짐을 바꾸는 게 중요하다고 생각하지 않았을까요.

나메토코산의 곰

쇼와 시대 초기에 쓰인 이 이야기에는 가족을 부양하기 위해 곰 사냥꾼이 된 고주로가 곰과의 만남 이후, '곰을 죽이는 것은 어쩔 수 없는 일'이라는 생각을 고쳐먹는 과정이 담겨 있습니다.

마지막에 고주로는 생명을 죽이며 살아온 괴로움에서 벗어납니다. 하지만 잘 읽어 보면 고주로가 '어쩔 수 없다'라는 생각이 잘못되었음을 깨달아 가는 과정이 중요하다는 것을 알 수 있습니다.

고주로는 어미 곰이 새끼 곰에게 옳음을 가르치고 넘치는 사랑을 표현하는 장면이나 인간을 위해 제 목숨을 내어준 곰의 태도를 보고 자기 가족을 위해 곰의 생명을 앗았던 것이 당연한 일이 아님을 깨닫게 됩니다. 인간의 형편에 맞춰 죽여도 되는 생명이란 없습니다.

은행나무 열매

이 이야기는 1921년 무렵에 쓰였습니다. 긴 여행을 앞둔 은행나무 열매들은 걱정과 기대, 부푼 꿈을 안고 있습니다. 이별을 슬퍼하는 건 엄마인 은행나무입니다.

*'맑고 투명한 새벽'*에 일어난 자연의 일은 은행나무 열매들의 걱정과는 꽤나 달랐을 겁니다. 헤어짐을 앞둔 은행나무 열매들은 상대방을 걱정하고, 신발을 바꾸어 주고, 빵을 나누면서 함께 가자고 말합니다. 해님은 그런 은행나무 열매들의 여행과 남겨진 엄마 은행나무의 슬픔을 *'하염없이 반짝이는 빛'*으로 감싸 주었습니다. 새벽녘 자연의 표정이나 해님과 바람의 표현에도 주목하여 읽어 보시기 바랍니다.

산 사나이의 4월

산 사나이가 꾼 꿈 이야기입니다. 산 사나이는 '육신환'이라는 약이 되어 버린 사람들을 돕고 모두로부터 감사 인사를 받고 싶어 합니다. 외로운 산 사나이는 모두와 사이좋게 지내고 싶었던 것이겠지요.

한편 이야기 초반, 산 사나이가 꿩을 잡는 장면이 나옵니다. 산 사나이가 꿩을 붙잡은 일이 꿈속에서는 거꾸로 산 사나이가 붙잡힌 것으로 바뀌어 나타납니다. 가느다란 손가락과 뾰족한 손톱, 붉은 눈가, *'두 발을 번갈아 굴러 튀어 오르'*는 남자의 행동은 꿩을 떠오르게 합니다. 이 꿈은 꿩을 잡은 산 사나이의 죄책감이 표현된 것이기도 합니다. 죄를 지었다는 생각은 모두와 사이좋게 지내고 싶다는 바람을 뛰어넘는 것이었습니다. 하지만 꿈에서 깬 산 사나이는 꿈의 의미를 깨닫지 못한 듯합니다.

까마귀의 북두칠성

이 동화는 전쟁에 대한 겐지의 생각이 드러난 작품으로 주목받았습니다. 이야기가 쓰였을 무렵의 독자들은 이즈음에 일어난 전쟁이나 영토를 넓히려는 욕망에 일본이 한 행동 등을 떠올렸을 것입니다. 이야기 마지막 부분에서 까마귀 대위가 별을 향해 기도하는 모습은 승전 소식을 듣고 기뻐하는 사람들에게 반성의 시간을 가져다주었습니다. 미워할 수 없는 적을 죽이지 않아도 되는 세상을 위해서라면 자기 몸 따위는 갈가리 찢겨도 좋다는 까마귀 대위의 생각은 적을 무너뜨리기 위해 자신을 기꺼이 희생하겠다던 당시 사람들의 생각과는 정반대였습니다. 까마귀 대위와 대대장, 대위의 약혼녀가 흘리는 눈물의 의미가 어떤 식으로 다른지 생각해 볼까요?

은하철도의 밤

병든 어머니와 아버지의 부재, 가난, 친구들로부터의 따돌림과 같은 현실 세계에서 '은하철도'가 있는 환상 세계로 간 조반니가 모두의 행복을 위해 살아가자고 바라게 되는 이야기입니다. 이 작품은 작가 생전에 발표되지 않았고 10년에 걸쳐 여러 번 수정되었다고 알려져 있습니다. 지금 모두가 읽고 있는 네 번째 원고는 겐지 생의 끝자락에 쓰인 것입니다.

별자리의 노래

지금도 널리 불리는 이 노래는 겐지가 직접 작사 및 작곡을 했습니다. 2연 12행으로 구성된 이 시는 첫 번째 연에 전갈자리와 독수리자리 같은 별자리의 특징이, 두 번째 연에는 북극성의 위치를 찾는 방법이 담겨 있습니다. 문학적 상상력과 과학 지식이 어우러진 노래입니다.

[사진 제공 및 자료 협조]
이와테현립 하나마키 농업고등학교 동창회, 이와테대학교 농학부, 미야자와겐지 기념관,
코겐샤(光原社), 資料提供 林風舍

글 **미야자와 겐지**

일본의 동화작가이자 교육자. 생전에는 무명에 가까웠지만 사망 이후 작품이 널리 알려지며 높은 평가를 받았고 국민 작가 반열에 올랐다. 교사 생활을 하다가 농민들의 아픔을 함께하기 위해 농업에 뛰어들었으며 이후 농업 강의, 벼농사 지도, 비료 개발 등 여러 활동을 펼쳤다. 이와 함께 창작 활동도 꾸준히 하여 〈주문이 많은 요리점〉 등 100여 편의 동화와 〈봄과 아수라〉 등 400여 편의 시를 남겼다. 특히 〈은하철도의 밤〉은 그의 대표작이며 애니메이션 〈은하철도 999〉의 원작으로 오늘날까지 큰 사랑을 받고 있다.

그림 **구사카 아키라**

프리랜서 일러스트레이터이자 그래픽 디자이너. 일본 오사카에 살고 있다. 광고, 책 표지, 그림책, 웹디자인 등 다양한 곳에서 포토샵으로 작업한 작업물을 선보이고 있다. 일러스트 뿐 아니라 음악 및 다른 예술에도 관심이 많아 밴드의 일원으로도 활동 중이며 그곳에서 얻은 영감을 여러 예술 분야에서 발휘하고 있다.

옮김 **정수윤**

작가이자 번역가. 경희대학교 졸업 후 와세다대학교 대학원에서 일본근대문학 석사학위를 받았다. 어린 시절 읽고 또 읽었던 세계문학전집 한 질의 영향으로 문학이 인간에게 줄 수 있는 아름다운 무엇을 꿈꾸게 되었으며, 꿈속에 사는 것처럼 글을 쓰고 문학 작품을 번역하고 있다. 미야자와 겐지, 다자이 오사무, 나쓰메 소세키, 이바라기 노리코 등 일본을 대표하는 작가들의 작품을 수 권 번역했고 청소년 소설 《파도의 아이들》, 동화 《모기소녀》, 산문집 《날마다 고독한 날》을 썼다.

감수 및 해설

기타가와 사치히코(줄거리 요약 / 아동문학가 및 편집자), 오니즈카 리쓰코(아동문학작가), 오노 유지(조에쓰 교육대학 교수)

은하철도의 밤

1판 1쇄 인쇄 | 2024. 12. 13.
1판 1쇄 발행 | 2025. 1. 2.

미야자와 겐지 글 | 구사카 아키라 그림 | 정수윤 옮김
기타가와 사치히코·오니즈카 리쓰코·오노 유지 감수 및 해설

발행처 김영사 | **발행인** 박강휘
편집 문새미 | **디자인** 김민혜 | **마케팅** 서영호 | **홍보** 조은우 육소연
등록번호 제 406-2003-036호 | **등록일자** 1979. 5. 17.
주소 경기도 파주시 문발로 197(우10881)
전화 마케팅부 031-955-3100 | 편집부 031-955-3113~20 | 팩스 031-955-3111

값은 표지에 있습니다.
ISBN 979-11-7332-023-1 73830

좋은 독자가 좋은 책을 만듭니다. 김영사는 독자 여러분의 의견에 항상 귀 기울이고 있습니다.
전자우편 book@gimmyoung.com | 홈페이지 www.gimmyoung.com

어린이제품 안전특별법에 의한 표시사항 | 사용 연령 11세 이상
제품명 도서 **제조년월일** 2025년 1월 2일 **제조사명** 김영사 **주소** 10881 경기도 파주시 문발로 197
전화번호 031-955-3100 **제조국명** 대한민국 **⚠주의** 책 모서리에 찍히거나 책장에 베이지 않게 조심하세요.